부처되기 쉽다네
자비롭게 살게나

고승열전 8 진각국사

부처되기 쉽다네
자비롭게 살게나

윤청광 지음

우리출판사

윤 청 광

전남 영암 출생으로 동국대학교에서 영문학을 전공했고, MBC-TV 개국기념작품 공모에 소설 〈末島〉가 당선되었으며, MBC에서 〈오발탄〉〈신문고〉〈세계 속의 한국인〉 등을 집필했다. 그 동안 대한출판문화협회 상무이사 · 부회장 · 저작권대책위원장 · 한국방송작가협회 이사 · 감사 · 방송위원회 심의위원을 역임했고, 〈불교신문〉 논설위원을 거쳐 현재 〈법보신문〉 논설위원, 법정스님이 제창한 〈맑고 향기롭게 살아가기 운동〉 본부장, 출판연구소 이사장을 맡아 활동하고 있다. BBS 불교방송을 통해 〈고승열전〉을 장기간 집필했고, ≪불교를 알면 평생이 즐겁다≫ ≪불경과 성경 왜 이렇게 같을까≫ ≪회색 고무신≫ 등의 저서가 있으며, 기업체 · 단체 연수회에 초빙되어 특강을 통해 '더불어 사는 세상'을 가꾸고 있다.

BBS 인기방송프로
고승열전 8 진각국사
부처되기 쉽다네 자비롭게 살게나

2002년 10월 23일 개정판 1쇄 인쇄
2002년 10월 29일 개정판 1쇄 발행

지은이/윤청광
펴낸이/김동금
펴낸곳/우리출판사
등록/1988년 1월 21일 제9-139호
주소/120-013 서울특별시 서대문구 충정로 3가 1-38
전화/(02)313-5047, 5056
팩스/(02)393-9696
E-mail/woribook@chollian.net

ISBN 89-7561-179-5   03810

책값은 뒷표지에 있습니다.

· 지은이와 협의하여 인지를 붙이지 않습니다.
· 잘못된 책은 본사나 구입하신 서점에서 바꾸어 드립니다.

여러 대중들께 내 묻겠네.
여러분들은 부처님 관세음보살님 앞에
인사드릴 적에, 또 시주할 적에
무엇을 비시는가?
혹 다급하고 아쉬울 때만 찾아와
내 욕심 채워주십사,
애원하고 사정하지는 않으셨는가?
그러나 그래서는 복이 오지를 않는다네.
평상시에 나 스스로 부처님이 되고
평상시에 나 스스로 관세음보살님이 되어야
그래야 복을 받는다는 것을 명심해야 할 것일세.
어디, 오늘 여러분들 가운데 과연 부처님,
관세음보살님은 몇분이나 계시는고?

선(禪) 사상을 문학화한 최초의 선시인

　진각국사(眞覺國師) 혜심(慧諶) 큰스님은 송광사에 주석하셨던 16국사 중 한분으로서, 보조국사 지눌선사에 이어 정혜결사(定慧結社)의 도량인 수선사(修禪社 : 송광사의 옛이름) 제2대 사주를 지내신 분입니다. 조계산 송광사는 1200여년 전 혜린선사(慧璘禪師)에 의해 창건되고 보조국사(普照國師)의 제1차 중창불사와 함께 정혜결사 운동의 근본도량으로 목우가풍(牧牛家風)을 형성해, 옛부터 승보(僧寶) 종찰로 불리워질 만큼 걸출하신 큰스님들이 많이 나투신 곳입니다. 혜심큰스님은 사마시(司馬試)에 합격하여 벼슬길을 눈앞에 두고도 24세 되던 해 지눌선사의 문하로 출가하셨습니다. 그뒤 큰재목임을 알아본 지눌선사가 사석(師席)을 계승시키려 하자 극구 사양하고 지리산으로 은거하여 쉼없는 정진으로 깨달음을 얻으셨습니다.
　1210년 보조국사가 입적하자 그 문인들이 임금에게 알려서 칙명으로 사주를 계승하게 하여 혜심큰스님은 부득이 수선사의 제2대 사주가 되셨습니다. 스님은 누구에게라 할것없이 자비를 베푸셔서 그 덕화가 개경에까지 알려져 당대 최고의 승직인 대선사에 제수되지만 혜심큰스님은 스스로 무의자(無衣子)라 칭하고 제자들을 키우는 데만 진력하셨습니다. 스님은 무엇보다 보조국사 지눌의 선사상을 문학화하는 데 성공하였고, 선시의 보고(寶庫)라 할 "선문염송"을 엮었으며 스님의 시작품 200여 수가 수록된 무의자 시집을 남기는 등 국문학사상 최초의 본격적인 선시인이셨습니다.

　이제 자비로 또 뛰어난 문재로 그 발자취를 선명히 남긴 진각국사의 일생이 책으로 엮어져 출간되니 반갑기 그지 없으며, 이를 계기로 진각국사의 진면목을 여러 대중들이 똑똑히 보게 되고, 느끼게 되어 자신의 삶에 도움을 줄 한줄기 서늘한 빛으로 삼기를 바라옵니다.

차례

1
태어난 지 이레만에 눈 뜬 아이 / 13

2
산적을 감동시킨 젊은이 / 22

3
씨암탉을 잡으시오 / 38

4
예부시랑도 감동시킨 효심 / 51

5
공짜로 올린 어머니 제사 / 84

6
삭발 / 121

7
혜심의 참선수행 / 134

8
차라리 부지런한 바보가 되거라 / 153

9
쌍봉암에서의 이틀 / 172

10
그 스승에 그 제자 / 191
11
자기 마음이 참부처이거늘 / 218
12
수선사 사주가 되다 / 232
13
수선사를 증축하다 / 244
14
선사로 제수되다 / 257
15
대선사도 난 싫네 / 268
16
살아있는 부처님 / 284
17
이 늙은 중이 오늘 바쁘구나 / 301

1
태어난 지 이레만에 눈 뜬 아이

때는 지금으로부터 797년 전인 고려 신종 3년, 그러니까 서기로 따지자면 1200년 가을이었다.

당시 전라도 나주 화순현에 일찍이 남편을 사별하고 외아들을 세살 적부터 홀로 키우는 배씨 부인이 살고 있었다.

이 배씨 부인은 외아들 영을이가 하루속히 과거 시험에 장원급제해서 벼슬길에 오르기만을 학수고대하며 살았다.

낮에는 들판에 나가 남의 농사 일을 거들어주고 밤이면 남의 집 디딜방아를 찧어주고, 디딜방아가 쉬는 밤에는 삯바느질을 하면서 오로지 글공부하는 아들의 뒷바라지를 해오는 형편이었으니, 배씨 부인의 몸은 늘 천근만근이었다.

몸은 비록 고단해도 자식을 사랑하는 어머니의 마음은 늘 부족한 지라, 꼭두새벽이면 어김없이 일어나서 찬물로 목욕재계하고 정화수 받쳐들고 장독대로 돌아가서 외아들 잘 되기를 빌고 또 빌었다.

"비나이다, 비나이다. 부처님 전에 비나이다. 비나이다, 비나이다. 천지신명께 비나이다. 비나이다, 비나이다. 조상님 전에 비나이다. 최씨 집안 대를 이을 영을이가 그저 어쨌든지 과거 시험에 급제하여 부처님 덕으로 벼슬 살고, 천지신명 덕으로 장수하고, 조상님네 은덕으로 풍족하고……. 더도 말고 덜도 말고 그렇게만 도와주소서. 비나이다, 비나이다. 부처님 전에 비나이다. 천지신명께 비나이다. 조상님 전에 비나이다."

그러던 어느날, 이른 새벽부터 일어나 공부하던 영을이가 어머니의 건강을 염려하여 장독대로 나와서 어머니를 불렀다.

"어머니."

"으응? 아니 꼭두새벽에 네가 무슨 일이냐? 아, 잠을 푹 자야 맑은 기운으로 글공부를 잘 할 것 아니냐?"

"제발 어머님이나 눈 좀 붙이세요."

"아, 아니다. 이 에미는 푹 자고 나왔다."

"이러시지 마세요, 어머니. 이러시다 병이라도 드시면 어찌시려구 이러십니까?"

"내 걱정은 할 것 없다. 영을이 너는 과거시험 걱정이나 해야 할 것이야."

"어머님께서 정 이러시면 차라리 저 과거시험 치르지 않겠습니다."

"뭐, 무엇이라구? 과거시험을 치르지 않겠다니?"

"저 다 듣고 있습니다, 어머니."

"무…얼…듣고 있다는 게냐?"

"동네 사람들이 저한테 뭐라고들 하는지 어머님도 아시지 않사 옵니까? 스물 세살이나 처먹은 사내자식이 늙은 홀어머니를 품팔이 시키면서 글공부 한답시고 방안에만 처박혀 있다!"

"그래, 그 소리가 듣기 싫어서 과거를 치르지 않겠다면 대체 무슨 일을 어찌 하겠다는 말이더냐?"

"어머님이 더 늙으시기 전에 차라리 제가 농사일이라도 해서 어머니를 봉양할까 하옵니다."

"아니되겠구나. 너 이 에미를 따라오너라!"

배씨 부인은 다 쓰러져가는 사당문 앞에서 걸음을 멈췄다.

"어디 대답해 보아라. 이 사당은 과연 어느 집안의 사당이더냐?"

"우리 최씨문중의 사당이옵니다."

"이 사당은 네 아버님, 그리고 할아버님, 증조할아버님, 고조할아버님이 다 모셔진 이 집안의 사당이다. 그렇지 아니하더냐?"

"그러하옵니다. 어머니."

"네가 보다시피 이 사당은 기둥이 기울고, 지붕 한쪽이 내려앉고 문짝도 제대로 닫기질 않는다. 자, 보아라. 이 삐그덕거리는 문을……. 이 에미가 변변치 못해서 이 지경에 이르렀다마는 대체 이 기울어진 사당을 어찌하면 다시 바로 세울 수 있겠는지, 네가 여기 서서 곰곰이 생각해 보아라. 좋은 방도가 세워지거든 이 에미한테 알리도록 해라."

배씨부인은 다 쓰러져가는 사당 앞에 아들을 홀로 세워둔 채 안

방으로 들어와 문을 닫아버렸다. 저 아들이 세살 먹었을 적에 젊은 나이로 남편을 잃고 손톱과 발톱이 다 빠지도록 눈물 속에 살아온 20년 세월……. 어두운 방 안에 앉아, 지나온 20년 세월을 되짚어 생각하니 배씨부인의 두 눈에서는 뜨거운 눈물이 하염없이 흘러내렸다.
 얼마나 시간이 흘렀을까. 이윽고 문밖에서 아들의 목소리가 들려 왔다.
 "어머니."
 "그래 좋은 방도가 떠올랐느냐?"
 "예, 어머니."
 "그럼 어디 한번 들어와서 이 에미한테 말해 보아라."
 영을은 방으로 들어와 무릎을 꿇고 앉았다.
 "어머니, 제가 잘못했사옵니다."
 "쓰러져가는 저 사당을 어찌해서 바로 세울 것인지, 그것을 물었다."
 "소자, 반드시 과거시험에 급제하겠사옵니다."
 "이것 보아라. 영을아. 과거시험을 보기 전에 분명히 네가 알아두어야 할 일이 있다."
 "예, 어머니…말씀…하십시오."
 "네가 세 살 먹었을 적에 네 아버님은 아무 재산을 남기지 않으신 채 세상을 뜨셨다. 어떤 연고로 돌아가셨는지 알고 있느냐?"
 "잘은 모르옵니다."

"네 아버님은 향공진사이셨다. 진사벼슬이 높은 벼슬은 아니었지만 그래도 처음에는 지낼만한 벼슬이었어."
"예, 어머니."
"헌데 결국은 그 진사 벼슬이 화근이 되었다."
"어떤 연유로 말씀이옵니까, 어머니?"
"탐관오리들이 백성들의 재물을 빼앗아가기 시작하면서 네 아버님에게 그 진사벼슬은 가시방석이었다."
"가시방석이었다면 어떤 일로 말씀이신지요?"
"최씨 고집에다 대쪽같은 성미이셨으니 벼슬아치들이 협잡질하는 것을 가만 둘 수가 없으셨지."
"하오면, 아버님께서?"
"탐관오리들의 노략질을 낱낱이 조정에 상소하셨는데……."
"그, 그래서요, 어머니?"
영을은 저도 모르게 어머니 앞으로 바짝 다가앉았다.
"네 아버님이 세상을 모르셨지."
"무슨 말씀이시옵니까, 어머니?"
"위 아래가 다 썩은 세상이라 상을 받기는 커녕 모함을 했다는 누명을 뒤집어 쓰고 욕을 당하셨다. 거꾸로 말이다."
"아니, 세상에 그럴 수가요……."
"결국 화병으로 몸져 누우시더니, 약 한 첩 잡숴보시지도 못하시고 세상을 뜨셨다. 그놈의 진사 벼슬이 화근이었지."
"하오면 어머니, 그런 화근덩어리인 벼슬을 어찌하여 소자에게 하라고 그러시옵니까?"
"이 에미가 바라는 벼슬은 그런 진사벼슬이 아니다."
"아니, 하오시면?"
"임금이야 하늘이 내신다고 그랬으니 감히 그 자리야 바랄 수 없겠지만……"
"예에? 아니, 어머니?"
"잘 들어라. 영을이 너는 임금님 자리야 바랄 수 없겠지만, 임금님 다음 가는 자리는 반드시 앉아야 한다. 그래야 그 밑에서 도적질 하는 놈들, 백성 괴롭히는 놈들, 백성 피눈물 빨아먹는 놈들, 저 벌떼같이 많은 벼슬아치 도적놈들을 남김없이 소탕할 수 있을 것 아니겠느냐."
"하오나 어머니, 벼슬길이라고 하는게……"
"그 자리에 올라가기가 쉬운 일은 아닐 것이다. 허나 영을이 너는 이 늙은 에미 호의호식 시켜주려고 벼슬 살아서는 안된다. 네 아버님이 이렇게 유언하셨다. '관직을 이용하여 땅이나 장만하고, 고대광실 큰집을 짓고, 수십명 수백명 노비나 부리고 백성들 피눈물 빨아다가 주야장창 주지육림에 파묻히는 저 더러운 벼슬아치들을 이 세상에서 싹 쓸어내는 그런 벼슬을 하라고 이르시오! 치사하고 더러운 탐관오리 하지말고, 만백성을 살리고, 만백성을 아끼고, 만백성을 보살피는 큰 벼슬을 하라고 이르시오. 큰 벼슬, 큰 벼슬, 큰 벼슬 말이오!'"
"하오시면 그때 아버님께서는……"

"이 에미에게도 단단히 이르셨다. 자식의 관직을 팔아 호의호식할 생각은 하지도 말라고 말이다. 이제 최씨 가문을 바로 세우는 일, 네 아버님의 한을 풀고, 억울한 백성들의 한을 푸는 일은 바로 영을이 너한테 달려있다."
"잘 알겠습니다, 어머니. 소자, 깊이 명심하겠습니다."

과거 시험에 기어이 급제하여 최씨가문을 다시 일으켜 세우고, 억울하게 돌아가신 아버님의 한을 풀고, 탐관오리들에게 짓밟히고 살아온 백성들의 한을 풀어주겠노라, 단단히 어머니 앞에서 약조를 한뒤 아들 영을이는 베수건으로 머리를 질끈 동여메고 오직 글읽는 일에만 전심전력을 다하였다.

그해 겨울 바람이 몹시도 부는 어느날, 그날도 배씨부인은 남의 집 디딜방아를 찧어준 뒤 밥 한 그릇을 얻어들고 부랴부랴 집으로 달려왔다.
"해가 기울었으니, 시장했겠구나. 어서 한술 뜨도록 해라."
"어머님도 같이 드셔야지요."
"아니다. 나는 박좌수댁에서 먹고 왔느니라."
"어머니, 소자 이제 철없는 아이가 아니옵니다. 어머니께선 한시라도 빨리 이 자식에게 밥을 먹이시려고 박좌수댁에서 붙잡는 것도 뿌리치고 오셨을게 분명합니다."
"쓰잘데 없는 소리 그만하고 어서 밥이나 먹도록 해라. 밥상 받아놓고 사설이 길면 복을 감하는 법이다."

"아니옵니다, 어머니. 소자 어렸을 적에는 참으로 철이 없었습니다. 소자가 어렸을 적에 어머니께서는 보리밥 한 숟가락이라도 더 먹이시려고 때로는 속이 편찮다고 드시지 않으셨고, 때로는 배 부르다고 밀어주셨습니다. 하지만, 그때 저는 철이 없어서 얼마나 좋아라 하면서 먹어댔는지 모릅니다. 어머니께선 돌아서서 허기진 배를 허리띠로 졸라매시고, 냉수로 달래시는 것도 모르고 말씀입니다."
 "그거야 어디 이 에미뿐이겠느냐? 이 세상의 모든 에미들이 다 그러는 법……."
 "이제는 아니되시옵니다, 어머니. 어머니 배를 곯리고 저만 먹고 공부를 해 과거에 급제하여 벼슬을 한들, 그런 자식이 천하에 어디 쓸모가 있겠습니까?"
 "이것 보아라, 영을아. 이 에미는 영을이 네가 글공부를 하는 것만 보아도, 영을이 네가 두 눈을 제대로 뜨고 글공부를 하고있는 것만 보아도 정말 아무 여한이 없다. 오늘 죽어도 여한이 없어."
 "무슨 말씀이시옵니까, 어머니?"
 "너를 낳았을 적에 네 아버님과 나는 낙심천만이었다."
 "아니, 왜요, 어머니?"
 "그때 이태나 연달아 흉년이 들어서 제대로 먹질 못한 탓이었는지 영을이 네가 태어난 지 닷새가 지나도록 눈을 뜨지 못했구나."
 "아니, 제가요?"
 "그래, 네 아버님이나 나나 얼마나 앞이 캄캄했던지……."

　영을이가 태어난 지 닷새가 지나도록 눈을 뜨지않자, 영을의 부모는 혹시 소경을 낳은 것은 아닌가 불길한 생각이 들었다. 답답한 마음에 갓난 아기를 주먹으로 쥐어박기도 하고 마구 흔들기도 하였지만 아무 소용이 없었다. 차라리 경기라도 들어서 눈을 한번 떠줬으면 하고 바랄 정도였다. 기운 차리면 뜨겠지 하고 기다리다가도 심상치 않다는 생각이 들면, 부부는 어찌할 바를 몰랐다. 그러다가 벼락을 세 번이나 맞은 태몽을 생각해낸 부부는 걱정이 태산같았다. 아이가 그때 그 벼락에 놀라서 장님이 되어버린 게 아닌가 싶어 애간장이 다 탔다. 그러나 다행히도 그 아이가 이렛날 새벽에 두 눈을 뜨고는 우렁차게 울어대는 것이 아닌가!
　또롱또롱한 아이의 두 눈은 그 동안의 부모의 온갖 걱정을 다 사라지게 했다. 영을의 아버지는 영을이가 눈을 늦게 뜬 이유가 바로 탐관오리가 판치는 세상, 그 꼴이 보기 싫어서 두 눈을 꼭 감고 있었을 것이라면서, 천기를 받아서 태어난 아이이므로 반드시 크게 될 것이라고 기뻐하였던 것이다.
　그러므로 배씨부인에게는 영을이가 탈없이 장성해서 글공부를 하고 있는 것만 보아도 더 바랄것이 없었다.
　이렇게 외아들을 아끼는 배씨부인의 정성도 지극했지만, 아들 영을이 또한 어머니에 대한 효심이 극진했던지라, 비록 식은 밥을 끓여먹고 사는 빈한한 살림이었지만 모자간의 정은 애틋하기만 하였다.

2
산적을 감동시킨 젊은이

　북풍한설 몰아치던 그해 겨울도 가고, 해는 바뀌어 다음해 이른 봄, 그러니까 신종 4년, 서기로는 1201년 2월이었다.
　배씨부인이 일구월심으로 학수고대하던 과거시험 날이 한 달 앞으로 다가왔다. 전라도 화순땅에서 당시 고려의 서울 개경까지는 장장 천 삼백리 길이었다.
　과거시험을 보러가는 아들 영을이는 괴나리 봇짐을 짊어진 채 사당에 고하고 어머님께 하직 인사를 했다.
　"하오면 소자, 잘 다녀오겠사옵니다. 부디 안녕히 계시옵소서."
　"그래, 그래. 내 걱정은 하지말고 먼길에 몸조심하고 끼니 거르지 말고, 어떻게 하든지 그저 시험에 급제하여야 한다."
　"명심하겠사옵니다, 어머니."
　영을이 집을 나서려는데, 마을 사람 여럿이 들이닥쳤다.
　"아이구, 여보게. 영을이, 이거 하마터면 사또 행차 후에 나발 불

뻔 했구먼 그려."

"아니, 어르신들께서 어인 행보이신지요?"

"아, 아무리 세상 인심이 삭막해졌기로소니, 우리 마을 영을이가 과거시험을 보러 간다는데 어찌 그냥 빈 손으로 보낼 수가 있겠나?"

"원 참, 어르신께서두……."

"내 그동안 자네 주려고, 짚신을 한 축 만들어놨네. 자, 이거 보따리 속에 넣어두었다가 신도록 하게! 먼 길 가는데는 그저 발이 편한게 제일인 법이니까!"

"…고맙습니다. 어르신!"

"하지만 이사람, 올 적에는 꼭 말을 타고 와야 하네! 알겠는가?"

"예, 어르신. 명심하겠습니다."

영을은 어머님과 마을 사람들을 뒤로 하고 드디어 과거길에 오르게 되었다.

전라도 화순 땅에서 괴나리 봇짐을 등에 지고, 당시의 고려 서울 개경까지의 멀고먼 천 삼백 리 길을 걸었던 최영을이라는 이 젊은이는 당시의 과거시험인 사마시에 응시하기 위해 길을 떠났는데, 사마시라는 시험은 요즘의 고등고시쯤 되었던 모양이었다.

아무튼 배씨부인의 외아들 최영을이라는 이 젊은이가 바로 훗날의 저 유명한 진각국사가 될 줄이야 그 어느 누가 짐작인들 할 수 있었겠는가!

하긴 그 당시만 해도 천 삼백 리 길을 터벅터벅 걸어가고 있던 젊은이도 자신이 삭발출가하여 스님이 된다는 것은 상상도 해본 일이 없었다.
그러면, 사마시라는 과거시험을 보러 전라도 화순 땅을 떠났던 젊은 선비 최영을이 어떤 이유로 벼슬길을 버리고 삭발출가하여 훗날에는 저 유명한 진각국사가 되었는지 그 자세한 사연을 알아보기로 하자.

그해 나이 스물 네 살이 된 최영을이 등에 짊어진 괴나리 봇짐에는 어머니가 정성으로 만들어 넣어주신 누룽지가 두어덩이, 그리고 그동안 손때 묻은 서책이 대여섯 권, 또 어머니가 몇 년을 두고 한 닢, 또 한 닢 피땀으로 모아주신 노잣돈인 엽전 한 꾸러미가 들어 있었다.
기실 사마시라는 과거시험을 보자면 공부하기도 힘들었지만, 전라도 화순 땅에서 멀고먼 개경까지 왕복 근 3천리 길 가고 오는 노자돈을 마련한다는 것은 꿈도 못꿀 일이었다.
허나 세상 어느 것에도 견줄 수 없는게 모정인지라, 영을의 어머니는 20년 전부터 자신의 아들이 과거시험 보러 갈적에 노자돈을 못주면 어떻게 하나 애간장을 태우면서 엽전을 한 닢 두 닢 모아 왔던 것이다. 때로는 일 나간 주인집에 사정을 하고, 어떤 때는 애걸도 하고, 양식을 덜 주시더라도 엽전 한 닢만 주십사고 손이 발이 되도록 빌기도 했던 것이다. 냉수로 배를 채우고, 치마끈으로

　허리를 졸라매며 지내온 세월들……. 그렇지만 영을의 어머니는 땅속에 묻어둔 오지그릇에 엽전이 한 닢 두 닢 늘어나는 것을 낙으로 여기면서 20년을 살아왔다.
　그렇게 살아오면서도 여태 단 한번도 울어본 적이 없었다. 모질거나, 눈물이 없어서가 아니었다. '장한 내 아들이 과거시험 보러 갈 날이 머지 않았다'고 믿고 살았기 때문이었다.
　이렇게도 홀로 되신 어머니가 지극정성으로 한평생을 다 바쳐 모아주신 노잣돈이고 보니, 비록 많지는 않다 할지라도 그 어찌 천금만금보다 적다 할것이며, 그 어찌 천근만근보다 가볍다 할 수 있겠는가!
　엽전 한 닢은 어머니의 눈물, 또 다른 한 닢은 어머니 한숨…….
　젊은 선비 최영을은 어머님의 은혜를 천근만근 무겁게 느끼면서 멀고 먼 개경을 향해 북으로 북으로 발걸음을 부지런히 옮겼다.
　그렇지만 멀고 먼 개경길에 마음이 제 아무리 급하다고 한들, 뜨고 지는 해야 붙잡을 수가 없었다. 영을이 부지런히 걸어서 장성 고을을 지나 산길을 올라가기 시작하니 어느덧 해는 져서 어둑어둑해지는 것이었다.
　"휴우, 날이 더 어둡기 전에 이 산을 넘어가야 할 것인데 이것 낭패로구먼……."
　바로 그때, 등뒤 저 아래쪽에서 소리쳐 부르는 소리가 들려왔다.
　"앞에 가는 나그네 양반! 아 여보시오, 앞에 가는 나그네 양반!"
　"아니 소생을 부르시는 것이옵니까?"

"허어, 그 양반 참! 아, 이 산속에 당신 말고 또 누가 있단 말이오? 댁은 대체 어디까지 가시는 길이기에 그렇게 쉬지도 않고 부리나케 가는거요?"
뒤에서 쫓아오던 두 사내가 물었다.
"예, 소생은 개경까지 가는 길이라……. 그래서 길을 좀 서둘렀습지요."
"개경이라면 천리도 넘는 길인데……."
"예, 좀 먼 길입지요."
"장사길이요?"
"아닙니다. 소생은 그저 촌에 묻혀 사는 서생입니다."
"서생이라면 글 읽는 선비다 이런 말씀이시구먼?"
"허허, 어쩐지 벼슬아치 냄새가 난다 그랬지."
"예에? 소생은 아직 벼슬아치 근처에도 가본 일이 없습니다만……."
영을이 여기까지 말했을 때 갑자기 두 사내는 칼을 뽑아들었다.
"목숨이 아깝거든 등에 짊어진 보따리를 내놓고, 보따리가 아깝거든 목숨을 내놓아라!"
"아니, 그럼 댁들은?"
"하하하, 말로만 듣던 산도적을 여기서 만날줄이야 모르셨겠지?"
"아니, 저 이것 보시오."
"이것 보시오, 저것 보시오, 말만 늘어놓지 말고 보따리부터 풀란 말이다."

"내가 이 보따리를 풀어주지 못하겠다면?"
"허허, 이것 하룻강아지 범 무서운 줄 모른다더니, 이 딱부리 칼맛을 좀 봐야겠구먼. 자, 칼 받아라."
 캄캄한 야밤, 인적조차 끊겨버린 깊은 산중에서 두 명의 산도적을 만난 영을은 꼼짝없이 당하게 될 판국이었다.
"어서 일러라! 목숨을 내놓을 것이냐, 봇짐을 내놓을 것이냐?"
"내 손에 든 이 칼이 춤을 추고 나면 그땐 목숨도 잃고, 봇짐도 잃고 둘 다 잃게 된다! 그렇지 아니하냐?"
"그야 물론 지당한 말씀이오."
"헤헤헤, 우리 말씀이 지당하다고 그러시네. 음? 헤헤헤!"
"그러니까 순순히 봇짐을 풀어 내놓으시겠다 그런 말이지?"
"이 봇짐은 미련없이 풀어 드리겠소."
"잘 생각했다. 개똥밭에 굴러도 이승이 좋다고 그랬으니까. 암, 우선은 살고 봐야지."
"그대신 한 가지 부탁이 있소이다."
"허허, 나 원 참 별소릴 다 들어보겠네. 아니, 산도적들한테 부탁이 있다니?"
"봇짐은 풀어줄테니 목숨만은 살려달라 그런 말이렷다?"
"아, 그거야 염려할 것 없어. 비록 지금은 우리가 산도적이 되었지만 본시는 우리도 마음 착한 농사꾼이었으니까 살생같은 건 좋아하지 않거든……"
"소생의 부탁은 따로 있소이다."

"아니 그러면 봇짐에 들어있는 재물을 반만 남겨달라 그런 말인가?"
"아니오, 봇짐은 미련없이 다 내어 드리겠소."
산도적들은 의아한 듯 영을을 자세히 살피면서 물었다.
"그러면 대체 무슨 부탁이야?"
"빨리 말해봐! 허튼 수작일랑 작작하구 말이야!"
영을은 천천히 입을 떼었다.
"소생은 본디 전라도 화순 사람이온데, 지금 사마시 과거시험을 보러 개경까지 가는 길입니다."
"흥! 과거시험에 급제해서 벼슬을 얻어 죄없는 백성들 재물이나 빼앗아 먹고 살겠다 그런 말이로구먼!"
"우선 소생의 말을 들어보시오. 소생은 죄없는 백성들을 괴롭히는 탐관오리가 되고자 과거시험을 보러 가는게 아니오."
"허면 벼슬은 왜 하겠다는 게야?"
영을은 크게 숨을 몰아 쉰 후 말을 이었다.
"소생의 아버님은 탐관오리들의 모함에 걸려 억울하게 일찍 세상을 뜨셨소이다."
"탐관오리들의 모함으로 죽었다?"
"그렇소. 그래서 소생은 세 살 적부터 홀어머니 밑에서 살아왔는데, 아버님께서는 돌아가실 적에 하나밖에 없는 이 아들에게 유언을 남기셨소이다."
"무슨……유언인데?"

산도적들은 궁금하다는듯이 얼른 되물었다.
"죄없는 백성을 잡아 족치고, 죄없는 백성들의 재물을 노략질하는 저 더럽고 치사한 탐관오리들을 남김없이 소탕하는 그런 벼슬을 하라고 말씀이오."
"그, 그래서 돌아가신 아버님의 한을 풀어 드리려고 과거시험을 보러 간단 말인가?"
"소생의 어머님께서는 지난 20년 세월동안 밥 한 끼 제대로 잡숫지 못하시고, 옷 한 벌 제대로 입어보지 못하신 채, 남의 집 품팔이로 연명을 해오시면서도 하나밖에 없는 이 자식이 기어이 과거에 급제해서 아버님의 한을 풀고, 죄없는 백성들의 한을 풀게 될 날을 손꼽아 기다리며 오직 이 자식의 글공부 뒷바라지만 해오셨소이다. 소생이 어머님께 하직 인사를 올리고 집을 떠나올적에도 어머님은 이렇게 당부하셨소."
영을은 어머님의 목소리가 들리는 듯 두 눈을 꼭 감았다.

'이것 보아라, 영을아! 이 에미는 이제 더이상 여력도 없고 기력도 없다. 이 에미는 이제 할 일을 다했으니 오늘 죽어도 여한이 없다. 이제 영을이 네가 과거에 급제하고 낙방하고는 너한테 달려있으니, 만일 네가 과거에 낙방을 한다고 해도 그것은 이 에미의 잘못이 아니다. 그리고 영을이 네가 과거에 급제를 해서 벼슬을 산다고 해도 이 에미는 자식의 벼슬을 팔아 결코 호의호식을 바라지는 않는다. 허나, 너는 반드시 과거에 급제를 해서 저 억울한 백성들의 한을 풀고, 억울하게 돌아가신 네 아버님의 한을 풀어드려야 한다. 이것을 이 에미의 유언으로 알아라. 이 에미가 영을이 너에게 글공부를 시킨 것은 결코 사사로운 부귀영화를 탐해서가 아니라 탐관오리들을 남김없이 소탕해서 죄없는 백성들이 마음놓고 사는 세상을 만들어 달라는 네 아버님의 한맺힌 유언이 계셨기 때문이니 이 말을 결코 잊어서는 아니될 것이다. 알겠느냐?'

"그, 그러면 그 어머님은 지금도 화순 땅에 홀로 계신단 말인가?"
"그렇소이다."
도적들은 방금 전까지 휘두르던 칼을 자신도 모르게 땅으로 떨구었다.
"아니, 그래서 우리한테 대체 무슨 부탁을 하겠다는 거야?"
"말씀드린 바와 같이 소생은 반드시 개경까지 가서 사마시를 치루어야 하는데 첫날 밤을 이렇게 산중에서 보내고 있으니, 제발 부탁입니다. 자, 이 봇짐을 벗어 드릴것이니 소생이 이 밤 안에 이 산을 벗어날 수 있도록 길을 좀 안내해 주십시오."
"산 너머까지 좀 데려다 달란 말이로구먼?"
"초행인데다가 첩첩산중에 한밤중이니 길을 알 수가 없소이다."
멀리서 산짐승 우는 소리가 들렸다.
"허어, 이것 참! 그러니까 이 봇짐은 우리한테 내주는거구?"
"빼앗은 거라 생각지 마시고 길라잡이 품삯을 받았다 여기시면

소생도 댁들도 한결 마음이 편하실 것입니다."

"대체 어찌할 텐가? 산짐승 우글거리는 산중에 혼자 가보라고 하자니 도리가 아닌것 같구 말씀이야."

두 도적은 서로의 얼굴만 쳐다보며 난처해 했다.

"제길 참! 귀신은 경문에 막히고 사람은 인정에 막힌다더니만, 이거 나 원참……."

영을은 고개를 숙이며 다시 한번 정중히 부탁했다.

"산 속에서 벗어나는 데까지만 좀 데려다 주시면 거기서부터는 소생 혼자 가도록 하겠습니다."

"별 수 없구만. 자, 그럼 이 봇짐은 자네가 짊어지고, 칼 든 내가 앞장 설 것이니 댁은 가운데 서슈."

"허허, 이거 우리가 도깨비에 홀린거 아닌지 모르겠네. 산도적 7, 8년에 길라잡이는 또 처음일세 그려. 자, 내 앞에 서슈."

"아, 예. 고맙습니다."

이렇게 해서 사마시 과거시험을 보러가던 젊은 선비 최영을은 산 속에서 만난 도적들에게 미련없이 봇짐을 벗어준 채 산도적들의 안내를 받아 캄캄한 밤에 첩첩산속을 넘어가게 되었다.

산도적들과 함께 밤새도록 산속을 걷다보니 먼동이 틀 무렵에는 마지막 산등성이에 올라서게 되었다. 그런데 참 이상한 노릇이었다. 단지 하룻밤동안 앞서거니 뒷서거니, 이런 이야기 저런 이야기 나누며 산길을 걸어왔을 뿐인데, 마지막 산등성이에 올라와 앉아 있자니, 그전부터 잘 알고 지내던 그런 사람들 같은 기분이 들었다.

"아직 잘은 보이지 않소만, 요 산등성이를 넘어가면 건너편 마을이 보일게요."
"아, 예……. 어렴풋이 보이누먼요."
"우린 이제 여기서 돌아가야겠으니 혼자 내려가시오."
"덕분에 험한 산을 무사히 넘어왔으니, 정말 고맙습니다. 자, 그럼……."
영을이 인사를 하고 돌아서려는데 산도적들이 영을을 불러 세웠다.
"아, 잠깐! 이 봇짐 도로 짊어지고 가시오!"
"예에? 아니, 무슨 말씀이십니까?"
"여러말 하지말고 어서 다시 짊어지고 가란 말이오!"
산도적들에게 벗어준 봇짐을 다시 짊어지고 가라니, 젊은 선비 최영을은 어안이 벙벙했다.
"아니, 대체 왜들 이러십니까? 이 봇짐은 소생이 벗어드리지 않았습니까? 길라잡이 품삯으로 여기시라고 말씀입니다."
"지난 밤 산길을 걸어오다가 젊은 선비가 소피를 보는 동안 우리 둘이 의논을 했었소. 우리가 비록 산도적질을 해먹고는 살지만 애오라지 자식 하나 키우면서 한평생 글공부 뒷바라지를 해왔다는 홀어머니 이야기를 듣고서 우리가 어찌 이 봇짐을 빼앗아 갈 수가 있겠소. 우리도 옛날에는 농사 짓던 사람들이오. 애초부터 이런 산도적놈들이 아니었단 말이오."
"이 봇짐을 되돌려 주신다니 고맙긴 하오만, 허나 소생이 약조한

것은 약조한 것이니……."

"길라잡이 품삯은 요 다음에 더 많이 더 크게 주시오."

"그리고 젊은 선비에게 우리도 부탁이 한 가지 있소."

"말씀……하시지요."

"과거에 급제해서 벼슬을 하거든 부디 억울한 백성이 생기지 않게 해 주시오."

"우리도 착한 농민이었소. 허나 벼슬아치들이 한 놈 새로 오면 그만큼 땅을 빼앗아 가고, 새 벼슬아치가 내려오면 나머지 밭뙈기마저 또 빼앗아 갔소. 흉년이 들어서 농민들은 초근목피로 연명을 하는데도 세금으로 곡식을 내놓으라니 세상에 이런 무자비한 도적들이 또 어디 있겠소?"

"그래서 견디다 견디다 못한 농민들이 삽을 들고 괭이를 들고 벌떼같이 몰려가서 관아에 불을 지르고 탐관오리들을 처단했지요."

"그랬더니, 나라에서는 우리 농민들이 난을 일으켰다며 관군을 파견하여 닥치는대로 다 잡아 죽였소."

"우리 몇몇은 천신만고 끝에 구사일생으로 산속에 숨어들어 결국 이런 산도적들이 되었던거요."

영을은 고개를 끄덕이며 말했다.

"잘 알겠습니다. 캄캄한 밤에 험한 산길 무사히 넘어오도록 도와주시고 봇짐까지 돌려주시니, 게다가 백성들의 한맺힌 사정까지 소상히 알려 주셔서 뭐라고 감사의 말씀을 드려야 할지 모르겠습니다."
 "부디 과거에 급제해서 아버님의 한을 풀어드리고, 홀어머님의 소원도 들어드리고, 억울하게 죽은 저 수많은 백성들 원한도 풀어주시오."
 "소생, 결코 오늘의 이 일을 잊지 아니할 것입니다."
 멀리서 범종 소리가 들렸다.
 "자, 이제 날이 어지간히 밝아오는구려. 우리는 그만 몸을 숨겨아겠소."
 "자, 그럼 부디 소원성취하시오."
 산도적들과 헤어진 영을은, 날뛰는 탐관오리들 때문에 죄없는 백성들이 얼마나 고초를 겪고 있는가를 새삼 뼈저리게 느꼈다. 영을은 다시한번 마음을 다잡고 북쪽으로 북쪽으로 발걸음을 옮겼다.

 영을이 개경에 당도한 것은 2월 그믐께였다. 영을은 우선 객주집을 찾아 들어갔다.
 "여보시오. 주인장 계시옵니까? 주인장 계십니까?"
 마당에 있던 개가 마구 짖어대자, 주모인 듯한 아줌마가 뛰어나왔다.
 "아이구, 요놈의 강아지야, 그만 좀 짖으라우. 무슨 일로 그러십니까?"
 "아, 예 저 이 객주집에서 며칠 좀 묵어갈까 해서 그렇습니다만……."

"아이구, 이 일을 어쩌면 좋겠십니까?"
"아니, 왜요? 방이 없습니까요?"
"아 객주집에 방이 왜 없겠십니까, 빈 방이 없다는 말씀이지요."
"예에."
주모는 영을을 자세히 살펴보더니, 말을 이었다.
"참 딱하게 되셨습니다."
"무슨…… 말씀이시지요?"
"척 보아하니 사마시 과거시험을 보러 오신 것 같으신데?"
"아, 예…… 그렇습니다마는……."
"이번 사마시에는 웬 선비들이 그렇게 많이들 몰려왔는지, 객주집이라는 객주집은 열흘 전에 벌써 꽉꽉 들어찼는데, 이제 와서 빈 방을 찾으시니 딱하게 되셨습지요."
영을은 주모의 말을 듣고 놀라서 물었다.
"정말 그렇게 많이들 몰려왔습니까요?"
"어떤 사람 말로는 천 명이 넘는다고 하고, 또 어떤 사람 말로는 천 삼백 명도 더 될 것이라고 그럽디다요."
"천 명도 더 넘는다는 말씀이십니까요?"
"아 글쎄 이번 사마시를 보려고 팔도강산 선비들이 다 모여들어가지고 개경 바닥이 온통 북새통이라고들 그러지 뭐겠십니까. 헌데 선비 양반께서는 어디서 오셨십니까?"
"아 예, 소생은 전라도 화순 땅에서 오는 길입니다만……."
"아이구, 전라도라면 천 리 길도 훨씬 넘는 길 아닙니까요?"

"예, 천 삼백 리도 넘는 길입지요."
"에이그, 딱도 하셔라. 그 머나먼 길을 걸어오셨으면 몸이 천근 만근 고단할텐데 이 일을 어쩌면 좋겠십니꺄 그래."
"어디 알아볼만한 데가 없을런지요?"
"글쎄 사마시 보러온 선비들이 저마다 각 방만 쓰는 바람에 빈 방이 어디 있어야 말이지요."
이미 해는 져서 어둑어둑해졌다. 객주집에 빈 방이 없다니 영을은 하는 수 없이 돌아서서 나왔다.
그때 구석방의 문이 열리며 웬 젊은 선비가 영을을 부르면서 나왔다.
"여보시오, 젊은 양반. 듣자하니 멀리서 오신것 같은데 방을 구하지 못하셨소이까?"
"아, 예."
"방을 드리고 싶은 마음이야 굴뚝 같지만 빈 방이 어디 있어야 말씀이지요."
"그러면 주모, 이렇게 하면 어떻겠소이까?"
"어떻게 말씀이시옵니꺄?"
"내 방을 이분과 둘이 함께 쓰면 어떻겠느냐 이런 말씀이오. 물론 이 분께서 싫지 않으시다면 말씀입니다만……."
영을은 피곤이 다 풀리는 기분이었다.
"아이고 이거 그래만 주신다면 저야 어찌 싫구 좋구가 있을 수 있겠습니까. 감사할 따름이지요."

"자, 그럼 우선 방으로 들어가서 통성명이나 하십시다."
"아 예, 그러시지요."
"아이구 어쩜 이 선비 양반 마음씨가 관세음보살이실세. 기왕에 두 분이 한 방을 쓰신 인연으로 두 양반 다 보란 듯이 급제해서 좋은 일 많이 하십시오. 예 헤헤헤."
"두 사람 다 급제를 하면 주모께선 술 한 상 잘 차려야 할 것인데?"
"아이구 그야 술 한 상이 대수겠습니까요. 씨암탉이라도 잡아 올릴 것이니 제발 두 양반 다 급제만 하시라구요."
 이렇게 해서 최영을은 처음 보는 선비 덕분에 노숙 신세를 면하게 되었다.
 방으로 들어간 선비는 최영을에게 자신은 정공찬이라 했다. 그 선비의 고향은 월출산 아래 마을 월나악으로, 전라도 화순에서 멀지않은 곳이었다. 두 사람은 밤새 많은 이야기를 나누었다.
 드디어 과거시험을 보러 가는 날 아침이었다. 두 선비는 과거시험을 보러 천리 길도 마다 않고 왔으니, 기필코 둘 다 급제를 해서 그 주막에서 다시 만나기로 굳은 약조를 하고 과거장으로 향했다.

3
씨암탉을 잡으시오

　고려의 역사를 기록해 놓은 옛 문헌 고려사 전 74, 신종 4년 3월의 항목을 살펴 보면 서기 1201년 3월 예부시랑 최홍륜의 관장 하에 사마시를 보았는데 이때 치른 사마시는 시사 과목과 십운시 과목 두 과목을 치렀다고 기록되어 있다.
　그러니까 젊은 선비 최영을도 바로 이 기록에 나타난 고려 신종 4년 3월에 치른 사마시를 보았던 것이다.

　주막집의 개가 몹시 짖자, 주모가 뛰어나오며 소리를 질렀다.
　"아이구 이 방정맞은 강아지야, 그만 좀 짖고 저리 가지 못하겠어? 그렇지 않아도 지금 내 속이 속이 아니란 말여! 우리 집에 묵었던 선비들이 모조리 다 낙방을 했는지 코들이 석 자나 빠져가지고 떠나는 판에……. 그런데 한 방을 둘이 쓰신 선비님들께서는 어쩐 일로 여태 아니 돌아오시는지 원……."

 속이 상할대로 상한 주모의 마음을 알 수 없는 개는 또 마구 짖어대었다. 주모가 혹시나 해서 바깥을 내다보니 두 선비가 저만치 오고 있는게 아닌가!
 "아이구, 이제야 저기 오시네. 그래 선비님 두 분께서는 대체 어찌 되셨십니까? 예?"
 "오늘따라 객주집이 썰렁합니다, 그려."
 "아이구, 어찌 되셨십니까, 예?"
 "아, 최선비께서 묻지 않으셨소? 어째 이리 객주집이 썰렁하냐고 말씀이오?"
 "아, 그거야 선비들이 죄다 낙방을 해가지고 코가 석 자나 빠져서 파장 후에 장꾼 흩어지듯 떠났으니까 그렇습죠. 그런데 참말로 어찌 되셨십니까? 두 분 선비도 낙방하셨십니까? 예?"
 "이것 보시오, 주모."
 "묻는 말에 대답은 아니하시고 왜 그러십니까?"
 "자고로 장부일언은 중천금이라, 사내 대장부의 말 한 마디는 천금보다도 더 중하다고 그랬소."
 "그런 소리는 쇤네도 들은것 같사옵니다마는……."
 "주모는 비록 아녀자이나 한 번 입 밖에 내놓은 말은 다시 주워 담을 수 없는 법!"
 "무슨……말씀이십니까?"
 "주모께서는 정선비가 하시는 말씀 잘 들으셔야 할 것이오."
 "아니, 대체 무슨 말씀이신지 쇤네는 통 알아 먹을 수가 없습니다요."
"이것 보시오, 주모."
"……예에?"
"이 객주집 씨암탉, 영락없이 오늘밤 죽게 되었소이다."
"예? 아이구 아니 그럼 붙으셨십니꺄? 두 분 다?"
"이 객주집에서 각 방을 쓴 사람들은 다 떨어졌고 합방한 우리 둘만 붙었단 말씀이오!"
"아이구 잘 되셨습니다요! 정말 잘 되셨습니다요! 그, 그러면 쇤네는 씨암탉부터 잡아야겠습니다요."
"잡으슈, 잡아. 그까짓 씨암탉 값 두 배, 아니 세 배로 치뤄줄 것이니 어서 잡으시오. 허허허."
그토록 기다리고 기다리던 과거 시험에 보란듯이 급제 했으니 이 얼마나 기쁘고 장한 일이겠는가! 그날밤 젊은 선비 최영을은 멀고 먼 남쪽 하늘을 바라보며 고향집에 계시는 어머니를 향해 감사의 인사를 올렸다.
"불효자 영을이가 어머님께 아뢰옵니다. 소자는 오늘 조상님들의 보살피심과 어머님의 지극하신 은혜를 입어 사마시에 급제하였음을 알리옵니다. 식은 밥 한 덩어리라도 이 자식에게 더 먹이시고자 속이 불편하다 거짓 말씀 하시고, 돌아서서 냉수로 배를 채우시고 허리끈을 더욱 졸라매신 어머니.
이 자식에게 지필묵을 마련해 주시느라 평생토록 새옷 한 벌 입어보지 못하시고 손발이 다 닳으시도록 남의 집 품팔이로 허리가

굽으신 어머니.

 소자가 오늘 비록 사마시에 급제를 했고, 앞으로 벼슬을 아무리 한들 어머니의 은혜 감히 어찌 만분의 일이나마 갚을 수 있을 것이며, 어머니께서 평생 겪으신 그 고생을 감히 무엇으로 대신할 수 있겠사옵니까?

 하오나 소자, 아버지의 유언, 어머님의 당부, 촌시도 잊지 아니하고 명심하여 털끝만큼도 어긋남이 없을 것이온즉 염려 놓으시고 평안하시옵소서."

 그러나 사마시에 합격을 했다고 해서 그날로 곧바로 벼슬을 제수받는 것이 아니었으니, 이 당시 사마시에 합격한 사람은 다시 태학에 들어가 실력을 더 닦아야만 하게 되어 있었다.

 오늘날 고등고시 합격자들을 다시 연수원에 보내 교육시키듯이 옛날 고려 시대에도 이와 비슷한 제도가 있었던 것이다.

 심정 같아서야 사마시에 급제한 바로 그날로 천리길을 단숨에 달려가 어머님께 이 기쁜 소식을 전해 드리고 싶었다. 그러나 태학에 들어가 벼슬할 실력을 더 쌓으라는 것이 나라의 명이고 보니 어쩌는 도리가 없었다.

 태학에 들어와서 공부하기 시작한 지 어느덧 3개월이 되었다. 객주집에서 만나 한 방을 쓰게 된 인연으로 형제처럼 가까워진 두 사람은 이제 둘도 없는 막역한 친구가 되어 있었다.

 "이것 보시게 영을이, 주무시는가?"

"아닐세."
"두견새가 구성지게 울어대서 그런지 통 잠이 오질 않는구먼."
"두견새 탓이 아니라 고향 생각이 나서 그러시겠지."
"자네는 그럼 고향 생각이 아니 나신단 말이신가?"
"아니 나기는? 생각 같아서는 하루에도 열 두 번 고향으로 달려가서 어머님을 뵈옵고 싶다네."
"난 말이세 영을이, 사마시에만 합격하면 곧바로 벼슬길에 올라 말 타고 풍악 울리며 금의환향 하는 줄만 알았네."
"태학도 거치지 않으시고 말이신가?"
"그렇게 잘못 알고 있었던 게지. 그런데 자네 말일세."
"……말씀하시게. 듣고 있으이."
"자넨 어떤 벼슬을 꿈꾸고 계시는가?"
어떤 벼슬을 하고 싶냐는 정선비의 물음에 영을은 주저없이 대답했다.
"난 아직 어떤 벼슬을 하고 싶다고 생각해 본 일이 없네. 그 보다두 나라에서 은급을 내려 주시면 그 돈으로 가장 먼저 하고 싶은 일이 있네."
"무슨 일인데?"
"어머님께 맨 먼저 더운 밥에 맛있는 반찬 해 드리고 싶으이."
"아니, 왜 하필이면 그까짓 더운 밥이란 말이신가?"
영을은 말을 못하고 목이 메었다.
"우리 어머님께서는 아마도 평생 더운 밥을 잡숴보지 못하셨을

것이네. 아버님이 세상을 뜨신 이후로는 말일세."
 "집안이 그토록 곤궁했었단 말이신가?"
 "그런 셈이었지. 어머님이 품팔이를 해서 연명을 해왔으니 말일세."
 "내 미처 살피지 못했구먼, 정말 미안하이."
 "아닐세, 그래서 난 첫 은급을 받으면 어머님께 우선 더운 밥을 지어 올려 드리고 그 다음에는 새 옷을 한번 지어 드리고 싶네."
 "자넨 참으로 효심이 지극하시네."
 "어머님께서는 설령 내가 사마시에 급제해서 벼슬을 한다고 해도 자식의 벼슬을 팔아 사사로운 호의호식을 안하겠다고 다짐하시곤 하셨네만, 자식의 심정이야 어디 그런가? 이 자식 때문에 헐벗은 세월이 그 얼마인데……."
 "그래, 옛 말씀에도 그랬어. 자식이 제아무리 잘한들 하해와 같은 부모님 은혜를 어찌 다 갚을 수 있을 것이냐고 말일세."
 "나는 입신출세해서 부귀영화를 누릴 생각으로 사마시를 준비한 것은 결코 아니었네."
 "자네는 올곧은 선비 자손이니, 백성들을 편히 살리려는 큰 뜻을 품으셨겠지."
 "사실대로 말하자면 그것도 아니었네."
 "그것도 아니었다면 대체 무슨 목적으로 사마시를 준비했단 말인가?"
 "어머니, 우리 어머니, 오직 어머니를 위해서 글공부를 했네. 어머니의 소원을 풀어드리고, 어머니가 더이상 굶지 않으시게 해드리고, 어머니가 더이상 천덕꾸러기 품팔이를 그만 하시게만 할 수 있다면 하고,……그래서 글공부를 했네."
"아니, 그렇다면 자네는……."
"난 사실은 어인 일인지 어렸을 적부터 벼슬도 싫고 재물도 싫었네. 현감도 부럽지 않고 부자도 부럽지 않았어. 다만 어인 일인지 부러운 사람이 한 사람 있었지."
"누군데, 그분이?"
"그 분은 스님이셨네."
정선비는 깜짝 놀라며 큰 소리를 질렀다.
"뭐,뭐라구? 스님?"
사마시에 합격을 해서 벼슬길을 바라보며 태학에서 학문을 연마하고 있는 젊은 선비가 입신 출세도 부럽지 아니하고 부귀영화도 부럽지 아니하고 오직 스님이 부러웠다고 했으니 동료 선비로서는 얼른 납득하기가 어려웠다.
"아니 허면 자네는 대체 무엇을 바라고 글공부를 했단 말이신가? 높은 벼슬도 바라지 아니하고, 부귀영화도 바라지 않으면서 말일세."
"철이 들면서부터 우리 어머님이 얼마나 모진 고생을 하고 계신지 차차 알게 되었네. 그러니 어머니의 소원을 차마 거역할 수가 없었지."
"허면, 자당님께서는 자네가 어렸을 적부터 과거시험에 급제할

것을 당부하셨더란 말이신가?"

 "나는 어렸을 적부터 어머니 등에 업혀 절에 가곤 했었네. 처음에는 어머니 등에 업혀서 그리고 그 다음에는 어머니 손에 끌려 종종 걸음으로……. 수 삼년 절에 다니다가 어느 해 칠월칠석 날, 어느 스님이 나에게 몇 자 적어주시면서 열심히 외우라고 일러주시는 게야."

 "무슨…… 글귀였는데?"

 "그땐 내가 아홉 살이던가, 열 살 때였으니 무슨 글귀인지, 무슨 뜻인지도 모르고 덮어놓고 외우기만 했지. 나중에 나이 들어 알아보니 바로 사홍서원이었는데, 허나 그 당시에는 무슨 뜻인지도 모르고 집에 와서도 줄곧 그것만 외웠어. 중생무변 서원도, 번뇌무진 서원단, 법문무량 서원학, 불도무상 서원성."

 "글공부는 아니하고 그것만 외웠단 말인가?"

 "그러다가 어머니께 크게 꾸지람을 들었지. 어머니도 처음에는 내가 글공부를 하고 있겠거니 여기고 계셨던 모양인데 자꾸 들어보니 어디서 많이 듣던 염불이라 나중에는 그만 대경실색을 하셨어."

 영을의 어머니는 그런 염불은 백 날 천 날 외워봐야 과거시험에 안나온다면서 다시는 염불을 외우지 못하게 하셨다.

 "원 참, 자네두. 그래 그후로는 염불 외우던걸 그만 두었나?"

 "염불 뿐만이 아니었네. 그후로 두 번 다시 절에는 데리고 가지도 않으셨구, 과거시험에 급제하기 전에는 아예 절 구경 갈 생각을 말라고 하셨네."

"허허, 거 참 자당님께서 크게 놀라셨던 모양일세 그려. 아, 자라 보고 놀란 가슴, 솥뚜껑 보고도 놀란다고 자네가 그렇게 염불에 재미 붙이다가 훌쩍 머리 깎고 스님이 되어버릴까봐 겁을 먹으셨 겠지. 안 그러신가?"

"그러셨던 모양이야……."

"아 자네두 생각을 좀 해보시게. 하나밖에 없는 자식이 염불에 재미 붙여서 산속으로 들어가겠다면 이거야말로 청천벽력이지. 그래 그후로는 여태 절 구경도 못했겠네 그려?"

"그렇지 않아도 근일간에 법왕사, 왕륜사 구경을 갈까 하네."

"그거 좋은 생각일세. 하지만 자네 혼자만 슬쩍 다녀오면 안되네. 더더구나 법왕사, 왕륜사에는 말일세. 공경대부댁 예쁜 따님들이 불공드리러 줄을 잇는다니 말일세."

"예끼, 이런! 자넨 그러면 절 구경 가자는게 아니구 아가씨들 구경 가자는게 아닌가! 응? 허허허……."

이 당시 사마시에 합격한 젊은 선비들은 태학에 들어가서 학문을 더 깊이 연마하면서 한 달에 두어번씩 글을 지어 바쳐 그동안의 공부를 점검받게 되어 있었으니, 요즘 말로 하자면 중간 평가를 받는 셈이었다.

그러니까 이 중간 평가에서 후한 점수를 많이 받으면 그만큼 벼슬을 빨리 제수받고, 그만큼 더 좋은 벼슬에 임명될 것은 정해진 이치였다. 그래서 사마시에 급제하고 태학에 들어와서 공부하고

있던 젊은 선비들은 글을 지어 바치고 나서 그야말로 초조하게 그 결과를 기다리곤 했다. 그도 그럴것이 젊은 선비들이 글을 지어 바치면 당시 그들을 관장하고 있던 예부시랑 최홍륜이 젊은 선비들의 글을 일일이 점검하여 혹독한 질책을 내리기가 다반사였으니, 어느선비인들 겁을 먹지 아니할 수가 없었던 것이다.

드디어 정선비와 영을이 불려나갔다. 먼저 정선비가 최홍륜 앞으로 나갔다.

"이것보시게."

"예."

"이 글귀 분명히 그대가 지어 올린 것이렷다?"

"예, 그렇사옵니다."

"그대는 도대체 글을 어떻게 지었길래 댓귀가 맞질 아니한단 말인가?"

"……죄송하옵니다."

"공부가 이렇듯 지지부진이면 수 삼 년 이 태학에서 늙고 말것이야."

"죄송하옵니다. 더욱 분발하여 열심히 공부를 하겠사옵니다"

최홍륜은 가볍게 책상을 치면서 훈계를 하였다.

"자고로 글이라고 하는 것은 글자 수만 채운다고 해서 글이 아니요, 댓귀가 척척 맞아 운치가 살아야 하고 글자와 기운이 서로 어우러져 살아있는 맛이 나와야 하는 법……어쩌다 운수가 좋아서 사마시에는 급제했을지 모르지만 이 태학에서는 어림도 없네."

"예, 명심하겠사옵니다."
"그만 나가보게!"
다음은 영을의 차례였다. 영을은 옷매무시를 똑바로 하고 침을 꿀꺽 삼켰다.
"다음 사람!"
"예."
드디어 우리의 젊은 최선비가 호랑이보다도 더 무서운 예부 시랑 최홍륜 앞에 무릎을 꿇고 앉았다.
"이 글은 분명히 그대가 지은 것이렷다?"
"예."
"어디 한 번 뜻을 새겨 보시게."
"팔에 광주리 끼고 뽕따는 처녀, 춘색이 가득하고
삿갓 쓰고 도롱이 입은 노인, 빗소리를 실었네."
"허허허……허허허허, 이것 보시게."
"예?"
"어찌하여 내가 한바탕 웃었는지 그 까닭을 아시겠는가?"
"……소인, 잘……모르겠사옵니다."
"그대가 글을 새기는 동안, 내 두 눈을 지그시 감으니, 자욱한 봄비 속에, 처녀는 광주리 끼고 뽕을 따고, 삿갓 쓰고 도롱이 입은 노인은 농사일이 바쁜데, 촉촉한 봄비 소리 내 귀에 들려왔네."
"……무슨……말씀이시온지……소인은……."
최홍륜은 다시 한 번 크게 웃었다.

 "한마디로 말해서 그대의 글에는 정경이 살아나고 운치가 담겨 있어. 아주 잘 지은 글이야."
 "아 아니옵니다. 과찬의 말씀이시옵니다."
 "그대는 묻는 말에나 대답하도록 하시게. 본가가 어디라고 그랬던고?"
 "예, 소인 전라도 화순에서 자랐사옵니다만."
 "허면 글공부는 대체 어느 문하에서 해왔던고?"
 "예, 소시적에는 서당에서 배웠사옵고 그 후로는 소인 혼자 독학을 했사옵니다."
 "독학을 했다? 으음, 그래? 허면 양친께서는 모두 고향에 계시던가?"
 "……아 예, 어머님 한 분이 고향에 계시옵니다."
 "아니, 그럼 춘부장께서는?"
 "예, 아버님께서는 소인이 세 살 적에 세상을 뜨셨습니다."
 "허허 그것 참 아니되었구면. 허면 농사는 얼마나 짓고 있었던고?"
 "……예. 말씀올리기 부끄럽사오나 농사는 짓지 못했사옵니다."
 "농사를 짓지 아니했다니, 대체 그것은 또 무슨 말이던고?"
 "……예. 참으로 말씀드리기 부끄럽사오나 농사 지을 땅이 없었사옵니다."
 "아니, 그러면 대체 무엇으로 호구지책을 삼았더란 말인고?"
 "……예. 어머님께서……어머님께서 품팔이로 소인을 키우셨사옵니다."
"자당님께서?"
"참으로 죄스럽고 부끄럽사옵니다. 용서하십시오."
"이것 보시게. 그대의 글도 썩 빼어나려니와 내 이제 그대의 신상을 잘 알았으니 더욱 열심히 정진토록 하시게."
"예, 소인 명심하겠습니다."
 옛날 고려시대의 벼슬과 직책이 오늘날과는 판이하니 정확히 그 때의 벼슬과 오늘의 관직을 비교할 수는 없겠지마는, 당시 고려시대의 예부시랑이라면 아마도 오늘날의 장관급이라고 추측된다. 이때 우리의 젊은 최선비가 태학에서 명문을 날려 두각을 나타냈을 뿐 아니라 당시의 예부시랑으로부터 극찬을 받는다는 것은 그야말로 장래를 보장받는 것이나 다름 없었다. 이렇게 되니 태학에 들어와 벼슬공부를 하고 있던 모든 젊은 선비들이 한편으로는 부러워하고 다른 한편으로는 샘을 내는 지경이었다.

4
예부시랑도 감동시킨 효심

그해 가을이었다. 정선비가 영을을 찾았다.
"여보게 최공, 최공 안에 계신가?"
"무슨일이신가?"
"자네 어서 문 밖에 나가 보시게."
"문 밖에는 왜?"
"전라도에서 왔다는 웬 하인이 자네를 찾고 있으니 어서 나가 보래두 그러시네."
"전라도 하인?"
"급히 자네를 만나야 한다고 발을 동동 구르고 있다네. 어서 급히 나가 보시게."
최선비가 이 소리를 듣고 걸음을 재촉하여 문 밖에 나가보니 과연 웬 하인 행색의 사내가 기다리고 있었다.
"아이구, 도련님 그동안 안녕하셨습니까?"

"아니, 그런데 자네가 누군데 나를 찾아오셨는가?"
"아이구 도련님, 저를 몰라보시겠습니까요? 바우구먼유, 바우."
"바우라니 대체 어느 마을 바우란 말이신가?"
 바우라는 사내는 답답하다는 듯이 가슴을 쳤다.
"아이구, 참 도련님두! 아 그, 저 옛날 옛날에 뵙구 그동안 못뵈었습니다마는 저는 단번에 도련님을 알아뵙겠는데, 도련님은 소인을 몰라보시겠습니까요?"
"허허 이사람, 거 변죽만 건드리지 말고 바로 말해보게. 대체 어느 마을 누구란 말이신가?"
 바우는 침을 꿀꺽 삼키고는 말을 이었다.
"아이구, 알겠습니다요. 하오면 소인 차근차근 말씀드릴 것이오니 잘 들으십시오."
"자네 혹시 사람을 잘못 찾아 온것이 아니신가?"
"아니구, 아니올습니다요. 소인은 글쎄 첫눈에 척 알아뵈었다니까요."
 최선비는 아무리 생각을 해보아도 바우라는 사람이 누구인지 생각이 나질 않았다.
"도련님 성씨가 최씨 맞습지요?"
"그건 맞네만……"
"그리고 또 도련님 외갓댁이 배씨 맞습지요?"
"그래, 그것도 맞네만."
 그것보라는듯이 바우는 기세등등해서 다시 말했다.

"아이구, 도련님도 '맞네만'이 뭡니까요? 획 하나 토 하나 틀림이 없지요."
"아니, 그래 자네가 무슨일로 나를 찾아 왔단 말이신가?"
"자세히 보십시오. 소인이 바로 도련님 외가집 배생원 댁의 하인 바우입니다요."
"어어……그리고보니, 이제야 얼굴이 생각나는구먼."
"주야장창, 일구월심 글공부만 하신다고 그러시더니만 다른것은 깡그리 다 잊어버리셨구먼요."
"아니, 그런데 자네가 무슨 일로 천리 길을 왔더란 말인신가?"
"여러 말씀 하지 마시고, 도련님 어서어서 짐부터 꾸리십시오."
"짐부터 꾸리라니?"
"아, 도련님 자당님께서 병환이 지중하셔서 그래서 지가 잠도 안자고 달려 왔구먼유!"
"무엇이? 어머님께서?"
이건 또 무슨 청천벽력이란 말인가! 영을은 가슴이 썰렁하였다.
"아니 이 사람, 우리 어머님 병환이 어느 정도시란 말인가?"
"아이구 자세한 거야 저같은 하인놈이 어떻게 알겠습니까만 광자 한자 우리집 주인 나으리가 도련님의 외사촌 형님 되시지요?"
"그래 그건 그렇네만."
"우리 주인님께서 자당님 모르게 소인을 보냈습니다요."
"어머님 모르게 자넬 보냈다구?"
"처음에 주인 나으리께서 노마님께 그러시데요. 아무래도 개경에 알려 도련님을 내려오시게 해야겠다고 말씀예요."
 "그, 그래서?"
 "그랬더니 노마님께서 병환 중에도 벌떡 일어나셔 가지고는 '절대로 개경에는 알리지 말라' 하시며 노발대발하셨지 뭡니까요?"
 영을의 어머니는 나라에 뽑혀 벼슬공부를 하고 있는 영을이를, 제 에미 병이 들었다고 사사로이 불러 내리면 그것은 바로 영을이의 장래를 망치는 일이라며 한사코 말렸던 것이었다.
 "그래서 사나흘 지체가 되었습지요."
 "그, 그래서 지금은 병환이 어떠시단 말인가?"
 "소인이 떠나오기 전날밤, 억지로 업어다가 모셔놓고 왔습니다요."
 "어디로 모셨단 말인가?"
 "도련님 외갓집으로요."
 "알았네. 내 급히 들어가서 허락을 받도록 할 것인즉, 여기서 잠시 기다리고 있게."
 당시 사마시에 급제하여 태학에서 공부하고 있는 선비는 제 마음대로 들고 날 수 없었다. 영을은 곧바로 예부시랑 최홍륜에게 사정을 일렀다.

 "허허 아니, 그렇다면 자당님의 병환이 그토록 위중하시단 말이던가?"
 "웬만큼 위중하지 않으시면 외사촌 형님께서 하인을 보내지는

않으셨을 것이옵니다."
"허면 그대는 대체 어찌하면 좋으시겠는고?"
"아뢰옵기 황송하오나 소인 이 길로 고향으로 달려가 어머님을 뵈옵도록 허락하여 주십시오."
"이것 보시게, 자네도 알고 있다시피 이 태학은 그 규범이 엄격한 곳이야."
"알고 있사옵니다."
"하루만 공부를 게을리해도 고과에 그대로 반영이 되고, 달마다 치루는 시험 결과가 불량해도 낙점에 지장을 받네."
"하오나 지금 어머님께서 병환이 위중하시다는데 소인 감히 어찌 벼슬만 탐하고 앉아 있을 수 있겠사옵니까?"
최홍륜은 고개를 저으면서 난처한 표정이었다.
"허허, 이거 참, 난처한 일이네 그려. 그대의 자당께서 이 개경성 안에만 계신다 해도 하루 이틀 문병은 내가 허락할 수도 있었을 터인데……."
"말씀드리기 죄송하오나 소인 만일 어머님을 찾아뵙지 못한채 어머님이 세상을 떠나신다면 그 막중한 불효를 평생토록 어찌 다 씻을 수 있겠사옵니까? 소인 차라리 벼슬을 버릴지언정 어머님께 불효를 끼칠 수는 없사옵니다. 살펴 주옵소서."
"이 사람, 내가 그대의 효심을 몰라서 그러는가? 특출한 그대의 재주를 썩히기가 너무 아까워서 그러지."
"하오나 인륜을 저버리고 감히 어찌 벼슬을 얻어 백성을 다스린다 할 수 있겠사옵니까?"
 "허면 그대는 정녕 관직을 제수받지 못하는 한이 있더라도 고향으로 내려가 어머님을 뵙겠다는 말인가?"
 "그러하옵니다, 허락해 주십시오."
 "알겠네. 그대의 효심이 그러하다면 어느 누가 감히 막을 수 있을 것인가……."
 "감사하옵니다. 하오면 소인 지체없이 낙향하겠사옵니다."
 "낙향이 아닐세. 그대를 차마 여기서 이대로 낙향시킬 수는 없는 일일세."
 "아니, 하오시면?"
 "이 사람, 낙향이란 말은 함부로 쓰는 것이 아닐세. 더더구나 앞길이 구만리 같은 젊은 선비가 낙향이라니!"
 "잘못되었사옵니다. 용서하십시오."
 "고향에 급히 다녀오도록 하시게. 그대를 위해 태학의 문을 열어 놓을 것이니……. 내 말 알아 들었는가?"
 "예, 알겠사옵니다."
 이렇게해서 간신히 일시귀향을 허락받은 젊은 최선비는 그길로 발걸음을 재촉하여 쉬지 않고 잠을 설쳐가며 남쪽으로 남쪽으로 내달았다.
 그러나, 개경에서 화순 땅은 장장 1천 3백 리였다.
 "아이구, 아이구 숨 차. 아이구 허리야, 다리야."
 "이제 겨우 3백 리도 못 왔거늘 어인 엄살인가?"

바우는 울상을 지었다.
"아이구 도련님, 도련님은 3백 리지만 소인은 천 6백 립니다요. 올 적에는 소인이 뭐 황새 타고 날아왔겠사옵니까요?"
"오 참 그렇구먼. 자네가 고생이 많으시네."
"이놈의 하인 팔자 어디 있으면 고생 안하겠사옵니까요? 물이라도 한모금 마시고 잠시 쉬었다 가십시다요."
"알겠네, 어서 마시고 오게. 어둡기 전에 이 산을 넘어가야 하니까 말일세."
고향으로 달리는 마음은 일각이 여삼추, 그러나 가야 할 길은 아직도 천리나 남아 있었다.

최선비가 천신만고 끝에 정신없이 내달려서 고향 화순 땅에 당도한 것은 개경을 떠난 지 열흘 하고도 하루 만이었다. 그 사이에 어머니께서 변고라도 당하셨으면 어찌하나 생각하니 마음이 바짝바짝 탔다. 헌데 최선비가 허겁지겁 동구밖에 다다르고 보니 외사촌 형님이 거기까지 나와 기다리고 있었다.
"어이구, 형님."
"어서 오시게. 엊그제부터 눈이 빠지게 기다리고 있었다네."
"어머님 병환은 어떠하신지요?"
"우선은 마음 놓으시게."
"그, 그럼 차도가 있으시단 말씀이시옵니까 형님?"
"한고비는 넘기셨네."

"고맙습니다 형님. 자식된 도리를 제대로 못한 죄, 막중합니다."
"그것보다도 내 자네한테 미리 일러둘 말이 있어서 기다리고 있었다네."
"무슨……말씀이신지요?"
"고모님 병환 때문에 자네가 일부러 내려온 줄 아시면 고모님께서는 아마도 노발대발 하실걸세."
"하오면 어머님께는……?"
"이렇게 말씀드리도록 하시게."
"……어떻게 말씀이십니까?"
"태학에서 명을 내리기를 집에 가서 잠시 쉬면서 백성들 형편을 살펴오라고 해서, 그래서 내려온 길이라고 말일세."
"그랬다가 나중에 아시게 되면……."
"이 사람, 자네 어머님 성미를 몰라서 그러시는가? 만일 내가 기별을 해서 자네가 내려왔다는 걸 아시면 나한테까지 불벼락이 떨어질 것이야. 게다가 당장 우리 집에서 떠나시겠다고 우기실게야."
"알겠습니다. 여러 가지로 심려를 끼쳐 면목없습니다, 형님."
"자, 그럼 어서 집으로 가세."
어머니는 참으로 몰라보리만큼 수척해진 모습으로 두 눈을 감은 채 병석에 누워 계셨으니 아들의 심정은 천갈래 만갈래 찢어지는 것이었다.

"어머니!"

"으음?"

"어머니! 소자가 왔습니다. 어머니!"

"아 아니, 태학에서……벼슬공부를 하고 있을 사람이……여기는 어떻게 왔느냐……."

"예, 그건 저……."

사촌형이 얼른 말을 받았다.

"예, 저 태학에서 잠시 말미를 주어 고향에 내려가 백성들 형편을 살펴보고 오라고 그랬답니다요."

"이 사람, 나 좀 일으켜 주어."

"아이구, 그냥 누워 계세요. 어머니."

"자네가 어서 좀 일으켜 주래두."

"예 고모님, 자 그럼 조심하십시오."

"하오면, 소자 절 올리겠습니다."

최선비가 절을 하려하자, 어머니는 두 손을 휘저었다.

"아픈 사람한테는 절을 안하는 법이다. 나 거기 대접의 물이나 좀 주시게."

"아 예, 여기 있습니다."

어머니는 힘들게 물을 마신 후 긴 한숨을 토했다.

"자네가 이 아이한테 기별을 했는가?"

"아이구, 아, 아닙니다요 고모님. 아 여기서 개경이 어딘데 기, 기별을 합니까요?"

"한 달 전이던가……그때 나한테……그러지 않았는가……기별을 하겠다구 말이야."
"아이구 그랬다가 고모님이 펄쩍 뛰셔서 더이상 말도 못꺼냈습지요. '그런 소리 다시는 입밖에도 내지 말라'고 그러시지 않으셨습니까?"
"허면 정말로 태학의 명을 받고 내려 왔다는게냐?"
"예, 어머니."
"그러면 사당에 인사는 올리고 왔느냐?"
"예에?"
"조상님들 사당에 말이다."
"아, 저 사당에는 미처 인사를 올리지 못했습니다."
"그러면 개경에서 곧바로 이 집으로 왔다는 말이 아니더냐?"
"아, 예. 그건 저 이사람이 저기 저 삼거리 주막에서 마을 사람들을 만나 거기서 소식을 듣고 곧장 이리루 오게 되었답니다요."
"어둡기 전에 산을 넘어가자면 서둘러야 할 것이니라. 사당에 인사부터 올리고 오너라."
"예, 어머니 분부대로 하겠습니다."
 어머님의 지엄하신 분부인지라 그길로 산을 넘어 조상님들을 모신 사당에 인사 올리고 되짚어 돌아오니 밤이 깊었는데 외사촌 형이 밖에서 기다리고 있었다.
"이거 아무래도 야단났네."
"왜요, 어머님께서 안좋으십니까요?"
"그게 아니구 말일세, 아무래도 눈치를 채신 것 같으시네."

"형님이 기별을 해서 제가 내려온 것을 말씀이십니까?"
"그래. 자네 집에 먼저 들르지 않고 곧바로 여기로 온 것하며……거기서 그만 눈치를 채신 것 같은데……."
사촌형은 걱정이 태산같았다.
"아신다고 해도 할 수 없는 일이지요. 차라리 제가 사실대로 말씀 드릴까 합니다."
"안될 소리! 자네 정말 어머니가 돌아가시는 걸 보고 싶어서 그러시는가?"
"허지만……."
"아 사람, 어머니 성미를 그리도 모르시는가? 세상에 글쎄 병환이 나신 지가 두어달도 넘은 것 같은데 그몸으로 글쎄 디딜방아다 밭을 맨다 일을 나가셨더라네. 그러시다가 밭에서 쓰러지셨어."
"아니, 그러면 어머니께서는……."
"몸이 안좋으시면 아 진작 우리 집으로 오셔서 쉬셨어야지. 아 우리집이 남의 집인가! 고모님 친정집이 아니냔 말일세. 그래도 글쎄 고모님께서는 출가외인이니 친정집 신세 안진다는 고집으로 사흘 나흘을 혼자 누워 계셨다네."
최선비는 마음이 찢어질듯이 아팠다.
"그래, 어떻게 알고 모셔 오셨습니까?"
"아, 우린들 알 수가 있었겠는가? 나중에 동네 사람들이 기별을 해줘서야 알았지. 저러다 노인네 돌아가시겠다 싶어서 사람을 보냈더라구."

"면목없습니다. 이게 모두다 제가 못난 탓입니다, 형님."
"자네 잘못이 아니지. 어쨌든지 그저 과거에 급제해서 자네가 벼슬길에 오르는 걸 보시는게 고모님 소원이셨으니……. 그런데 만일 고모님께서 자네가 공부 도중에 내려온 걸 아시면 어찌 되시겠는가? 아무래도 내가 큰 실수를 한 것 같구먼."
"기별을 해주신 건 잘 하신 일입니다, 형님."
"그땐, 오늘 내일 꼭 돌아가실 것만 같았네. 그래서 부랴부랴 바우녀석을 보냈던 건데……"
"기별을 안주셨더라면 저는 어머니 목숨이 경각에 달려있는 줄도 모르고 글이나 읽고 앉아 있었을 것이니, 세상에 그런 불효가 또 어디에 있겠습니까? 기별해 주신 것, 정말 고맙습니다 형님."
"이것보시게. 며칠전부터 탕약을 드시고 많이 차도가 있으시니 자넨 내일이라도 개경으로 올라가시게. 고모님 병구완은 자네 대신 내가 해드릴테니 말일세."
영을은 펄쩍뛰며 말했다.
"아니될 말씀이십니다. 어머니가 병석에 계신데 자식이 어찌 나 몰라라 하고 벼슬이나 탐할 수 있겠습니까? 오늘밤부터 어머니 병구완은 제가 맡도록 하겠습니다."
"아니될 소리! 결코 고모님께서 허락치 아니하실 것이야!"
"오늘밤부터는 형님, 편히 쉬시도록 하십시오. 제가 어머님을 돌보도록 하겠습니다."
그러나, 어머니 배씨부인은 병석에 누워서도 냉엄하시기가 그지

없었다. 최선비를 앞에 불러 앉히신 어머니는 벽에 기대어 앉으신 채 말씀하셨다.

"이것 보아라, 영을아. 이 에미는 무식해서 잘 모르겠다마는 그 태학이라고 하는 데는 벼슬공부를 시키는 곳이라고 그러던데……."

"예, 그렇사옵니다."

"나랏일을 배우는 사람이…… 사사롭게 늙은 에미 병구완이나 하러 내려 왔으니……."

"아, 아니옵니다 어머니. 명을 받고 내려온 것이니 조금도 염려치 마십시오 어머니."

"아 그러면은…… 에미 아프다고 내려가고…… 아버지 아프다고 내려가고…… 조부님 제사라고 내려가고…… 조모님 돌아가셨다고 내려가고…… 그러면 대체 나랏일은 어떻게 배우겠느냐?"

"아니옵니다 어머니. 그런 일이 다 인륜이오 천륜이라, 나라에서도 다 허락하고 있사옵니다."

어머니는 기운이 없으신지 힘없이 자리에 누우시며 말씀하셨다.

"죽기전에……얼굴 보았으니, 되었다. 내일 아침 날이 밝거든 곧바로 개경으로 올라가거라!"

"아니옵니다 어머니, 그럴 수는 없사옵니다."

어머님이 아무리 냉엄하게 분부를 내리신다한들, 병석에 누워계신 홀어머니를 버려두고 다시 개경으로 떠날 수는 없는 게 자식된 도리인지라 아들 최선비는 어머니 앞에 무릎을 꿇었다.

"어머니, 다른 분부시라면 소자, 어떤 일도 마다하지 않겠사옵니다. 하오나 병석에 누워계신 어머니를 버려둔채 감히 어찌 발길을 돌려 벼슬을 바라겠습니까, 예? 어머니."

"허면 너는 ……이 늙은 에미 병구완을 위해서……벼슬길도 버리겠다는 말이더냐?"

"버리는 것이 아니옵니다, 어머니."

"듣기 싫다."

"어머니, 어머니께서는 소자의 말을 잘 들어보십시오."

"못 배운 에미라고……속일 생각은 하지도 말아라."

"바른대로 말씀을 올리겠습니다."

"허면……대체 누가 기별을 했더냐? 네 외사촌이지?"

"예, 바우라는 하인을 개경까지 보내 주셨습니다."

"……망할 것들 같으니라구……."

"아니옵니다, 어머니. 형님께선 아무 잘못이 없으십니다. 저한테 기별도 아니하고 있다가……만일, 어머니께서 세상을 뜨시기라도 하셨다면 그땐 형님께서 어찌 감당할 수 있겠습니까?"

"……그래두 그렇지…… 기별이 왔기로소니…… 벼슬공부를 내버리고 따라 내려 오다니……."

"아니옵니다 어머니. 소자는 그 기별을 듣고, 태학을 관장하고 계시는 예부시랑 어른께 사실대로 다 말씀을 올렸습니다."

"……그랬더니 벼슬공부를 중도에 그만 두고 내려가라고…… 그러시더란 말이냐?"

 "아니옵니다 어머니, 예부시랑 어른께서는 흔쾌히 허락을 내려주셨습니다."
 "허락을 내리셨다구?"
 "예, 자식이 부모님께 효성을 바치는 것은 인륜에 합당한 일이니 아무 염려말고 다녀오라 허락하셨습니다."
 "이것…… 보아라."
 "예."
 "이 에미는…… 네가…… 태학을 마치고 벼슬길에 올라…… 역마 타고 내려올 날을 기다리고 있었다. 우리집 마당 안으로 네가 말 타고 들어올 날을 고대하며 살았어."
 "너무 염려 하십시오 어머니. 소자 머지 않아 역마타고 어머니 모시러 오게될 것이오니 어서 기운을 차리셔야 합니다."
 "그날을…… 그날을 기다리며 살았는데…… 이 박복한 늙은 것이 그 복도 없어서…… 이렇게 병이 들어…… 자식 앞길을 가로막았으니……."
 어머니는 미처 말을 마치지도 못하시고 울음을 터뜨렸으니, 최선비의 가슴은 무너져 내렸다.
 "어머니, 고정하십시오. 소자 머지않아 어머니의 소원대로 기필코 벼슬길에 오를 것이옵니다. 그러니 제발 고정하십시오."
 이렇게 해서 겨우겨우 어머니를 위로해 드린뒤, 그날부터 최선비는 어머니 병환에 좋다는 약초는 다 캐다가 지극정성으로 약을 다려 어머니께 올렸다.

그러던 어느날이었다. 느닷없이 마당에 말 울음소리가 들리는지라 그 집 주인 배광한이 놀라 나가보니, 화순현감의 행차가 있었다.
　"아이구 나으리, 어인 행차이시옵신지요?"
　"내가 바로 화순현감인데, 네가 이 집 주인이더냐?"
　"아 예, 소인이 바로 그렇사옵니다만……."
　"허면 이 집에 최 씨 성을 가지신 현관께서 머물러 계시더냐?"
　"예? 최 씨 성은 알아듣겠사옵니다만, 혀, 혀, 현관이라고 말씀하셨사온지요?"
　"허허허 - 사마시에 급제해서 태학에 계신 선비들을 현관이라고 부르느니라."
　"아 아이구 예, 그런 사람이라면 바로 소인의 사촌아우가 되는뎁쇼. 지금 방 안에 있사옵니다."
　"무엇이라고? 사촌아우라?"
　"아 예, 그러니까 고종사촌입지요. 예 예-."
　고종사촌이라는 말을 듣자 현감나으리는 그제서야 말에서 내려 말씨를 바꾸는 것이었다.
　"지금 그 현관께서 안에 계신다고 그랬는가?"
　"아, 예."
　이윽고 병구완을 하고 있던 최선비가 마당으로 내려섰다.
　"아이구, 이거 최현관이시옵니까?"
　"그렇소이다마는……?"

"천학비재한 소관, 화순현감이옵니다. 개경에 계시옵는 최자 홍자 류자 예부시랑 어르신께옵서 친히 파발마편에 서찰을 보내시어 최현관께 전해 올리라는 분부가 계시옵기에 이렇게 왔사옵니다."
"예? 아니 예부시랑 어르신께서요?"
"여기 있사옵니다."
"고맙습니다, 현감어른."
뜻밖의 현감 행차에 개경에서 파발마 편에 보내온 서찰을 받은 최선비는 가슴이 두근거렸다.
"아니, 이사람아, 개경에 계신다는 예부시랑은 누구시며 웬 서찰이신가?"
"그 어른은 태학을 관장하시는 높은 어른이시지요."
"아 어서 펴보시게, 무슨 서찰이신지?"
최선비는 떨리는 마음을 진정시키고, 예부시랑의 서찰을 펼쳤다.

'최현관 보시게.
그대가 태학에 돌아오지 아니함이 오래 되기로 자당님의 병환이 지중함을 미루어 알겠네. 그대가 태학을 떠나기 전에 언설한 바와 같이 만일 자식이 부모의 병환을 돌보지 아니하면 이는 곧 인륜에 어긋나는 일이라, 인륜에 어긋나는 자가 감히 어찌 백성을 다스리는 벼슬에 오를 수 있을 것인가!
벼슬길을 버릴지언정 차마 불효는 못하겠다던 그대의 효심이 실로 가상타 할 것이요, 특출한 그대의 문장이 아깝다 할 것이라. 명

춘 3월까지는 태학의 문을 열어둘 것이니 기필 명심하여 태학으로 돌아오기를 권하는 바이네. 부디 자당님의 병환이 쾌차하시기를 빌겠네.'

"아니 이사람, 이 서찰은 그러면 그 높은 어르신이 친히 보내신 서찰이란 말인가?"
"그렇습니다, 형님. 이 서찰을 어머님께 읽어드리면 이젠 마음놓으시고 기운을 차리시겠지요?"
"아무렴. 자나깨나 벼슬공부 그만 뒀다고 마음 아파 하시는데 어서 가서 읽어드리게."
최선비가 개경에서 예부시랑이 친히 보내온 서찰을 차근차근 읽어드리자 어머니는 그제서야 얼굴에 웃음을 보이기 시작했다.
"잘 들으셨지요, 어머니? 제가 말씀드린대로 예부시랑 어른께 허락받고 내려온 것을 이젠 믿으시지요?"
"……그래……그래……그 뭣이냐, 그 대목 한번 더 읽어봐라."
"어느 대목 말씀이세요?"
"그 뭐라고 말씀하셨더라……."
"아, 예. ……벼슬길을 버릴지언정 차마 불효는 못하겠다던 그대의 효심이 실로 가상타 할 것이요, 아이구 이건 과찬의 말씀이시구요."
"그다음, 고 다음 대목을 더 읽어봐……."
"예. 특출한 그대의 문장이 아깝다 할 것이라……."

"그래……그래……아니 그러니까 그 높은 벼슬을 하시는 그 어르신께서도 네 글솜씨가 특출하다는 것을 알고 계시는 게냐?"
 사촌형이 싱글거리며 말했다.
 "원 참 고모님두-아 그걸 모르시면 그렇게 높으신 어르신께서 친히 서찰을 보내 주셨겠습니까? 이제 아우가 출세길에 오르게 될 것은 받아놓은 밥상이나 진배없습니다요."
 "그래 그래 암 그래야지. 부처님 덕분에 조상님네 덕분에 제발 그래야지."
 "어머니, 이제 아무 염려 마시고 부지런히 약 잡수시고 기운이나 차리십시오 예?"
 "그래 그래. 이 에미 걱정만 하지 말구 여기서라두 글공부 게을리 말어."
 "예 어머니, 명심하겠습니다."
 모자는 밤새는 줄 모르고 도란도란 이야기꽃을 피웠다.

 최선비는 참으로 지극정성으로 약을 구해다가 어머님의 병구완을 해드렸으나, 찬바람이 불고 겨울이 깊어지면서 어머님의 병환은 점점 나빠져만 갔다.
 겨울 바람이 몹시도 부는 어느날이었다.
 "아이구 이거 내가 아무래도 올 겨울을 못 넘기려나 보다."
 "원 참, 무슨 말씀이십니까요. 이젠 곧 차도가 있을 것입니다요."
 "아니다, 내 병은 내가 알지. 찬바람이 불면서 기침이 이렇게 나오는걸 보면 내가 공연히 이집에 신세만 지고 멀쩡한 자식 벼슬길만 막고 있는것 같어."

"제발 그런 말씀 마시고 기운이나 차리십시오. 머지않아 봄이 되면 소자가 업고 가서 어머님께 절 구경 시켜 드리겠습니다요."

"아니구, 그런 쓸데없는 궁리는 하지두 말구, 요다음에 벼슬자리 잘하려면 벼슬공부나 착실히 하도록 해."

"예, 소자 명심하고 있사옵니다."

"나, 나좀 일으켜 앉히구……."

최선비는 얼른 어머님을 벽에 기대어 앉혀드렸다.

"거기 물 대접 좀 줘."

"예, 어머니. 자, 물 여기 있습니다. 천천히……천천히 드십시오."

"아이구, 이젠 죽을때가 되어서 그런지 물 한모금 마시는 데도 숨이 차는구먼."

"아이구 아니옵니다, 어머니. 젊은 것들도 앓고 누워있으면 다 그렇습지요."

"헌데 말이다. 이 늙은 에미가 무엇을 알겠냐마는 내 생각에는 말이다. 그 뭣이냐, 글공부만 달달 잘 외운다고 해서 벼슬살이를 잘하지는 못할 것이야."

"그, 그야 옳으신 말씀이십니다."

"오늘날 우리 백성들이 무슨 까닭으로 헐벗고 굶주리는지 그 까닭을 알아내 없애 주어야 벼슬살이를 잘하는 것인데……."

"알고 있사옵니다, 어머니."

"요 다음에 네가 벼슬살이를 하게 되거든 맨처음 해야 할 일이 있어."

"무슨 말씀이신지요, 어머니?"

"장리쌀 이자가 너무 많으니, 그것부터 없애야 한다. 알겠느냐? 세상에 흉년이 들어 벼 한 가마를 빌려 연명을 하고나면 다음 해 가을에 벼 두 가마를 갚아야 하니, 그래서야 가난한 백성이 어찌 살겠느냐?"

"소자도 잘 알고 있습니다. 국법으로는 쌀 한 가마 빌려주면 다음 해 가을에 다섯 말만 이자를 붙이도록 정해 놓았습니다만, 듣자하니 곱절의 이자를 받아가는 자들이 많다고 들었사옵니다."

"그러니 날이 갈수록 부자는 더 부자가 되고 가난뱅이는 올 데 갈 데 없는 거렁뱅이 신세가 되어 가는게야."

"소자도 잘 알고 있사옵니다."

"더구나 현감입네 무엇입네 하는 벼슬아치들이 곱절이자 받아먹는데 이골이 났으니 힘없는 백성들이 어찌 배겨나겠느냐?"

"알겠습니다, 어머니. 만일 소자가 벼슬을 하게되면 백성들의 고혈을 빨아먹는 그런 못된 짓을 못하도록 하겠습니다."

"그래…… 그래…… 벼슬을 하려면 그렇게 해야 돌아가신 네 아버님도 좋아하실 것이야."

"예, 어머님. 소자 두고두고 명심하겠습니다."

말을 마치신 어머니는 다시 자리에 눕고 말았다.

최선비는 어머니의 말씀을 가슴에 깊이 새기고 또 새겼다.

그러던 그해 겨울 어느날이었다. 사촌형이 최선비를 찾았다.
"여보게, 아우 나좀 보시게."
"예."
"고모님 기침 말씀이네. 갈수록 기침소리가 길어지고 있으니 동치미 국물만으로는 잡힐것 같지가 않네. 그래서 여기저기 알아봤더니 돌배가 있으면 그걸 구워서 국물을 짜 드시게 하면 기침이 잡힐거라는데……."
"돌배라니요, 형님?"
"과일말일세. 왜 산에 가면 돌배나무에 달린 돌배 말일세."
"아, 예. 하오면 제가 어디 한번 구해 보겠습니다."
"이 사람, 아 지금 때가 어느땐데 어디 가서 그 과일을 구한단 말인가?"
"혹시 누가 약으로 쓰려고 따다 놓은 집은 없을런지요?"
"그렇지 않아도 있을만한 집은 여기저기 알아보았네만 우리 동네에는 없네."
"그러면 이 일을 어쩌면 좋겠습니까요, 형님?"
"저기 저 뒷산 절간에 가면 혹시 있지 않으려나 그런 생각이 들어서 자넬 불렀네."
"절간에요?"
"그래, 절간에 계신 노스님들은 이런 열매 저런 풀잎, 약으로 쓰시려고 간수를 잘 해둔다고 들었네만……."
"알겠습니다, 그럼 제가 당장 가보겠습니다."

　무슨 수를 쓰든지 늙으신 어머님을 병환에서 구해야 한다는 일념으로 최선비는 그길로 뒷산 절간을 향해 걸음을 내달았다. 발목까지 푹푹 빠지는 눈길을 헤치며 한참을 올라가니, 자그마한 암자가 외롭게 앉아있는데 이상하게도 그 암자 앞에 당도하니 그 매섭던 겨울 바람 소리도 들리지 않고 그 대신 처마끝에 달린 풍경소리만 댕그렁 댕그렁 울리는 것이었다.
　최선비는 절 마당으로 들어서서 큰 소리로 외쳤다.
　"말씀 좀 여쭙겠습니다요, 스님 안에 계시옵니까요?"
　문이 열리며 스님이 밖으로 고개를 내밀었다.
　"누굴……찾으시는게요?"
　"아, 예. 저 스님을 좀 만나뵈려고 왔사옵니다만……"
　"이 암자에 중은 나 하나 뿐인데, 나를 만나러 오셨단 말이시오?"
　"아, 예. 소생은 저 아랫마을 배생원 댁에서 왔는데요."
　"좌우지간 들어가십시다, 날씨가 찹니다."
　"아, 예. 고맙습니다, 스님."
　"자, 어서 들어오시지요. 그쪽으로 앉으십시오."
　"소생 인사 올리겠사옵니다, 스님. 성씨가 최가이옵고, 배생원 님의 사촌 아우가 되옵니다."
　"듣자하니 사마시에 급제한 선비가 배생원 댁에 와 계신다 하더니 바로 그 분이신 모양인데?"
　"아, 예. 바로 소인이 그 최가이옵니다만……"

"편히 앉으시오."
"아, 아니옵니다."
"헌데 어쩐 연유로 이 중을 찾아오셨소이까?"
"아, 예. 소인의 어머님께서 병환중이시온데 며칠전부터는 밤이면 기침을 심하게 하시는지라……."
"허허 그 보살님, 자리에 누우신 지가 여러 달 되었다고 들었는데……."
"예, 그러하옵니다. 그래서 혹시 이 절에 좋은 약이 없으실까 해서 이렇게 염치 불구하고 찾아뵈었습니다만."
"……좋은 약이라……."
"정말 염치 없사옵니다만……기침에는 돌배를 구워서 그 국물을 짜드리면 효험이 있다고 들었습니다만."
"예, 돌배가 있기만 하다면야 그것도 효험이 있을겁니다만……."
"하오시면 돌배는 간수해 두신 게 없으시다는 말씀이신지요?"
"헌데 참 묘한 일이외다."
"무슨……말씀이신지요?"
"지리산 쌍봉암에 계시는 소승의 은사께서 기침이 심하시다는 기별을 보내오셨기로 바로 오늘 약을 지어 보내드렸는데, 아 이렇게 또 젊은 선비께서 기침약을 구하러 오셨으니 말씀입니다요……."
"죄송합니다, 스님. 어머님께서 기침이 심하시온데 자식된 도리로 차마 보고만 있을 수가 없어서 이렇게……."

"잘 오셨소이다. 잠시만 지체하시면 소승이 곧 약을 지어드리지요."

"정말 고맙습니다, 스님."

"헌데 이건 아셔야 합니다. 소승이 지어드리는 약으로는 기침을 잠시 멈추게 할 수는 있을 것입니다만, 자당님 병환을 고쳐드릴 수는 없을 것입니다."

"예에? 아니 무슨……말씀이신지요?"

"사람이 태어나서 늙고 병들어 죽는 것은 우리 부처님도 고치지 못한다고 그러셨습니다."

최선비는 스님의 말에 가슴이 철렁 내려앉았다.

"며칠을 더 사실지, 몇 달을 더 사시게 될지, 아니면 몇 년을 더 사시게 될지 그것은 모르겠소이다마는 사람은 누구나 늙고 병들어 세상을 떠나게 되어있다, 그런 말씀이지요."

"하오면 약을 지어주시지 않으시겠다는 말씀이신지요?"

"아닙니다, 약은 지어드릴 것이니 잠시만 기다리시오."

최선비는 스님이 약을 짓고 있는 동안 조금 전 스님이 들려준 말을 곰곰 되씹고 있었다. 스님이 들려주신 그 말씀은 이상하게도 천근만근의 무게로 최선비의 마음을 짓누르는 것이었다.

"요행히 약재가 남아 있어서 두 봉지를 지었습니다."

"아 이거 정말 뭐라고 감사의 말씀을 올려야 할지 모르겠습니다, 스님."

스님은 약봉지를 싸서 내밀면서 말씀하셨다.

"이 한봉지 약에 물을 열 사발쯤 붓고 푹 달여서 기침이 나올적마다 한모금씩 드시게 하면, 아마도 기침은 멎으시게 될 것이오."
최선비는 허리를 굽히고 감사의 인사를 드렸다.
"고맙습니다 스님, 소인 스님의 이 은혜 결코 잊지 아니할 것입니다."
"아, 아니올시다. 봄 여름 가을이면 온 산천에 지천으로 널린게 풀뿌리요, 나무 열매요, 풀잎이거늘 이걸 무슨 은혜라고까지 할 수가 있겠습니까? 자, 그럼 어서 내려가셔서 자당님께 달여 드리도록 하십시오."
"예, 하온데 스님. 스님께서는 이 약으로 기침을 잠시 멈추게 할 수는 있을 것이나 어머님 병환을 고쳐드릴 수는 없다고 말씀하셨는데, 혹시 스님께서는 사람의 사주팔자나 운세까지도 꿰뚫어 보고 하신 말씀이신지요?"
"허허허허……."
"사람의 팔자나 운명을 훤히 내다보고 계신다면 소인에게 숨김없이 말씀해 주실 수는 없으시겠는지요?"
"아, 아니올습니다. 소승은 그런 삿된 것은 배운 일도 없고 아는 바도 없습니다."
"하오면 어찌하여 그런 말씀을 하셨는지요?"
"우리 부처님께서는 일찍이 이렇게 이르셨습니다."
"……말씀해 주시지요."
"회자정리요 생자 필멸이라, 한번 만나면 반드시 헤어지게 되어

있고, 한번 태어난 것은 반드시 죽어 없어지게 되어 있나니 이 만고불변의 법칙은 그 어느 누구도 어길 수 없다는 말씀이지요."
"그러하오시다면……."
"선비께서는 소승의 말에 상심하지는 마시오. 허나 사람은 누구나 반드시 한번은 헤어지고, 반드시 한번은 죽는다는 진리를 잊지는 마십시오."
"예, 참으로 좋은 가르치심 내려 주셔서 고맙습니다, 스님."
"자 그럼 서둘러 내려가도록 하십시오."
"하온데, 이제 와 생각해 보니 공양미 한됫박도 가져오지 못했으니 어찌하면 좋겠사옵니까?"
"허허허허 - 소승은 솔잎가루를 먹고 사는 중이라 공양미는 없어도 괜찮으니 조금도 괘념치 말고 어서 내려가 보십시오."
최선비가 스님으로부터 약을 얻어 부랴부랴 외사촌댁으로 돌아와 약을 달여 어머님께 올렸다. 그런데 과연 신통하게도 어머님의 잦은 기침이 차츰차츰 멎어가는 것이었다.
그러던 어느날, 바람이 심하게 부는 날이었다.
"이것……보아라. 나, 나좀 일으켜 주구……."
"아 예. ……조심해서, 자 되셨습니까 어머니?"
"그래 그래…… 내 등을 좀 이 이불로 받쳐다오."
"아, 예. 이……렇게 말씀이지요?"
"그래……그래…… 흐유- 그래두 이젠 그놈의 기침이 덜 나오니 살 것 같구나…… 헌데……."

"예, 어머니."
"그 약은 대체 어느 의원이 지어 주셨길래 신통하게도 기침이 멈추는 게냐 그래?"
"아니옵니다요, 어머니. 그 약은 의원이 지어주신 게 아니옵구요, 저 뒷산 암자에 계신 스님께서 지어주셨습니다요."
"스님께서 약을 지어 주셨다구?"
"예. 솔잎만 잡숫고 사시는 스님이신데요, 다른 스님들도 병이 나시면 바로 그 스님이 약을 지어 보내드린다고 그러셨습니다요."
"아이구, 저렇게 고마우실데가 있는가! 그래 약값으로 공양미라도 갖다 올렸느냐?"
"미처 그 생각을 못하고 그냥 갔었는데요. 그 스님께서는 솔잎만 잡숫고 사시니 공양미 같은 것은 안받으셔도 괜찮다고 그러셨습니다요."
"아무리 그래두 도리가 아니다. 그렇게 자꾸 부처님 신세만 지면 요다음에 죽어서 소가 되어 갚아야 하는 법이다."
"아무 염려 마십시오, 어머니. 소자가 다 알아서 열 배, 백 배 갚아 올리겠습니다. 어머니, 혹시 춥지 않으십니까?"
"아, 아니다. 방바닥이 이만하면 되었지. 헌데 말이다."
"예, 어머니."
"참 요상한 일도 다 있구나."
"무슨…… 일이신데요, 어머니?"
"아, 글쎄 그동안 통 그런 일이 없었는데 어젯밤에는 글쎄 네 아

버님을 만나 뵈었구나."

"예에? 아버님을요?"

"그동안 통 보이지 아니하시던 분이 갑자기 간밤 꿈에 날 찾아오셔가지구는……."

"……그래, 무슨 말씀을 하셨는데요?"

"꿈 속에서 네 아버님께서 말씀하시기를 '여보시게, 임자! 날세, 나야! 내가 이제 임자 호강 좀 시켜주려구, 저기 양지 바른 땅에 고래등 같은 고대광실을 한 채 지어놨네. 사랑채에 안채에 곡간까지 따로 지었어. 이 항아리에는 쌀이 그득, 저 항아리에는 간장이 넘실넘실, 저쪽 그릇에는 소금이 가득가득, 자 그러니 임자 나하고 같이 가서 호강하고 사세나. 자, 어서 나하고 같이 가잔 말일세. 어서, 어서.' 아, 이렇게 내 옷소매를 끌어 당기시질 않겠니?"

"그, 그래서요?"

"아, 그래서 내가 꿈 속에서도 그랬다. 영감님은 돌아가신 분인데 내가 어떻게 따라가느냐 그러면서 따라가지 않으려구 발버둥을 치다가 그만 내 고함소리에 내가 놀라 소스라쳐서 잠을 깨었구나."

"어머니께서 아버님 생각을 많이 하시니까 그래서 꿈 속에 뵙게 됐나 보옵니다요."

"……불길한 꿈 같아서……."

"불길한 꿈이라니요? 아, 어머님 꿈 속에 아버님을 뵈온 것이 어찌하여 불길한 꿈이라고 그러십니까요?"

최선비가 아무리 어머니를 달래도 어머니는 막무가내였다.
　"아니다, 옛부터 죽은 사람이 꿈 속에 나타나서 따라가자고 하면 그 꿈은 불길한 꿈이라고 그랬다."
　"아이구, 아니옵니다 어머니! 어머니께서 이제 머지않아 고대광실 큰 집에서 호강하게 되실 것을 아버님께서 미리 알려주신 것이지요."
　"제발 그랬으면 오죽이나 좋겠느냐마는……내 생각에는 아무래도 네 아버님이 나를 데려갈 작정이신 것 같구나."
　"예에?"

　스님이 지어주신 약을 드신 후 그렇게 심하던 기침이 차츰차츰 멎어서 최선비는 이제 어머니의 병세가 호전되겠지 하고 마음을 놓았다. 그런데, 어찌된 영문인지 어머님께서는 사흘이 멀다하고 악몽에 시달리며 병색이 더욱 깊어지는 것이었다.
　"아이구 날 놓아주시오, 아이구 날 놓아달란 말씀입니다!"
　"아니 어머니! 어머니! 정신 차리십시오,어머니-."
　"아이구, 아이구……흐음……흐음……아이구 내가 또 악몽을 꾸었구나."
　"또 무슨 꿈을 꾸셨습니까요, 어머니?"
　"……날 데려가려고 둘이나 왔어."
　"둘이 왔다니요?"
　"한 사람은 창을 들고……또 한 사람은 칼을 들고……나를 잡으

러 왔어."

"어머니 제발 진정하십시오. 소자가 이렇게 어머니 곁에 지키고 앉아 있는데 감히 어느 누가 어머니를 잡으러 온단 말씀이십니까? 아무 염려 마시고 잠이나 푹 주무시도록 하십시오."

"삼월 삼짓날이 되기 전에 나를 잡으러 다시 온다고 그랬다."

"아이구 참 어머니, 대체 누가 어머니를 잡으러 온다고 그러십니까?"

"저승사자였다, 저승사자였어."

"예에, 저승사자요?"

최선비는 어머님의 병환에 좋다는 약은 백방으로 다 구해 병구완을 해드렸지만 어머님의 병세는 좀처럼 호전될 기미를 보이지 아니한 채 겨우겨우 겨울을 넘기고, 정월 2월을 가까스로 넘겨 3월 초하루가 되었다.

"애야, 나 좀 보아라."

"예, 어머니. 약물 올려드릴까요?"

"아, 아니다."

"하오면 좀 일으켜 드릴까요?"

"……아니……이대로 누워 있는게 편하다. 내 말 잘 들리게 가까이 다가 앉도록 해라."

"예, 어머니. 가까이 다가 앉았습니다."

"그래……이 에미는 아무래도……오늘……내일을 넘기지 못할 것이야……"
"아니옵니다, 어머니. 몸이 쇠약해져 잠시 헛깨비를 꿈에 보셨을 뿐이옵니다."
"조금전에 닭이 울었으니 대체 오늘이 몇 일이더냐?"
"날짜는 짚어서 뭐하시게요? 오늘이 …… 그러니까 2월 초 닷새든가 엿새든가 그럴겁니다요."
"이 에미 안심시키려고 거짓말 할 것 없다. 네 외조부님 기일이 사흘전이었으니 아마도 오늘이 3월 초하룻날일게야. 그렇지?"
"어머니, 제발 마음 약하게 잡수지 마시고 어서 기운이나 차리셔야 하옵니다."
"아니다. 이 박복한 늙은 것이 공연히 병이 들어가지고 하나밖에 없는 자식의 벼슬길마저 막고 있었으니 그 죄가 막중하구나."
"아니옵니다, 어머니. 소자는 다시 개경으로 올라가 태학에 들어가면 반드시 벼슬길에 오를 것이오니 아무 염려 마십시오."
"이 늙은 것은……네가 역마타고 돌아오는 것을 꼭 보고 싶었는데, 그마저 복이 없어 못보고 가니 황천길에 들어서서 네 아버님 만나뵈면 드릴 말씀이 없어서 그것이 한이 되는구나."
"어머니 , 제발 이러지 마시옵고 기운 차리십시오. 소자 기어이 역마타고 오는 모습을 어머님께 보여드릴 것이옵니다."
"이 늙은 것이 그동안 부처님 전에 신세만 많이 졌다……. 소원을 이루어 주십소사 빌기만 하고 단 한 번도 시주다운 시주를 못해 보았으니……요 다음에 너라도 반드시 갚아야 할 것이야……

그리구……."
"어머니, 그만 하십시오."
"황생원 댁 알지? 그 황생원 댁에서 소금 한됫박 꾸어다 쓰고 그걸 여태 갚질 못했으니 네가 나중에 갚아야 한다……."
"어머니! 어머니! 어머니……."
젊은 나이에 남편을 사별하고, 세살 먹은 아들 하나 하늘처럼 믿어 그 아들 과거에 급제하여 벼슬길에 오르는 것을 기어이 보고자 했으나, 그마저 보지 못하고 어머니는 그길로 바삐 저승길로 떠나고 말았다.

5
공짜로 올린 어머니 제사

　어머님이 돌아가시자 최선비는 정신없이 뒷산 절간으로 뛰어올라갔다.
　"스님, 정말 이럴 수도 있는 것이옵니까?"
　"내 그때 말씀드리지 않았던가요? 회자정리요, 생자필멸이라. 사람은 한번 만나면 반드시 헤어지고, 사람은 한번 태어나면 반드시 죽는 법……."
　"아무리 회자정리요, 생자필멸이라해도 이건 너무 하십니다요. 어머님이 이렇게 가신건 참으로 너무 하십니다요. 부처님도 너무 하시고, 천지신명도 너무 하시고, 조상님들도 너무 하십니다요."
　"부처님도 천지신명도 조상님들도 늙고 병들어 세상 뜨는 것은 막을 수가 없지요."
　"그래도, 그래도, 우리 어머니한테만은 너무 하십니다. 우리 어머니는, 우리 어머니는, 너무 고생만 하시다가 가셨습니다. 한평생을

고생만 하시다가 가셨다구요."
 "……나무아미타불 관세음보살……."
 "스님, 대체 어머님은 어디로 가신 것이옵니까? 예?"
 "오는 곳을 모르니 가는 곳도 알 수가 없지요."
 "오는 곳도 모르고, 가는 곳도 모르다니요?"
 "저기 저 구름을 보십시오."
 최선비는 말없이 하늘의 구름을 쳐다보았다.
 "원래 한 생명 태어남은 뜬구름 한 조각 생겨남과 같고, 한 생명 사라짐은 뜬 구름 한 조각 사라짐과 같은 것—어디서 와서 어디로 가는지 아무도 모르지요."
 "스님께서는 알고 계실겝니다. 어머님이 어디로 가셨는지 말씀해 주십시오."
 "어머님께 잘 해 드리지 못했으니 자식의 마음에는 한이 남는 법, 어머님의 영가를 위해 제를 올려 드리도록 하십시오."
 "하오면 스님께서 불쌍한 소인의 어머니를 위해서 제를 올려 주시겠습니까?"
 "소승은 법도가 얕아서 제를 올려 드려도 별 효험이 없을 것이니 송광산으로 가도록 하십시오."
 "송광산이라면?"
 "여기서 머지않은 부유현 송광산에 가면 정혜사라는 절이 있는데, 그 절에는 지눌선사라는 덕 높은 큰 스님이 계실 것이오."
 "지눌선사요?"

"그 큰 스님께서 제를 올려 주시면 아마도 자당님 영가께서는 극락왕생 하실 것이오."

하염없는 눈물 속에 어머님의 장례를 모신 최선비는 그길로 산을 내려와 외갓집으로 갔다.

"오랫동안 보살펴 주신 보람도 없이……정말 죄송하게 되었습니다."

"너무 상심하지 말게나……죽고 사는거야 하늘에 달렸다고들 그러지 않던가……."

"이럴줄 알았으면 차라리 제가 글공부 집어치우고 어머님 봉양이나 잘해 드릴걸……때늦은 후회로 마음이 찢어지는 것 같사옵니다."

"이 사람, 자네가 그렇게 상심한다고 해서 돌아가신 분이 살아오시는가? 너무 슬퍼하는 것은 망자에게도 좋지 않은 법이라네."

"저 짐을 꾸릴까 합니다."

"왜 벌써 개경으로 올라가시게?"

"아니옵니다, 개경이 아니라 송광산으로 가려구요."

"송광산에는 왜?"

"거기 정혜사라는 절이 있다고 들었습니다. 그곳에 가서 어머니의 극락왕생을 축원 드리는 제를 올릴까 합니다."

"그래, 그거 잘 생각했네. 듣자하니 그 절에는 덕 높으신 큰스님이 계신다고 그러더구먼."

"살아계실 적에 자식된 도리를 못해 드리고 나니 남는건 오직

한 뿐입니다, 형님."
"이 사람아, 앞으로 큰 일을 해야할 사람이 지난 일에 연연해 하고 있으면 되겠는가?"
"못난 아우를 용서하십시오, 형님."
"자, 그럼 짐을 꾸리시게. 나도 짐을 꾸릴 것이니."
"형님께서도 어디 출타하시게요?"
"출타는 이 사람아, 한 분밖에 안계시던 고모님의 극락왕생을 위해 제를 올리는데 이 조카도 마땅히 참여해야지."
"아니, 그러시면 형님께서도 저와 함께 가시겠다구요?"
"나도 이 사람아, 좀 더 잘 해드리지 못한 것이 자꾸 마음에 걸려서 속이 편칠 못하이."
"아니옵니다 형님. 그동안 형님댁에 끼친 신세만 해도 갚을 길이 없사온데 무슨 그런 말씀을 하시옵니까?"
"아닐세. 살아계실 적에 좀 더 자주 찾아뵙지 못하고 안부를 살펴 드리지 못했던 게 두고두고 마음에 걸리네. 한 달만 더 일찍 우리 집으로 모셔왔더라두 이런 일은 당하지 않았을텐데, 그게 정말 한탄스럽네."
"그게 다 모두 이 못난 자식 때문이지요."
"이 사람 이러다 해 기울겠네. 기왕에 송광산으로 갈 작정이면 서둘러야지."
"예, 그러면 제 짐부터 꾸리도록 하겠습니다."
"제물은 내가 마련할 것이니 다른 걱정은 마시게."

"아니옵니다, 형님."
"딴소리 말구 어서 자네 짐이나 꾸려 가지고 나오시게. 내 잠시 안에 들어갔다 올것이니……."
"……형님, 정말 고맙습니다."
그렇게 집을 떠나 송광산으로 향했던 최선비와 그의 외사촌형 배광한은 그날 저녁 무렵에야 겨우 산자락에 당도하였다.
"형님, 저기 저 삼거리에 보이는 게 주막집인가 본데, 가서 한번 물어보고 가도록 하지요. 송광산 절간에 가려면 얼마나 더 가야되는지 말씀입니다요."
"어 참, 그게 좋겠구먼. 덮어놓고 산 속에 들어갔다가 길이라도 잃는 날에는 낭패니까 말일세. 자 어서 가세."
주막집에 가서 주모에게 물으니 송광산에 있는 절은 정혜사가 아니라 수선사라는 절간이고, 옛날에는 길상사라고도 불렸다고 했다. 송광산 수선사에는 산신령보다도 더 신통방통한 도인 스님이 수도를 하시는데, 바로 그 도인스님께서 제대로 된 수도를 하라고 정혜결사 모임을 펼치고 있다고 했다.
주모는, 도인스님이 정혜결사 모임을 펼치고 계신다는 소문이 인근 칠 팔십리 아니 조선 팔도에 퍼져서, 소문만 들은 사람들이 정혜결사, 정혜결사 옮기다가 정혜사로 둔갑을 시킨것 같다고 했다.
"수선사라는 절은 여기서 얼마나 되는가?"
"그러니까 나그네님들께서는 그 수선사까지 가시는 길이다 이런 말씀이시지요? 그러면 늦으셨소이다."

"허면 여기서 아직도 멀다는 말씀이시오?"

"아 저렇게 해가 꼴까닥 넘어가 버렸는데 여기서 삼십리 길을 무슨 재주로 가시겠습니까요?"

"그러면 이거 별 수 없이 이 주막에서 하룻밤 묵어가야 되겠구먼 그래?"

"아이구 아닙니다요. 아, 쇤네가 뭐 하룻밤 주무시게 해서 밥값 술값 받자는 말씀이 아니굽시오, 여기서 수선사까지는 짱짱한 삼십리 길이다 그런 말씀입니다요. 말은 바른 말이지만—예."

"그렇다면 잘됐소이다. 미안하지만 하룻밤 신세 좀 지십시다. 다리도 아프던 참이니 말이오."

"아, 그거야 주막집에서 나그네님을 마다하겠습니까요? 하룻밤 푹 주무시고 아침 일찍 올라 가십시오. 예."

"그런데 그 수선사에 계신다는 그 도인스님 말이오. 그 분이 정말 그렇게 도가 높으시답디까?"

"아 그거야 무식한 쇤네가 어찌 알겠습니까마는 소문은 그렇게 났습지요. 그 도인 스님은 앉아서는 천 리를 보고, 서서는 삼천 리를 보신다구요."

"아니, 그러면……."

"그뿐이 아닙니다요, 못된 부자놈들은 공양미를 백가마, 천가마 시주한다고 해도 만나주지도 않으신답니다요."

"수십리 수백리 길을 찾아갔는데도 만나주지 않는단 말이오?"

"아이구 말씀도 마십시오. 권세 높은 벼슬아치들도 그 도인스님

얼굴 한번 구경 못하고 퇴짜 맞는 일이 한 두 번이 아니랍니다요."
 최선비는 주막집 주모로부터 수선사 도인스님의 이야기를 듣고 보니 은근히 걱정이 되었다.
 "듣자하니 그 스님께서는 퍽 까다로우신 분 같은데 여기까지 왔다가 퇴짜를 맞고 가면 어쩐다?"
 "그러게 말씀입니다. 웬만해서는 만나 주지도 않으신다는데 거기다 어머님 제까지 올려달라는 부탁을 드려야 하니 저도 걱정입니다."
 "그, 그거야 만나 주시기만 하시면야 자초지종을 자세히 말씀드리면 자네의 지극한 효심을 봐서라도 제는 올려주실 것이네마는……."
 "앉아서 천리를 보시고 서서는 삼천리를 보신다는 스님이신데 설마 어머님 제를 부탁하러온 사람을 문전박대 하지는 않으시겠지요."
 "만일 만나주지 않으시면 어찌할 셈인가?"
 "여기까지 와서 뜻을 이루지 못한채 돌아설 수는 없는 일이니 각오를 단단히 하고 있습니다."
 "각오라니?"
 "만일 스님께서 만나 주시지 아니하면 저는 사흘이고 닷새고 열흘이고 절밖으로 결코 나오지 아니할 작정입니다."
 그 다음날 최선비는 사촌형 배광한과 함께 길을 서둘러 송광산 수선사로 올라갔다.

"실례하옵니다, 스님 계시옵니까?"
"말씀 좀 여쭙겠사옵니다. 스님 안에 계시온지요?"
방문이 열리며 젊은 스님이 나왔다.
"아니 누굴 찾으시는지요?"
"아, 예. 저희들은 화순현에서 왔는데요……."
"그래 누굴 찾아오셨습니까?"
"아, 예. 저 이 절에 지자 눌자 큰스님이 계신다기에 이렇게 찾아왔습니다만……."
"아니, 그러면 우리 사주스님을 만나뵙고자 한다 그런 말씀이십니까?"
"아, 예. 그렇사옵니다 스님."
"허면, 대체 댁들은 뉘신지요?"
"아, 예. 소인은 화순에 사는 베생원이라 하옵고—."
"소인은 성은 최가이옵고 글읽는 서생이옵니다만—."
"아, 그게 아니구요. 이 아우로 말씀을 올릴 것 같으면……."
"아, 아닙니다 형님."
"허허, 이 사람 숨길걸 숨겨야지. 이거 소란을 떨어 죄송하옵니다만 이 아우는 작년에 이미 사마시 과거에 급제하여 태학에서 공부를 하고 있는 당당한 선비입니다요."
"아이구, 이거 부끄럽사옵니다. 스님."
"그러면 대체 무슨 연고로 우리 사주 스님을 친견코자 하시단 말씀이신지요?"

"아 예, 그건 저 다름이 아니오라 소인 며칠 전에 모친상을 입었 사옵니다."
"예, 저 그래서 도 높으신 큰스님께 부탁 올려서 망인을 위한 제를 올리고자 찾아왔습니다요."
"아니, 그러면 우리 사주 큰스님께 그런 부탁을 올리러 일부러 찾아 왔더란 말씀이시오?"
"예, 그렇사옵니다만……."
"어림도 없는 말씀 그만들 하시고 다른 절에 가서 알아보시오."
"예에?"
"이 절 수선사는 참선수행을 하는 신성한 도량이지, 제나 올려주는 그런 절간이 아니오!"
 돌아가신 어머님의 영가를 위해 제를 올려 드리려고 송광산 수선사를 찾아 왔건만, 저 유명하시다는 지눌선사를 대면하기도 전에, 그 절의 다른 스님으로부터 일언지하에 퇴짜를 맞았으니, 최선비는 참으로 난감했다.
 허나, 그렇다고 해서 두말없이 그냥 돌아설 수는 없는 노릇이었다.
"하오나 스님, 한번만 더 살펴 주십시오. 큰스님 한 번 만나뵈오려고 백 리도 넘는 길을 찾아 왔사옵니다."
"허허, 그 양반들 참. 아 우리 사주 스님께서는 아무에게나 제를 올려주고 공양미나 받아먹고 사는 그런 시시한 스님이 아니란 말씀이오."

"아, 예. 그 점은 잘 알겠습니다. 하오나 기왕 여기까지 먼 길을 왔으니 큰스님께 인사만이라도 여쭙고 갈 수 있다면 저희들은 큰 광영으로 삼겠습니다. 한 번만 더 살펴 주십시오."

"허허 그양반, 고집도 아주 쇠고집이시네. 그러면 여기서 잠시 기다려 보시오. 내 큰스님께 여쭤보고 올테니……"

"아이구 예. 고맙습니다 스님."

이 송광산 수선사에서 정혜결사 운동을 펼치고 계시던 지눌선사께서는 그날 때마침 포근한 햇살을 온몸에 받으시며 툇마루에 가부좌를 틀고 앉으신채 꿈꾸듯 참선 삼매에 들어 계셨다.

"저, 스니임…… 스니임."

"으음? 어— 그래, 무슨 일이시던고?"

"예 저 웬 젊은이가 스님을 꼭 한 번 만나뵙겠다고 찾아왔는데요……?"

"내 미리 알고 있었네. 어서 모시고 오시게."

"예에? 아니 하오시면 만나주시게요, 스님?"

"허허 이 사람, 내 미리 오실줄 알고 기다리고 있었다고 그러질 않았는가!"

"아 예, 하오면 그전부터 알고 계신 분인가요?"

"그분은 전생에 나하고 인연이 있던 분이니 어서 모시고 오시게."

"두 사람 가운데 어떤 분 말씀이시옵니까요?"

"나하고 인연이 있는 분은 분명코 한 분이신데 두 분이 왔더란 말이신가?"
 "예, 허긴 또 한 사람은 그냥 따라온 것 같았습니다만······."
 "허면 따라온 사람은 그만 두시고, 나를 꼭 만나야겠다는 분을 어서 모시고 오시게."
 "아 예. 분부대로 하겠습니다, 스님."
 참으로 기묘한 일이었다. 생전 만난 일도 들어본 일도 없는 화순태생 최선비를 지눌선사께서 미리 아시고 기다리고 계셨다니, 이거야말로 기묘한 일이 아닐 수 없었다.
 아무튼 최선비는 이렇게 기묘한 인연으로 저 유명하신 지눌선사 앞에 정중히 무릎을 꿇고 인사를 올리게 되었다.
 "소생 큰스님께 인사 드리옵니다."
 헌데 지눌선사께서는 여전히 두 눈을 지그시 감으신 채 조용히 물으시는 것이었다.
 "그래······그대는 화순 어느 절에 계시던 수좌이신고?"
 "예에? 소생에게 어느 절에서 왔느냐고 물으셨사옵니까요?"
 최선비가 깜짝놀라 되묻자 젊은 스님도 거들고 나섰다.
 "아이구 스님, 이 이분은 출가사문이 아니옵고 선비이십니다요."
 "으음? 출가사문이 아니라 선비라구?"
 지눌선사는 그제야 두 눈을 크게 뜨시고 최선비를 천천히 바라보시는 것이었다.
 "허허 이런! 내가 이거 젊은 선비님께 큰 실례를 범했구먼─."
 "아, 아니옵니다요 스님."

"조금전 저 모퉁이를 돌아 올라오실 적에는 영락없이 출가사문으로 보였는데, 내 이제 다시 보니 잘못 보았었구먼. 늙은 중이니 크게 허물치는 마시게."

"아, 아니옵니다. 만나뵙도록 허락해 주신것만 해도 소생, 평생의 광영이옵니다."

"원 무슨 그런 말을……. 먼 길을 오신 것 같은데 이리 좀 앉으시게나."

"예, 하온데 스님."

"무슨……말씀이시던고?"

"조금전 소생을 안내하신 젊은 스님한테 들었사옵니다만 스님께서는 소인이 찾아올 줄을 미리 알고 계셨다고 그러시던데, 그게 정말이시옵니까?"

지눌 큰스님은 호탕하게 웃으면서 말씀하셨다.

"그야 알고 있었지. 허허허허……."

최선비는 그때 문득 '수선사의 큰스님은 앉아서는 천리를 보시고, 서서는 삼천리를 손바닥 들여다 보시듯 훤히 내다 보신다'는 주막집 주모의 말이 떠올랐다. 최선비는 이 도인 스님께서는 어떻게 해서 그런것을 훤히 아실 수 있는지 그게 궁금해서 한가지 여쭈었다.

"하오시면 스님께서는 대체 어떻게 소인이 찾아 뵈올지를 미리 아셨는지요?"

"허허허……그것이 그리도 궁금하다는 말씀이신가?"

"아, 예. 하두 기묘하신 일이라……."
"매화나무 가지에 꽃망울이 움트는 걸 보면 봄이 온 것을 알 수 있고, 기러기 떼지어 남으로 날아오면 겨울이 머지 않음을 누구나 아는 법……."
"하오나 소인이 여기 이렇게 올 줄은 과연 어찌 아셨다는 말씀이신지요?"
"내 간밤에 꿈을 꾸었는데……."
최선비는 스님께서 말씀을 시작하시자 숨소리도 내지않고 조용히 들었다.
"간밤 꿈에 설두 중현 스님께서 이 절을 찾아 오셨네."
"설두 중현 스님이라면 소인은 들어본 적도 없는 분이신데요."
"그야 그러시겠지. 설두 중현 스님으로 말할 것 같으면 지금으로부터 백 오십여년 전 중국땅 자성사에서 선풍을 크게 이르키신 선사셨으니까……."
"하온데 그분과 소인이 무슨 상관이라도 있으시다는 말씀이신지요?"
"꿈에 설두 중현 선사께서 그러셨네. '어찌하여 선사께서는 해동 고려국 이 송광산까지 납시셨습니까' 하고 내가 여쭈었더니, '참선 수행 하기는 해동 고려국 송광산이 제일이라는 소문이 중국에까지 퍼졌기로 내가 이 송광산 수선사에서 공부하려고 왔으니 받아주시게.' 이러시질 않으시겠는가!"
"그……그래서요, 스님?"

"그분이 지어놓으신 책은 본 일이 있었지만 생전에 만나뵐 수도 없었던 그 스님이 꿈에 여길 오셨으니, 이는 필시 현몽이다 싶어 오늘 아침부터 어느 분이 오시는가 기다리고 있었다네."
"하오시면 소인을 기다리신 것은 아니지 않사옵니까?"
"그야 그대도 나도 알 수 없는 일, 오늘 여기서 이렇게 만난 것도 다 전생의 인연이 아니겠는가?"
"……전생의 인연이시라구요?"
"날 찾아온 까닭을 말씀해 보시게. 인연의 실마리가 풀릴지도 모르니 말일세."
"예. 하오면 소인, 스님을 찾아뵙게 된 연유를 숨김없이 소상히 아뢰도록 하겠습니다."

최선비의 이야기를 다 듣고나신 지눌 선사께서는 먼 산에 시선을 주신 채 물으셨다.
"이 절에서 어머님 제를 올려드리고 싶다?"
"예 스님."
"그것도 날더러 직접 제를 올려달라?"
"죄송하옵니다만 그리만 해주시오면 소인 평생토록 그 은혜 잊지 아니하겠습니다."
"평생토록 은혜를 잊지 않겠다?"
"예, 스님. 정말이옵니다."
"허면 그대의 평생은 대체 앞으로 얼마나 되는고?"

"예에?"
"앞으로 그대의 평생은 몇달인가, 몇년인가, 아니면 몇십년인가 그걸 물었네."
"그, 그거야……소인이 어찌 알 수가 있겠사옵니까?"
"천하에 좋은 책은 다 읽고, 사마시까지 급제했다는 그대가 그걸 모르신단 말이신가?"
"예, 모르겠사옵니다 스님. 용서하십시오."
"그러면 내 그대에게 내일까지 말미를 줄 것인즉, 곰곰이 생각해 보시게. 과연 내 남은 한평생은 몇일이겠느냐, 몇달이겠느냐, 몇년이겠느냐, 몇십년이겠느냐……."
"하오시면, 스님……."
"그대가 대답을 제대로 하면 내가 손수 자당님 영가를 위해 제를 올려 드리겠네. 내말 아시겠는가?"
"……예, 스님."
지눌선사로부터 남은 평생이 얼만큼이냐는 하문을 받은 최선비는 참으로 어이가 없었다. 지난 20년 세월동안 주야장창 글공부만을 해서 과거시험에까지 급제한 몸이건만 지눌선사의 그 물음에는 얼른 대답할 말이 떠오르지 않았으니, 그동안 학문을 닦아온 것은 그야말로 무용지물이나 다름없었다.
멀리서 두견새가 울어댔다.
최선비는 사촌형에게 지눌선사의 물음에 대해 이야기했다.
"아니, 그래 그 물음에 바른 대답을 하지 못하면 제도 올려주지

않겠다는 말씀이신가?"
"예."
"나 원 참, 별 괴상한 소리를 다 들어보겠네 그래……아니 세상에 저 죽을 날을 제대로 아는 사람이 어디 있다고 그런걸 다 대답하라시는겐가 그래?"
"바꿔서 말하자면 그러니까 너 죽을 날이 대체 언제인줄 아느냐, 그걸 물으신 것과 똑같다는 말씀이시지요?"
"아, 그렇지 않은가? 네 남은 평생이 며칠이냐, 몇달이냐, 몇년이냐, 몇십년이냐, 그것을 묻는다는 것은 곧 너는 대체 언제 죽을지 그것을 아느냐, 그것을 대답해라 그런 말 아닌가?"
"그렇다면 형님."
"그래, 무슨 얘기신가?"
"이 물음에는 바른 대답이 있을 수 없는 것 아니겠습니까?"
"아, 그거야 이 사람아! 쪽집게 점장이도 저 죽을 날은 모른다는 말이 있는데, 세상에 그것을 알고 사는 사람이 어디에 있겠는가?"
"그렇다면 말씀예요, 형님. 스님께서도 이 물음에는 바른 대답이 없다는 것을 잘 알고 계실것 아니겠습니까?"
"그야 앉아서 천리, 서서는 3천리를 보신다는 도인이신데 그걸 왜 모르고 계시겠는가?"
"……아무래도 제가 그동안 헛공부를 해왔나 봅니다."
"아니, 그건 또 무슨 소린가? 아, 사마시까지 급제한 사람이 헛공부를 한것 같다니……?"

사촌형이 놀라서 물었다.
　"……어머님이 갑자기 돌아가신 것도 그렇고…… 세상 모든 이치가 글 속에 다 들어있는 게 아니구나 하는 생각이 듭니다."
　"이 사람아 너무 그렇게 염려하지 말게. 아, 그 뭐 정 제를 올려주기 싫다면 다른 절로 가면 될것이지 꼭 이 절 아니면 제를 못올리겠는가?"
　"그건 그렇습니다만……."
　"쓸데없는 근심걱정 그만하고, 어서 그만 눈이나 붙이게."
　그러나 최선비는 좀처럼 잠들 수가 없었다. 이리 뒤척 저리 뒤척, 아무리 궁리를 해봐도 남아있는 한평생이 과연 얼만큼인지 알 수가 없었다.
　그날밤 잠을 제대로 이루지 못한채 몸부림을 치다가 새벽녘에 깜박 잠이 들었다. 그런데, 꿈속에 어머니가 나타나서 최선비를 부르는 것이었다.
　"이것보아라! 모름지기 사내 대장부는 용기가 있어야 되는 것이니 없는 것은 없다고 하고, 모르는 것은 모른다고 하고, 그른것은 그르다 하고, 바른 것은 바르다고 해야 할 것이야! 그동안 네가 천하의 모든 학문을 통달했다고 하나 어찌 세상 모든 이치를 다 안다고 할 것이며, 비록 네가 과거에 급제 했다고 하나 감히 어찌 백성들 가슴 속을 다 안다 하겠느냐! 이리저리 꾀를 내어 어긋나는 대답을 백번 해보아야 소용없는 일! 차라리 스님 앞에 무릎을 꿇고 모른다 말씀드려 스님의 가르침을 받도록 해야 할 것이다! 내

말 명심해라! 내 말 명심해라!"
 비몽사몽간에 어머니의 목소리를 들은 최선비가 소스라치게 놀라 깨어보니 꿈이었다. 멀리서 범종소리가 들렸다.
 "아, 꿈이었구나. 알겠습니다, 어머니. 분부대로 하겠습니다."
 최선비는 곧바로 자리에서 일어나 지필묵을 꺼내어 지눌선사에게 바칠 글을 써내려 갔다.

천하의 모든 학문
두루두루 통달했다
우쭐대고 살았더니,
산중에서 노스님 만나
한물음에 입 막히니,
한평생 닦은 공부
이제보니 물거품일세.

 다음날 아침, 최선비는 지눌선사가 계신 방문 앞에 나가 정중히 문안인사를 올렸다.
 "소인, 스님께 문안 인사 올리옵니다."
 "기다리고 있었네. 들어 오시도록 하시게."
 "편히 주무셨는지요?"
 "나야 늘 편히 잘 자네만 그대는 아마도 편한 잠을 못잤을게야, 응?"

"…… 예."
"그래 자네의 남은 평생이 얼마나 되는지 잘 헤아려 보셨는가?"
"소인 이 글을 스님께 올리옵니다."
"글을 지으셨는가?"
"글이라기보다 소인의 심정을 솔직하게 올리는 것이옵니다."
지눌선사는 종이를 펼치고 큰소리로 읽어 내려갔다.
"천하의 모든 학문
두루두루 통달했다……
이제보니 물거품일세. 응? 허허허허—."
"부끄럽사옵니다, 스님. 용서하여 주십시오."
"여보시게, 젊은이."
"예, 스님."
"이 세상에는 멍텅구리들이 많고도 많다네. 모두들 저마다 잘났다, 똑똑하다 설쳐대지만 부처님 눈으로 보면 멍텅구리들이거든. 어째서 멍텅구린지, 자네 그건 짐작하시겠는가?"
"……잘……모르겠사옵니다 스님."
"자넨 그저 뭐든지 모르겠다고만 하시는구먼."
"아, 아니옵니다. 정말로 소인은 아무것도 모르옵니다."
"허면 내가 묻겠네. 오늘 내가 묻는 말에 바른 대답을 하면 그땐 자네의 소원을 내가 다 들어줄 것이야."
"……예, 스님."
"허나, 만일 자네가 내가 오늘 묻는 말에도 바른 대답을 내놓지

아니하면 그땐 그냥 그대로 돌아가셔야 하네. 아시겠는가?"
 "……예, 스님."
 "허면 내 묻겠거니와……그대는 과연 어디서 왔던고?"
 "……예, 소인은 화순현에서 태어나 거기서 자라서, 거기서 왔사옵니다."
 "허면 태어나기 전에는 어디 있었던고?"
 "……예에?"
 지눌선사는 탁자를 손으로 치면서 큰소리로 다시 물었다.
 "태어나기 전에는 과연 어디에 있었느냐고 물었네."
 최선비는 어찌할 바를 몰랐다.
 "……아……예, 그거야 굳이 말씀을 드리오자면 부모님 몸 속에 있었을 것이옵니다만……."
 "허면 자네의 부모님이 이 세상에 태어나기도 전에는 과연 그대는 어디에 있었던고?"
 "예에? 부모님이 이 세상에 태어나시기 전에요?"
 지눌선사는 다시 한번 손으로 탁자를 치면서 대답을 재촉했다.
 "어서 대답해 보시게! 그대는 그땐 대체 어디에 있었던고!"
 이럴 땐 대체 뭐라고 대답해야 하는지…… 최선비는 등으로 식은땀이 흘러 내렸다.
 "……잘 모르겠사옵니다. 스님, 용서하여 주십시오."
 "허면 그대는 결국 자기 자신이 어디에 있다가 어디서 왔는지 온 곳을 도무지 모르겠다는 말이지?"

"예, 모르겠사옵니다."
"허면 그대는 이 절에서 일을 마치면 대체 어디로 가실 작정이신고?"
"예, 고향에 들렀다가 개경으로 올라갈까 하옵니다."
"그 다음에는?"
"예. 나라에서 명하는데로 어디든 가야겠습지요."
"그래 그다음에 벼슬을 마친 뒤에는 어디로 갈 것인고?"
"예, 그땐 낙향을 해서 조용히 고향에서 글이나 읽을까 하옵니다만……"
"글 읽다 늙어진 뒤에는 어디로 갈것인고?"
"늙은 뒤에는……죽는것……아니겠사옵니까요, 스님?"
"죽는다?"
"……예."
지눌선사는 다시 탁자를 치면서 이어 물으셨다.
"죽은 뒤에는 어디로 갈 것인고? 엉?"
"……그건……잘……모르겠사옵니다, 스님."
"허허, 이런 답답한 사람이 있는가! 자기가 온 곳도 모르겠다 갈 곳도 모르겠다, 참으로 모르시겠는가?"
최선비는 고개를 설레설레 흔들며 대답했다.
"예, 스님. 모르겠사옵니다."
"그러니 그대도 어김없는 멍텅구릴세."
"……예에? 멍텅구리요?"

"자기가 어디서 왔는지도 모르고 자기가 어디로 갈 것인지도 모르니 멍텅구리가 아니고 무엇이겠는가!"

최선비는 지눌선사의 이 한마디 말씀에 그만 넋을 잃고 말았다. 나라에서 똑똑하고 잘났다고 인정받은 사람이 온곳도 모르고 갈곳도 모르면서 살다니, 참으로 기막힌 일이었다. 지눌선사는 다시 말을 이었다.

어느덧 밖에는 살랑살랑 봄바람이 부는지 풍경이 가볍게 흔들리는 소리가 들렸다.

"이것 보시게. 옛날에 한 욕심많은 할머니가 살았는데, 이 할머니 욕심이 어찌나 지독했던지 곡간에 곡식을 그득그득 쌓아놓고, 장롱에는 옷감을 필로 쌓아놓고도 이웃집에는 물론이요 일가친척, 심지어는 가난한 자기 며느리의 친정집에조차 양식 한됫박 나누어 주질 아니했다네."

"……예."

"곡식뿐이 아니라 이 할머니, 세상에 하나밖에 없는 며느리에게 한평생 새옷 한 벌 해입히지 아니하고 세상을 뜨게 되었는데 이 할머니 죽어서 염라대왕 앞에 끌려가 재판을 받게 되었지."

"예."

"염라 대왕이 할멈에게 물었어. '할멈은 인간세상에서 살적에 알부자로 살았다는데 사실이더냐?' '예, 사실이옵니다.' '허면 배고픈 사람에게 적선을 얼마나 했던고?' '아이구, 그 아까운 곡식을 어떻게 남에게 퍼줄 수 있겠습니까?' '허면 길가는 사람들에게 급수

공덕은 베풀었느냐?' '아이구, 우리 항아리에 아까운 물이 줄어드는데 왜 남을 퍼 먹이겠습니까요?'

'그러면 헐벗은 사람들에게 의복은 나누어 입혔더냐?' '아이구, 아니옵니다요. 그 아까운 옷감을 감히 어찌 싹둑싹둑 잘라서 없앨 수 있겠사옵니까요? 장롱 속에 깊이깊이 쌓아두었습니다요.' '허면 이곳 저승에 올적에 곡식은 대체 얼마나 담아가지고 왔으며, 옷감은 대체 몇필이나 가지고 왔느냐?'

'아이구 염라대왕마마, 곡식은 단 한 줌도 못가지고 왔습구요, 옷감은 아 글쎄 지금 걸치고 온 이 삼베옷 한 벌 뿐 단 한 필은 커녕 한 자 한 치도 못가지고 왔습니다요.' '에잉, 이런 멍청한 것을 보았는가! 아니 그래 저승길 떠날적에 단 한 줌도 못가지고 오는 곡식이요, 단 한 자도 못가지고 오는 옷감이거늘 그게 그리도 아깝더란 말이냐? 여봐라, 저런 멍청한 할멈은 더이상 문초할 것도 없으니 한빙지옥으로 보내서 세세생생 춥고 배고픈 맛을 보여줘야 할것이니라!' 이렇게 판결을 내렸더라는 이야기인데—"

"예, 스님."

"사람이 한평생 살다가 언제 죽을지 아무도 모르지만, 이 세상 떠날적에는 다 그대로 놓고 빈 손으로 가는 법, 그런데도 세상 사람들은 벼슬, 재물, 논밭, 곡식을 저승까지 다 가지고 갈듯이 욕심들을 내고 있으니 이게 바로 멍터구리가 아니고 무엇이겠느냐 그런 말씀이네."

"……예, 스님. 잘 알겠습니다."

"그리구 또 있네."
"예, 말씀해 주십시오."
"사람은 누구나 백 년도 못사는 법, 헌데 사람들은 천년만년 살 것처럼 날뛰고 있으니, 이것도 멍텅구리요. 책줄이나 읽고, 글줄이나 쓴다는 사람들은 천하의 학문과 지식을 다 통달한 양 의시대지만 정작 자기 자신이 누구인지도 모르고 있으니 이 또한 멍텅구리가 아니겠는가?"
"자기 자신이 누구인지도 모른다 하심은 무슨 말씀이시온지요, 스님?"
"허면, 내가 묻겠네. 그대는 대체 무엇이 그대인고?"
"예에?"
"그대의 성씨가 그대인가?"
"그……그건 아니옵니다만—."
"허면 그대의 얼굴이 그대이던가?"
"……그, 글쎄올습니다만……소인의 얼굴이 소인은 아닌 것 같습니다, 스님."
"그러면 그대의 입이 그대이던가?"
"……아, 아니옵니다 스님."
"허면, 졸리면 자고 배고프면 먹고 말하고 웃고 우는 것은 과연 무엇이던고?"
"……잘……모르겠사옵니다, 스님."
"벼슬 공부를 하라고 그대 스스로에게 채찍질을 가하던 것은 과연 무엇이며 어머님 영가를 위해 제를 올려드리자고 여기까지 그대의 육신을 끌고 온 것은 과연 무엇이던고?"
"그것도 잘 모르겠사옵니다, 스님."
"그대는 한평생 고생만 하시다가 세상 떠나신 어머님 영가를 위해 제를 올려 드리고 싶다고 그러셨지?"
"예, 스님."
"살아 생전에 효도를 해드리지 못했으니 한이 남아서 그러신다고 그랬던가?"
"예. 그렇사옵니다, 스님."
"너무 염려마시게."
"하오시면?"
"그대와 내가 이 깊은 산속에서 이렇게 만난 것은 삼세의 인연— 이 소중한 인연을 어찌 모른다 할 수 있을 것인가."
"하오시면 스님께서 소인 어머님을 위해 제를 올려 주시겠습니까?"
"그대의 청정한 눈빛, 그대의 지극한 효성, 설두 중현선사께서도 기뻐하실 것이야."
"……고맙습니다, 스님. 정말 고맙습니다."
"그대신 한 가지 당부가 있네."
"예, 스님."
"태어나서 늙고 병들어 죽는 '나'라고 하는 이것은 과연 무엇인지, 이 절에 머무는 동안 그것을 곰곰 생각해 보시게!"

"예, 스님. 명심하겠습니다."

지눌선사는 약속대로 최선비의 어머니 배씨부인의 영가를 위해 길일을 택하여 장중한 제를 올려주셨다.

돌아가신 어머니의 영가를 위해서 제를 올리라고 그랬으니 그저 집에서 제사 지내는 것과 비슷하리라고만 생각했는데, 막상 절에서 올리는 제를 보니 황송하기가 그지 없었다.

여러 스님들이 독경과 예불을 한나절이나 올리는가 하면 차려놓은 제물만 해도 불단 앞에 그득했으니 이토록 거창한 제를 올리게 될 줄은 꿈에도 생각못한 것이었다. 한나절에 가까운 스님들의 독경과 예불이 끝나니 이번에는 지눌선사께서 손수 주장자를 드시고 법상으로 나가셔서 법문을 내리셨다.

"배씨부인 영가는 잘 들으시오. 본래 육신은 지수화풍, 네 가지가 인연따라 잠시 모여있던 것! 이제는 그 인연 다 했으니 흙은 흙으로 돌아가고 물은 물로 돌아가고 불은 불로 돌아가고 바람은 다시 바람으로 돌아가나니, 이 세상 모든 만물은 생겨나서 잠시 머물다 부서지고 무너져 없어지고, 없어졌다가 다시 또 생겨나고 머물고 또 부서져 없어지기를 끝없이 되풀이 하는 법! 일찍이 부처님께서 이르시기를 본래 육신은 헛것이어서 생로병사가 반드시 따르나 참 마음은 허공과 같아서 죽지도 아니하고, 끊어지지도 아니하고, 변하지도 않는다! 그러므로 이몸은 부서지고 무너지고 흩어져 흙으로 돌아가고, 물로 돌아가고, 불로 돌아가고, 바람으로 돌아가지만 참 주인공인 마음은 항상 신령스러워 하늘을 덮고, 땅을 덮으며 영원히 사라지지도 아니하고 부서지지도 아니하는 법!

사람 사는 이 세상은 근심 걱정 한숨이 단 하루도 그칠 날이 없으니 태어나는 것도 괴로움이요, 늙고 병들어 죽는 것도 괴로움, 그래서 인생은 고해라고 일렀느니라!

허나, 배씨부인 영가여!

그대는 이제 사바세계 인연이 다 하였으니 본래 헛것인 육신을 버리고 참마음을 찾아 이고득락 왕생극락하여 세세생생 큰 복락을 누릴지어다."

지눌선사께서 돌아가신 어머니를 위해 이렇게 친히 법문까지 내려주시니 최선비는 황송하여 몸 둘 바를 모를 지경이었다. 사촌형도 사색이 되어 최선비를 조용히 불렀다.

"이거 큰일 났네. 대체 어찌하면 좋단 말인가?"

"큰일이라니, 무슨 말씀이신지요, 형님?"

"아, 이사람아. 그저 간단히 제를 올리는 줄만 알았는데 저렇게 거창하게 큰 제를 올렸으니 대체 그 비용을 어찌 갚느냔 말일세."

"비용이 많이 들었겠지요?"

"그걸 말이라고 하시는가? 가정집에서 간단히 제사 한 번 올리는데도 열 냥, 스무 냥이 들어가는데 저 큰 제 비용이야 수백 냥은 들었을 게 아닌가!"

"허지만, 제를 다 올린 마당에 이제 와서 걱정한들 무슨 소용이 있겠습니까?"

"아, 글쎄 그래두 그렇지. 내 수중에 있는 것이라고는 스무 냥이

될까 말까 한데 대체 이 일을 어찌하면 좋단 말인가?"
 "형님, 너무 염려마십시오. 제가 평생토록 갚겠노라고 큰스님께 사정 말씀을 올리도록 하겠습니다."
 "고모님 영가를 위해서 떡 벌어지게 큰 제를 올리고 나니 마음은 한결 가벼워졌네만은……."
 "그러면 됐습지요, 형님. 설마한들 큰스님께서 제사 비용이 적다고 저희를 붙잡아 두시기야 하시겠습니까?"
 "아무튼 백 배 사죄드리고 잘 말씀 올리도록 하시게! 평생토록 이 제사빚은 반드시 갚겠노라고 말씀이야."
 "그 일은 저한테 맡기시고 어서 객실로 가서 좀 쉬도록 하십시오. 저는 큰스님을 뵙고 오겠습니다."
 수선사에서 제를 올려준 것만 해도 황송스러운 일이요, 게다가 지눌선사께서 손수 법문을 내려주신 것은 참으로 백골난망의 큰 은혜를 입은 것인데, 제 올린 비용조차 변변히 내놓을 수 없는 처지이고 보니 최선비의 심정은 말이 아니었다.
 최선비는 지눌선사를 찾아가 큰 절을 올린후, 말을 꺼냈다.
 "스님, 스님께서 오늘 내려주신 큰 은혜, 소인 평생토록 잊지 아니할 것이옵니다."
 "허허, 은혜는 무슨! 그래, 어머님 영가를 위해 제를 올려드리고 나니 마음이 한결 가벼워지셨는가?"
 "아, 예. 더더구나 큰스님께서 소인의 어머님을 위해 내려주신 법문, 어머님께서도 매우 기뻐하실 것이옵니다. 하온데, 스님?"

"……무슨……말이던고?"
"이 염치없는 못난 저를 용서하여 주십시오."
"갑자기 이건 또 무슨 소리던고?"
"아뢰옵기 부끄럽고 뻔뻔스럽사옵니다만, 소인 가진 것이 별로 없사와 제사 비용을 감당할 힘이 없사옵니다."
"제사 비용을 감당할 힘이 없다?"
"……예."
"허면 대체 어찌하겠다는 말이던고?"
"소인, 그저 큰스님의 처분대로 따를 것이옵니다."
"허면, 이 절에서 머슴살이를 하라면 머슴살이를 하겠는가?"
"예."
"머슴살이를 해서 그 빚을 갚으려면 십 년은 족히 머슴살이를 해야 할 것인데, 그래도 머슴살이를 하겠단 말이던가?"
"십 년이 아니라 이십 년이라도 오늘의 이 빚을 갚을 수만 있다면 소인 결코 마다하지 않겠사옵니다."
"허허허허—허면 이 수선사에 사마시를 급제한 유식한 머슴을 두게 되겠구먼. 음—허허허—."
"……죄송하옵니다, 스님."
지눌선사는 갑자기 손으로 탁자를 치며 큰소리로 꾸짖었다.
"이 사람, 정신 차리게! 이 중은 제사 비용이나 받아먹자고 제를 올려드린게 아니었네!"
"참으로 죄송하옵니다, 스님."

"사정을 들어보니 그대의 어머님께서 너무 한많은 세상을 살다 가셨고, 또 게다가 그대의 효심 또한 가상한 터에, 내 또한 그대가 오기 전 꿈에 설두 중현선사를 만나뵈었으니, 그래서 그 지중한 인연을 소중히 여겨 제를 올려드린 것이니 비용은 단 한 푼도 받지 않을 것이야!"

"예에? 아니, 하오시면 스님?"

"여러 말 할 것 없으니, 오늘은 그만 객실로 돌아가게!"

"하오나, 스님—"

"그대신, 내일 아침 맑은 정신으로 나한테 와서 과연 무엇이 그대의 주인공인지 그것을 이르시게! 내 말 알아들었는가?"

"예, 스님. 분부대로 따르겠습니다."

그날밤 최선비는 잠을 이루지 못하였다. 첫째는 지눌선사의 하해와 같은 큰 은혜를 대체 무슨 수로 다 갚을 수 있을 것인가, 그것이 걱정이 되었고 둘째는 내일 아침 큰스님께 나아가 과연 무엇이 나의 주인공이라 대답을 올려야 할지 아무리 생각에 생각을 거듭해 보아도 도무지 짐작조차 할 수가 없었다.

이리 뒤척, 저리 뒤척 생각을 거듭하다가 새벽녘에야 깜박 잠이 들었다.

"이것 보아라, 이 에미는 이제 여한이 없다. 팔도강산 명산대찰이 많고 많지마는 이 송광산 수선사가 수행제일처인데, 이렇게 청정한 사찰에서 나를 위해 그토록 큰 제를 올려주었으니 살아서 맛

보지 못한 호사를 죽어서 즐겼구나. 더더구나 법 높으신 큰스님께서 손수 제를 집전해 주시고 이 무식한 에미를 위해 설법까지 해주신 덕분으로 인간세상에서 이 에미가 지은 업장 깨끗이 소멸되고 나는 이제 훨훨 날아 극락길로 가게 되었구나. 이 에미 이제 극락에 당도하면 굶주리는 일도 없을 것이요, 헐벗는 일도 없을 것이요, 춥고 더웁고 억울한 일도 없을 것이니, 이것이 모두 부처님 은혜요, 스님네 은덕이며, 극진한 네 효심 덕분이다. 이 에미 이제 육신의 옷을 벗고 훨훨 떠난다. 고맙고, 고맙고, 참으로 고맙구나! 그리고 한 가지 알려줄 것이 있으니, 사람의 주인공은 대체 무엇이던고? 큰스님께서 이미 설법하신 가운데 그 대답이 있느니라……"

사람의 주인공은 대체 무엇이던가? 졸리면 자고, 배고프면 밥 먹으며, 걷고, 서고, 앉고 누우며, 때로는 즐거워서 웃고, 때로는 슬퍼서 우는 그 주인공은 과연 무엇이던가?
지눌선사가 물어보신 바로 그 주인공에 대한 바른 대답이 지눌선사의 설법 속에 있다는 꿈속의 어머님 말씀에 최선비는 소스라치게 놀라 잠에서 깨어났다.
"어머니, 어머니, 다시 한 번 자세히 일러주십시오. 예, 어머니— 어머니—"
"아니, 이 사람, 잠자다 말고 누굴 부르시는가?"
"……아, 제가 꿈을 꾸었나 봅니다."

"고모님 꿈을 꾸셨단 말이신가?"
"예."
"그것 참 신통한 일일세. 사실은 나도 고모님 꿈을 꾸다가 잠을 깨었다네."
"아니, 형님도 어머님 꿈을 꾸셨다구요?"
"그래, 고모님께서 내 두 손을 꼭 붙잡으시더니만— '이것 보시게 조카님, 내 이제 조카님 정성 덕분에 사람 세상에서 내가 지은 업장 깨끗이 다 소멸하고 극락길로 떠나게 되었네. 출가외인인 내가 살아서 조카님에게 입은 신세 갚을 길이 없네만은 옛부터 적선지가에는 필유경사라 했으니, 조카님 배씨가문에는 두고두고 만복이 깃들어 자손 번창하고 부귀영화가 그치지 아니할 것이네. 이 늙은 것이 병석에 누웠을 적에 출가외인임에도 친히 업어다가 좋다는 약 다 구해 먹이고, 지극한 정성으로 나를 돌봐주었으니, 내 어찌 그 정을 모른다 할 것인가! 부디 오복을 두루 갖추어 잘 사시게! 그동안 세속에서 고모와 조카 사이로 맺은 인연, 참으로 고마웠네. 잘 계시게!' 그 말씀을 남기시고 고모님은 오색 구름을 타고 극락으로 올라 가셨네."
"큰스님께서 제를 올려주신 은덕으로 정말 어머님께서는 이고득락 극락왕생 하신 것 같습니다. 그런데, 형님?"
"왜?"
"어머님의 영가를 위해 큰스님께서 설법을 하실 적에 본래 육신은 헛것이어서 생노병사가 반드시 따른다고 그러셨지요?"

"그래, 그렇게 말씀하셨네. 이 육신은 본래 지수……그래, 화풍, 그러니까 흙과 물과, 불과 바람이 인연따라 잠시 모였다가 인연이 다하면 다시—"

"흙으로 돌아가고, 물로 돌아가고, 불로 돌아가고, 바람으로 돌아간다……"

"그래, 그렇게 말씀하셨지."

"아, 이제 생각이 났습니다."

"무슨 말이신가?"

"육신은 본래 헛것이어서 생노병사가 반드시 따른다. 참마음은 허공과 같아서 끊어지지도 아니하고, 변하지도 아니한다. 참주인공인 마음은 항상 신령스러워 하늘을 덮고 땅을 덮으며 영원히 사라지지도 아니하고 부서지지도 아니한다……"

"그래, 맞아. 그렇게 말씀하셨네."

"이젠 됐습니다, 형님."

사촌형은 어리둥절하여 물었다.

"무슨 말이신가?"

"이젠 큰스님 앞에 나아가 바른 대답을 올릴 수가 있게 되었습니다."

멀리서 독경소리가 들렸다.

최선비는 그날 아침, 지눌선사를 다시 찾아뵙고 공손히 무릎을 꿇고 앉았다.

"그래—간밤에는 편한 잠을 주무셨는가?"

"꿈에 어머님을 뵈었습니다."
"허허허허……."
"큰스님의 은덕과 부처님의 은공으로 어머님께서는 이고득락하여 극락왕생하게 되셨다고 말씀하셨습니다."
"부처님이 말씀하셨다네. 선인선과요 악인악과라, 착하고 좋은 일을 많이 하면 좋은 열매를 얻고, 나쁜 씨앗을 심으면 나쁜 결과를 얻는 법, 그대의 어머님께서는 한평생 부지런히 착하게 사셨으니, 그래서 이고득락하고 극락왕생 하시는 게야."
"모두가 부처님의 은공이며, 큰스님의 은덕인줄 아옵니다."
"이 사람 아직두 내 말을 제대로 못알아 들었네 그려……. 모든 세상사는 자작자수요 자업자득이라, 제 손으로 지어서 제 손으로 받는 것, 만일 살아서 좋은 일 착한 일 쌓지 아니하면 죽어서 제 아무리 큰 제를 사흘 열흘 한 달을 지낸들 감히 어찌 극락왕생을 꿈꿀 수 있을 것인가."
"……좋은 가르치심 마음에 깊이 새기겠습니다, 스님."
"방금 그대가 어디에 깊이 새기겠다 하였는고?"
"예에? 아 예, 마음에 깊이 새기겠다 말씀드렸사옵니다."
"허허허허—그래—허면 이, 사람의 주인공은 대체 무엇인지 그것은 알겠는가?"
"소인 아직 자세히는 모르겠사오나 이 사람의 참 주인공은 마음이 아닌가 하옵니다."
"허허허허—."

"잘못되었으면 꾸짖어 주십시오, 스님."
"아, 아닐세. 아무래도 그대는 설두 중현선사의 화신인가 하네."
최선비는 황송하여 몸둘 바를 몰랐다.
"아, 아니옵니다, 스님. 소인은 한낱 이름없는 서생이올 뿐이옵니다."
지눌선사는 탁상을 손으로 탁 치면서 큰소리로 물으셨다.
"이 사람! 곧바로 대답하시게! 사람이 오래 살면 대체 몇 년이나 살던가?"
"제 아무리 오래 살아도 백 년을 넘기지는 못할 것이옵니다."
"허면 세상 떠날 적에는 대체 무엇무엇을 가지고 떠나던고?"
"삼베옷 한 벌뿐. 아무것도 가지고 가지 못할 것이옵니다."
"그것을 아셨으면 되었네. 어서 그만 떠나도록 하시게."
그러나 최선비는 지눌선사 앞으로 바짝 다가앉으며 물었다.
"스님, 소인 한가지만 여쭙고자 하옵니다."
"무슨 말이던가?"
"소인 개경으로 올라가 벼슬길을 바라보아야 할지, 아니면 차라리 초야에 묻혀 백성들과 더불어 농사일이나 하면서 살아야 할지 갈피를 잡을 수가 없사옵니다."
"세상을 바로 보시게. 세상은 지금 불타고 있네."
"불타고 있다니요, 스님?"
"탐욕의 불길, 원한의 불길, 질투의 불길, 천년만년 살 줄로 아는 어리석음의 불길에 휩싸여 세상은 지금 온통 불타고 있어."

"하오면 저 불타는 세상을 어찌하면 구할 수 있겠습니까?"

"벼슬길에 오른다 하나 벼슬로는 저 불길을 끌 수가 없고, 학문으로 저 불길을 끄려고 하나 어림도 없는 일!"

"하오면 대체 무엇으로 저 불타는 세상을 구할 수 있다는 말씀이신지요?"

"이 세상 모든 중생들이 모두모두 깨달음을 얻어 부처님이 되면 그땐 불길이 사라질 것이야."

"하오면 과연 어찌하면 이 세상 모든 중생들이 모두모두 깨달음을 얻을 수 있겠습니까, 스님?"

"잘 들으시게."

"예, 스님."

"배가 고플 적에는 어찌해야 살겠는가?"

"……예……그야 밥을 먹어야 살겠습지요……."

"허면, 밥을 먹어야 살겠다는 생각만 하고 있으면 저절로 배가 불러지겠는가?"

"아, 아니옵니다. 밥을 먹어야 배가 불러질 것이옵니다."

"깨달음을 얻는 것도 그와 같네. 농사짓는 농부나, 살림하는 부녀자나, 벼슬살이하는 사람이나, 깊은 산속에서 수행하는 사람이나 부처님의 가르침을 바로 배우고, 바로 터득하고, 바로 실천해 가노라면, 밥을 먹고 배가 불러지듯이 머지 아니해서 깨달음을 얻어 모두가 부처님의 지혜를 구족하게 될것이야."

"하오시면, 스님들께서 하시는 일은……?"

"수행을 통해 부처님의 지혜를 깨닫고, 그 지혜를 널리 중생에게 전해서 중생들로 하여금 하나하나 탐욕의 불길, 원한의 불길, 질투의 불길 속에서 벗어나게 하는것! 바로 그것이 우리 출가사문이 해야 할 일이지."

지눌선사의 자상한 말씀을 듣고 있는 동안 최선비의 마음은 이상하게도 편안해지는 것이었으니, 그동안 꿈꾸어왔던 벼슬길도 허망한 것으로만 여겨졌다.

독경소리가 은은히 들려왔다. 최선비는 자리에서 일어설 줄을 모르고 깊은 생각에 빠져들었다.

"자, 이제 그만 짐을 꾸려 떠나도록 하시게."

"스님."

"……왜 그러시나?"

"소인 한가지 부탁이 있사옵니다."

"무슨 ……부탁이던고?"

"소인의 머리를 깎아주십시오."

"……머리를 깎아달라?"

"예, 스님. 소인 이 절에서 수행자가 되고 싶사오니 부디 물리치지 마시옵고 허락해 주십시오!"

6
삭발

 돌아가신 어머니의 영가를 위해 제를 올리러 왔던 최선비가 느닷없이 지눌선사에게 머리를 깎아달라고 사정을 하였으니 지눌선사로서도 놀라운 일이 아닐 수 없었다.
 "스님, 부디 허락을 내려 주십시오. 소인 이렇게 부탁드리옵니다."
 "허허, 이사람 이거 제정신으로 하는 소리던가?"
 "예, 스님 제정신이옵니다."
 "허면 대체 어떤 연고로 삭발 출가할 생각을 먹게 되었는고?"
 "예, 이 절 수선사에 와서 큰스님을 뵙고 이런 말씀, 저런 말씀 듣는 가운데 그동안 소인이 헛공부를 했다는 생각이 들었사옵니다."
 "헛공부를 했다?"
 "예, 뿐만 아니오라 벼슬길에 오르겠다던 생각도 다 부질 없는 짓이었구나, 그런 마음이 들게 되었습니다."
 "허면 대체 돌아가신 아버님의 유언은 어찌할 것이며, 돌아가신 어머님과의 약조는 어찌할 작정인고?"
 "예, 아버님께서는 소인이 큰벼슬을 해서 억울한 백성들의 한을 풀어달라, 그렇게 당부하셨다고 들었습니다."
 "그리고 돌아가신 어머님께도 약조하지 않았던가? 반드시 벼슬길에 올라 도탄에 빠진 백성들의 한을 풀어주겠노라고 말일세."
 "예, 그것은 사실이옵니다. 허나 소인 다시 개경으로 올라가 태학에 들어가서 벼슬을 시작한다고 한들 하관말직의 신분으로 감히 어찌 저 권세 높은 벼슬아치들과 겨룰 수 있겠사옵니까?"
 "하관말직부터 벼슬을 시작하는 것은 이미 옛부터 정해진 이치이거늘 그러면 처음부터 높은 벼슬을 할 생각이었다는 말이던가?"
 최선비는 고개를 내저으며 말했다.
 "아니옵니다. 소인 아무리 아둔하기로 어찌 그런 법도조차 모르겠사옵니까? 하오나, 소인 태학에 머물며 공부를 하는 동안 차마 들어서는 아니될 소리를 숱하게 들었사옵니다."
 "그건 또 무슨 소리던고?"
 "스님께옵서도 잘 알고 계시다시피 세상은 지금 무인계급이 나라를 다스리고 있사옵니다."
 "그, 그래서?"
 "사마시에 소인 급제했다고는 하나 책이나 읽고 글줄이나 익혀온 선비들은 기껏해야 무인들의 시중이나 들어야 하는 그런 세상

이라는 소리를 들었사옵니다."
 "으음……그래서?"
 "뿐만 아니오라 무인들이 백성들을 다스림에 있어 잘못된 일이 드러나 이를 선비출신이 바로 잡아 줍시사 진언을 올리면 그 선비는 그날로 귀양을 가거나 심지어는 쥐도새도 모르게 죽임을 당한다 하였습니다."
 지눌선사는 두 눈을 지그시 감았다.
 "……나무관세음보살……나무관세음보살……"
 "뿐만 아니옵니다. 선비들 사이에서도 서로 좋은 벼슬을 먼저 차지하려고 무인 권세가들에게 아첨을 떨고 선비끼리 서로 모함을 한다 합니다."
 "그래서……그런 벼슬세상에서는 베겨낼 자신이 없더라 그런 말이던가?"
 "아, 아니옵니다. 그런 뜻이 아니오라, 소인 어찌 사람의 탈을 쓰고 그런 소인배들 틈에 끼어 히히덕거리고 패거리를 지으며 하찮은 벼슬자리 하나 얻자고 어찌 감히 중상모략을 일삼을 수 있겠사옵니까?"
 "그러면 아버님 유언과 어머님과의 약조를 버리겠다는 말이던가?"
 "아니옵니다. 아버님께옵서도 당신의 자식이 치사하고 더럽게 무인 권세가들에게 아첨이나 떨고 백성들 노략질이나 일삼는 그런 흉악한 벼슬아치가 되기를 결코 원치 아니할 것이옵니다. 어머님께서도 당연히 그러실 것이구요."
"허면 벼슬아치들이 너무 썩었으니 그 까닭으로 벼슬길을 버리겠다는 말이던가?"
"비록 하관말직이라 하더라도 정직하고 바르게 벼슬을 할 수만 있어서 도탄에 빠진 백성을 단 한 명이라도 구해낼 수가 있다면 소인 감히 어찌 아버님 어머님의 유훈을 거역할 수가 있겠습니까? 하오나 지금 세상은 깨끗하고 정직한 선비가 견뎌낼 수 있는 세상이 아니옵니다."
"그건 나도 보고 들어서 잘 알고 있네. 어떤 정승은 정승이 되자마자 나는 결코 더러운 재물을 단 한 푼도 받지 아니하겠다 공언을 해놓고, 자기 부인과 자식을 시켜 부정한 재물을 받았다고 그러더구먼……."
"소인, 이 절 수선사에 와서 며칠 머무는 동안 저 도탄에 빠진 백성들을 구하려면 소인이 가야 할 길이 따로 있음을 알게 되었사옵니다."
"허나 중노릇 하는 것도 결코 쉬운 일이 아니네."
"알고 있사옵니다. 하오나 소인 어떤 어려움도 기어이 견디어 낼 것이오니 허락만 내려 주십시오."
"내 그대에게 말미를 하루 더 줄것인즉 다시 한 번 잘 생각해 보시게!"
헌데 돌아가신 어머님의 제사를 올려드리기 위해 함께 수선사까지 왔던 최선비의 외사촌형 배광한은 최선비가 이 절에서 머리를

깎겠다고 하자 펄쩍 뛰는 것이었다.
 "아니 이사람 정말 정신이 나갔는가, 어쨌는가? 응?"
 "형님 진정하시고 제 말씀 좀 들어주십시오."
 "듣기 싫으이! 아 세상에 원 청천벽력도 분수가 있어야지. 돌아가신 어머님 제를 올리러 왔던 사람이 난데없이 머리를 깎고 중이 되겠다는 것인가?"
 "저에게도 다 그만한 까닭이 있어서 그럽니다, 형님."
 "까닭이구 뭐구 여러 말 할 것 없네! 어서 이 봇짐 짊어지고 이 절을 떠나세!"
 "아닙니다 형님, 저는 이 절에 남을 것이오니 형님 혼자 내려 가십시오."
 "아니, 이사람 이거 정말, 귀신이 씌였나, 도깨비에 홀렸나! 아 이 사람아, 사마시까지 급제해 놓고 벼슬길에 오를 사람이 아, 앞길이 구만리 같은 사대부의 길을 놔두고 무엇이 아쉬워서 그래 머리를 깎겠다는 것이냐구? 응?"
 "형님, 제발 진정하시고 제 말씀 좀 들어 보십시오."
 "그래 좋네! 우선 자네부터 좀 진정을 해서 제 정신을 찾아가지고 내 얘기를 들어보시게."
 "말씀하십시오, 형님."
 "자네도 설마 돌아가신 내 고모님, 그러니까 자네 어머님 소원을 잊어버리진 않았겠지?"
 "……예, 잊지 않고 있습니다."

"다시 한번 생각을 해보게. 돌아가시기 바로 전날 어머님께서는 이렇게 말씀 하셨네. '이 늙은 것이 박복하기 짝이 없어 이렇게 자식의 벼슬길을 가로막고 누웠으니 이 막중한 죄를 어찌하면 좋을꼬……요 다음에 내 묘에 찾아올 적에는 반드시, 반드시, 역마 타고 와야 할 것이다. 그래야, 그래야 이 에미가 죽어서라도 그 소원을 풀지……' 내 귀에는 그 말씀이 아직도 생생한데, 자넨 벌써 잊었단 말인가?"

"제가 어찌 그 말씀을 잊을 수가 있겠습니까."

"아니 그럼, 그 말씀이 아직도 귓가에 쟁쟁한데 여기서 머리깎고 살겠다?"

"아무 말씀 마시고 내려가십시오. 형님."

"허허, 이거 정말 너무하는구먼! 아니 그래 자네가 나한테 이렇게 해도 괜찮은 겐가? 엉?"

최선비는 고개를 숙이며 말했다.

"죄송하옵니다. 그동안 어머님과 제가 입은 은혜, 결코 잊지 아니할 것입니다."

"예이끼, 이런 고약한 사람 같으니라구! 다시는 나를 형이라고 부르지도 말게!"

사촌형이 그렇게 노발대발 화를 내며 산을 내려간 뒤, 최선비는 다시 지눌선사를 찾아뵙고 머리를 깎아달라고 재차 말씀을 올렸다.

"정녕 머리를 깎아달란 말인가?"

"그러하옵니다, 스님."
"한번 머리를 깎으면 영영 벼슬길에는 오르지 못하네."
"……예."
"한번 머리를 깎으면 영영 가정을 이루지 못하네."
"……예, 스님. 알고 있사옵니다."
"한번 머리를 깎으면 영영 재물을 쌓지도 못하네."
"예, 스님."
"한번 머리를 깎으면 음식도 마음대로 먹지 못하고, 잠도 마음대로 잘 수가 없네. 그래도 정녕 머리깎기를 원하겠는가?"
"예, 스님. 부탁이옵니다."

최선비는 지눌선사 앞에 꿇어 엎드려 삭발하여 주시기를 거듭거듭 간청하였다. 지눌선사도 더이상은 물리치지 못하고 마침내 허락을 하고야 말았다.

"내 그대의 머리를 깎아주는 것은 어렵지 않은 일이야. 허나, 머리를 깎았다고 해서 참다운 수행자가 되는 것이 아니요, 먹물옷을 입었다고 해서 참다운 수행자가 아닌 것이며, 절에서 먹고 자며 목탁을 치고 독경을 한다고 해서 참다운 수행자가 아니네. 그대도 그동안 족히 보았을 터이지만, 승과에 급제하여 승려가 된 뒤에, 권력에 아첨하여 구중궁궐을 드나들며 호의호식을 하는 자는 참다운 수행자라 할 수 없을 것이야."

"예, 스님."
"또한 벼슬아치들을 위해 원찰을 세우고, 명문 귀족들의 부귀영화나 빌어주고 있는 그런 자들도 참다운 수행자라 할 수 없는 법! 어디 그뿐인가! 벼슬아치들의 권세를 믿고 곡식을 백성들에게 꾸어주면서 터무니없이 높은 이자를 챙겨 먹는 그런 자들도 결코 참다운 수행자라 할 수 없을 것이니, 만일 그대가 머리를 깎고 승복을 입은 뒤에 저들과 같은 못된 짓을 일삼게 된다면 차라리 내가 그대의 머리를 깎아주지 아니함만 못할 것이야. 내 그래서 주저하는 것일세."

"아니옵니다, 스님. 소인 결코 땀 흘리지 아니하고 편하게 먹고 살고자 삭발하려 함이 아니옵고, 소인 결코 권세에 아첨하고자 삭발하려 함이 아니오며 소인 결코 백성들을 괴롭혀 사사로운 호의호식을 누리고자 삭발하려 함이 아니오니 허락하여 주십시오."

"어김 없으렷다?"

"예, 소인 결코 스님의 분부에 어긋남이 없을 것이옵니다."

"그렇다면 잠시 이 절에서 지내도록 하게. 내 길일을 택하여 삭발하여 줄 것이니……"

"고맙습니다, 스님. 참으로 고맙습니다."

이렇게해서 지눌선사로부터 간신히 허락을 받은 최선비는 그날부터 수선사에 머물면서 이제나 저제나 머리 깎아주실 날을 기다리고 있었다.

그날 아침에도 최선비는 법당에 다녀온 뒤 객실 앞 마당 텃밭에서 삽질을 하고 있었다.

"흐휴 숨차—세상에 원 삽질 몇 번 하고 나니 숨이 턱에 차네

 그려— 그러니 농사 짓는 백성들은 얼마나 고생들이 많을지 원—"
 그때, 웬 노파가 최선비에게로 오면서 기겁을 하는 것이었다.
 "아이구, 객실에 계신 선비 나으리께서 웬 삽질이십니까요?"
 "아 예, 어쩐 일이신지요. 보살님께서 여기까지 오시게요?"
 "아이구, 그 왜 자꾸 보살님, 보살님 그러시옵니까요?"
 "아니, 왜요?"
 "아, 천하디 천한 늙은 것이 보살님은 무슨 보살님이겠습니까요? 당최 그렇게 부르시면 아니되시옵니다요."
 "아니 그러시면 보살님께서는—"
 "아이구 글쎄, 그 보살 소리는 허시지 마시래두 또 그러십니다요. 아, 이 늙은 것은 글쎄 천하디 천한 노비의 몸인데 보살이 어디 가당키나 하겠습니까요?"
 "아니 그럼, 이 절의 노비라는 말씀이십니까요?"
 "지금은 그런 셈입지요."
 "그러면 그전에는요?"
 "아, 그전에는 공경대부댁 안방 마님의 몸종이었사옵니다마는—"
 "그럼……어떻게 해서 이 절에 오시게 되었는지요?"
 "……말씀도 마십시오. 하루 하침에 공경대부댁이 역모를 했다 하여 쑥밭이 되어 버렸습지요. 이 늙은 것은 올데갈데가 없어져버렸습구요—"
 "원 저런, 아니 그래서 이 절에 노비로 들어왔더라 그런 말씀이시오?"
"객실 선비 나으리께서도 보셨겠습니다만 이 절에는 이 늙은 것 말고도 올데갈데 없는 천한 것들이 십여 명 있습니다요."
"그럼 그 사람들이 모두 다 이 절의 노비라는 말씀이십니까?"
"올데갈데 없는 목숨들이라 이 절 큰스님께서 거두어 주신 것인데, 큰스님께서야 우리를 가엾이 여기셔서 노비 취급을 하시지는 아니하십니다만, 그렇다고 종놈 종년 신분을 숨길 수야 있겠습니까요?"
"원 참, 별 말씀을요."
"아이구, 이 정신을 좀 보게. 이 객실에 계시는 나으리 가운데 어느 분이 최선비 나으리신지요?"
"제가 바로 최가입니다만—"
"아이구, 그럼 어여 올라가 보십시오. 큰스님께서 부르신다는 전갈이십니다요."
"큰스님께서 저를 부르신다구요?"
"삭도물을 따끈하게 데워 올리라는 분부가 계신 걸 보면 또 누구 머리를 깎아주실 모양이십니다요."
"예에?"

그날 지눌선사께서는 최선비의 머리를 손수 깎아주시고 가사 한 벌을 내려 주셨다.
"허허허— 머리를 깎아놓고 보니 거 두상이 아주 잘 생겼구먼

그래—음? 허허허허—"

"스님의 은혜, 하해와 같사옵니다."

"그대는 자세히 들으라. 삭발출가하여 처음 불문에 들어온 사람은 누구나 부처님이 당부하신 계율을 엄히 지켜야 할 것이니, 묻는 바를 잘 듣고 분명히 대답하여 부처님 전에 맹서를 해야 할 것이다."

"예, 스님."

지눌선사는 주장자로 쿵 내리치곤 말씀하셨다.

"첫째, 산 목숨을 죽이지 말라. 사람은 물론이요, 날아다니는 짐승, 기어다니는 벌레 한 마리에 이르기까지 목숨이 있는 것은 내 손으로 죽이거나, 남을 시켜 죽이거나, 죽이는 것을 보고 좋아하지 말라. 벌레가 있는 물은 걸러 먹을 것이요, 등불은 가려야 하고 고양이를 키우지 말 것이며, 모든 중생들에게 은혜를 베풀고, 가난한 사람을 구제하여 편히 살게 할 것이며, 항상 자비심을 지녀야 할 것이니 과연 목숨이 다 할 때까지 이 계를 지키겠느냐?"

"……예, 받들어 지키겠습니다."

"둘째, 도적질 하지 말라! 금이나 은, 바늘 한 개, 풀 한 포기일지라도 주지 않은 것은 가지지 말라. 늘 있던 물건이나, 시주물이거나, 대중의 것이거나 나라의 것이거나, 다른 사람의 것을 빼앗거나 훔치거나 속여서 가지지 말라. 세금을 속이거나 뱃삯을 내지 않는 것도 도적질이요, 장사를 하면서 비싸게 파는 것도 도적질이요, 물건을 팔적에 무게를 속이거나 개수를 속이는 것도 도적질이니, 과연 목숨이 다 할 때까지 이 계를 지키겠느냐?"

"예, 받들어 지키겠습니다."

"셋째, 음행하지 말라. 재가불자들에게는 삿된 음행만 엄히 금했으되, 수행자는 음행을 마땅히 끊어야 한다. 세속에 사는 사람들도 이 음욕으로 인해 몸을 망치고 집안을 망치거늘 세속을 떠난 출가 수행자가 어찌 음욕을 끊지 않으리요. 과연 목숨이 다 할 때까지 이 계를 지키겠느냐?"

"예, 받들어 지키겠습니다."

"넷째, 거짓말 하지 말라. 옳은 것은 그르다 하고, 그른 것은 옳다고 하는 거짓말, 비단결처럼 간사스럽게 아첨하는 거짓말, 추악한 욕설로 남을 꾸짖고 저주하는 말, 남을 비방하고 중상하는 말, 남을 이간질하는 거짓말, 사람의 입에는 도끼가 있어 나쁜 말 한 마디로 몸을 찍나니, 과연 목숨이 다 할 때까지 이 계를 지키겠느냐?"

"예, 받들어 지키겠습니다."

"다섯째, 술 마시지 말라. 술은 사람을 취하게 하는 독약이다. 한 방울도 입에 대지말고, 냄새도 맡지 말며, 술집에 머물지도 말고, 남에게 술을 권하지도 말라! 과연 목숨이 다 할 때까지 이 계를 지키겠느냐?"

"예, 받들어 지키겠습니다."

꽃다발을 사용하거나 향을 바르지 말라! 노래하고 춤추지 말라! 금은 보석을 지니지 말라! 노래하고 춤추지 말라! 높고 넓은 평상

에 앉지 말라! 제 때가 아니면 먹지를 말라! 금은보석을 지니지 말라! 열 가지 계율이 차례차례 설해지고 평생토록 받들어 지키겠다는 맹세가 부처님 전에서 이루어졌다.
 이로써 세속에서 살던 최선비는 이제 영영 사라지고 혜심스님이 탄생하게 되었다.

7
혜심의 참선수행

　스물 여섯의 나이에 지눌선사의 제자로 새롭게 태어난 혜심은 그로부터 지눌선사의 가르침을 본격적으로 받게 되었으니 그동안 벼슬길에 오르기 위해 해왔던 공부는 이제 아무 소용이 없게 되었다.
　"이것보시게."
　"예, 스님."
　"그대가 이제 내 문하에 들어왔으니 내가 펼치고 있는 정혜결사가 무엇인지 그것은 제대로 알고 있어야 할 것이야."
　"예, 스님."
　"나는 본래 황해도 서흥 태생이야."
　"예."
　"어린 나이 여덟 살에 출가를 해서 스물 다섯에 승과에 합격하여 수행자가 되었네."

"예."

"내 그동안 부처님 은혜를 입어 절밥을 먹으면서 이 절 저 절 두루 돌아다니며 경도 배우고 참선도 하면서 많은 것을 보고 많은 것을 생각하게 되었네."

"예, 스님."

"삭발출가하여 위로는 부처님의 진리를 깨닫고 아래로는 도탄에 빠져있는 중생들을 제도해야 할 우리 승려들이 그동안 아침 저녁으로 해온 행적들을 돌이켜 보면, 우리는 그동안 부처님의 법을 핑계삼아 나와 남을 구별하여 구구하게 이익을 꾀하고 풍진 세상의 일에 빠져 도와 덕은 닦지 아니하고 옷과 밥만 축을 내왔으니, 비록 출가를 했다고 하나 무슨 득이 있었겠는가."

"예, 스님."

"그래서 내 늘 괴로워 하던 중 임인년 정월, 개경 보제사의 담선법회에 참석했다가 동문 십여 인과 언약을 했었네."

"예."

"어떤 언약이었는지 알고 있는가?"

"모르옵니다, 스님."

"이 담선법회가 끝나면 우리 모두 세속적인 명예와 이익을 버리고 산 속에 은거하면서 모임을 만들어 항상 선정을 익히고 지혜를 닦는 일에만 진력하자. 예불하고 독경하고 운력하는 일에 이르기까지 저마다 소임에 따라 수양하여 한 평생 구속없이 지내면서, 진인 달사의 높은 행을 따른다면 이 어찌 기쁘지 아니하겠는가!

이렇게 언약을 했었네."
 "아……예, 스님."
 "그래서 이루어진 게 '정혜결사'라는 모임인데 그대는 어찌하여 정혜결사인가 그뜻을 깊이 새겨야 할 것이야."
 "예, 스님."
 "그동안 우리나라 불가에서는 '교'가 제일이라는 교종과 '선'이 제일이라는 선종이 서로를 업신여기면서 부질없이 논쟁만 일삼으며, 허송세월을 해왔어."
 "예."
 "허나 부처님께서 말씀으로 가르쳐주신 진리와 지혜를 '교'라 할 것이요, 부처님과 선사님들이 마음으로 전해주신 것이 바로 '선'이니, 부처님의 경전과 선이 서로 어긋나는 것이 아니거늘 어찌 한 쪽만 소중하다 하여 다른 한 쪽을 버릴 것인가."
 혜심은 고개를 끄덕이며 지눌선사의 한마디 한마디를 놓치지 않고 열심히 들었다.
 "그래서 참선을 닦아 정을 얻고, 경전을 공부하여 지혜를 함께 얻자고 해서 정과 혜를 함께 닦는 모임이라는 뜻으로 '정혜결사'라고 정한 것이야."
 "아, 예 잘 알겠습니다 스님."
 "그래서 그대는 이 정혜결사의 근본 취지에 어긋나지 아니하도록 정과 혜를 함께 닦아 나가는데 게을러서는 아니될 것이야."
 "예, 명심하겠습니다 스님."

 "그대는 이제 처음 불문에 들어온 사람이니, 이 책을 잘 읽고 마음속에 깊이깊이 담아두도록 하게."
 지눌선사는 혜심에게 책을 한 권 건네주시며, 다시 당부하셨다.
 "세속의 글공부가 제 아무리 앞섰다고 해도, 불가의 공부는 이제 첫걸음이니 이점 각별히 명심토록 하시게."
 "예 스님, 명심하겠습니다."
 지눌선사께서 혜심에게 건네주신 책은 〈계 초심학인문〉이었으니, 처음 불문에 들어온 학인을 경계하는 글로, 지눌선사께서 손수 지으신 것이었다.
 혜심은 그날부터 틈만 나면 방 안에서건 마당에서건 이 글을 읽고 또 읽으며 이글에 담긴 깊은 뜻을 되새겼다.
 "처음 발심한 사람은 마땅히 나쁜 벗은 멀리 하고, 어질고 착한 사람을 친근히 하며 다섯 가지 계와 열 가지 계를 받아, 지키고 열고 닫을 줄을 잘 알아야 하느니라. 오직 부처님의 성스러운 말씀에 의지할지언정 용렬한 무리의 허망한 말에 따르지 말라……."
 그때, 노파가 다가오며 반갑게 말을 건넸다.
 "아이구 이거 그러구보니 이 스님이 엊그제 새로 머리를 깎으신 선비 스님이 아니십니까요?"
 "아 예, 그렇습니다 보살님."
 "아이구 그 보살이라고 부르시면 아니 되신다니까 그러시네요."
 "아니 그럼 뭐라고 부르란 말씀이십니까요?"
 "아 그냥 공양간 할멈이라고 부르시면 되시지요. 아이구, 그런데 스님, 정말 이렇게 머리를 훤히 깎으시구 가사를 입으시니 이 절간 앞이 다 환해진 것 같사옵니다요, 예."
"원 참 별 말씀을요."
"보아하니 스님께서는 큰스님이 내려주신 책을 외우고 계신것 같사옵니다만—"
"아, 예—처음 대하는 책이라서……."
"큰스님한테 혼나지 않으시려면 눈 감고도 척척 외워올릴 수 있으셔야 하옵니다요."
"아니 그러면 나중에 큰스님께서 그걸 점검이라도 하신다는 말씀이신가요?"
"아이구, 점검하시다 마다요—아 우리같은 노비들에게도 불쑥 물으십니다요."
"대체 무엇을 물으신다는 말씀이십니까요?"
"아 우리같은 노비들에게야 '오계가 무엇이던고?' 이렇게 물으시지요."
"그러면 승려들에게는 또 무엇을 물으시던가요?"
"아이구 그거야 쇤네같은 무지한 것이 어찌 알겠습니까마는, 아무튼 큰스님께서 새로 책을 한 권 내려주셨다면, 며칠 후에는 어김없이 불러다 놓고 낱낱이 점검을 하신다고 그러더라굽쇼, 예."
"아, 예."
"그러니 젊은 스님들이 책을 보기 싫어도 아니볼 수가 없다고 그러시더라구요. 그러니, 새스님께서도 공부를 게을리 하셨다가는

불호령을 면치 못하실 것입니다요."
　혜심은 이 말을 듣고 더욱 더 열심히 책을 읽어 마음 속에 깊이 새기고 있었다.
　하루는 젊은 스님이 혜심을 불렀다.
　"혜심수좌, 나 좀 보게."
　"예에? 소인을 부르셨습니까요?"
　"어서 이리 좀 와보게!"
　"아 예, ……소인을 부르셨습니까?"
　"예이끼 이 사람! 소인이라니?"
　"무슨 ……말씀이시온지요?"
　"소인이니, 소생이니 하는 소리는 세속 사람들이나 쓰는 말 아니던가?"
　"아, 예. 이거 그만 입버릇이 돼나서…… 죄송하게 되었습니다."
　"헌데 말일세, 자네와 나 사이가 어찌 되는지 그것은 알고 있는 겐가?"
　"무슨 …… 말씀이신지요?"
　"허허, 이사람 이거 〈계 초심학인문〉도 제대로 보지 아니했구먼 그래? 응?"
　"그건 보았습니다만……."
　젊은 스님은 싱글거리면서 말을 이었다.
　"그러면 어디, 두번째 구절을 한 번 외워 보게나! 대체 거기 뭐라고 쓰여 있던가?"

"아, 예. …… 이미 출가하여 …… 대중 속에 들어왔으니, 항상 부드럽고 화목하며 착하고 순종함을 생각할지언정, 아만으로 제 잘난 척 하지 말라.
큰 이는 형이 되고, 작은 이는 아우가 되나니……."
"아 아, 잠깐!"
"예에?"
"방금 뭐라고 그랬는가? 큰 이는 형이 되고 작은 이는 아우가 되나니?"
"예, 대자는 위형하고, 소자는 위제니, 그렇게 쓰여져 있었는데요?"
"그래서, 자네의 키가 나보다 크면 자네가 내 형님이 된다, 그런 말이던가?"
"아, 아니옵니다. 소승 그런 뜻으로 드린 말씀이 아니오라……."
"이것 보게!"
"예, 스님."
"사마시에 급제했다고 해서 우쭐댈 건 없어! 제대로 새기란 말일세!"
"무슨 …… 말씀이신지요?"
"대자는 위형하고, 소자는 위제니, 우리 불가에서는 곧 나이 많은 이가 형이 되고, 나이 적은 이가 아우가 된다는 뜻이야, 알겠는가?"
"아, 예. 죄송하게 되었습니다 스님."

　이 당시 송광산 수선사에는 백여 명의 승려와 십여 명의 노비가 함께 살고 있었다고 기록되어 있으니 이로 미루어 그 규모를 짐작할 수 있겠다.
　수선사 사주이신 지눌선사는 그야말로 대쪽같은 성품이신지라, 제자들을 호되게 가르치고 있었다. 당시 권세에 아첨하는 불교의 병폐를 누구보다도 잘 알고 계신 지눌선사였으니, 문하의 제자들을 함부로 키울 리가 없었던 것이다.
　드디어, 하루는 혜심이 지눌선사 앞에 불려 나갔다.
　"부르셨사옵니까, 스님?"
　"그래, 내가 불렀네. 그동안〈계 초심학인문〉은 제대로 보았는가?"
　"예, 스님."
　"허면 네 번 째 구절을 어디 한 번 일러 보시게."
　"아, 예. 쓸 데 없이 다른 이의 방이나 요사체에 들어가지 말것이며, 남의 일을 구태여 알려고 애쓰지 말것이며, 6일이 아니면 속옷을 빨지 말것이며, 세수하고 양치질 할 적에는 큰소리로 코를 풀거나 침을 뱉지 말것이며, 대중공양을 받을 적에는 버릇없이 차례를 어기지 말아야 하느니라."
　"허면 그 다음 구절에는 무엇이라 일렀던고?"
　"예, 걸을 적에는 옷깃을 벌리고 팔을 흔들지 말것이며, 말을 할 적에는 큰소리로 떠들거나 희롱하여 웃지 말것이며, 긴요한 일이 아니면 산문밖에 나가지 말것이며, 환자가 있거든 자비스러운 마음으로 보살펴야 할 것이요, 손님이 오실 적에는 흔쾌히 맞아들이며, 어른을 길에서 만나면 마땅히 공손하게 길을 피해야 하느니라."

"그러면 이번에는 아홉번 째 구절을 일러 보시게!"

"아홉번 째라 하오시면······."

"어서 일러보게! 거기에는 대체 무엇을 일러 놓았던고?"

"예, 자신의 죄업장이 마치 산과 바다와 같은 줄을 알아서 마음으로 뉘우치고, 몸으로 참회해야 가히 그 업장을 소멸할 수 있음을 알아야 할 것이며, 절을 올리는 이나 절을 받는 이가 모두 참된 성품으로 인연하여 일어난 줄을 관하며, 감응함이 헛되지 아니해서 그림자와 메아리가 서로 따르는 줄을 같이 믿어야 한다고 이르셨사옵니다."

"세속에서 글공부를 많이 했다고 그러더니 과연 그 덕을 톡톡히 보는구먼. 허면 대중처소에 머물 적에는 어찌하라 일렀던고?"

"예, 대중방에 머물 적에는 서로 양보하고 다투지 말 것이며, 서로 도와주며, 승부를 다투어 논란함을 삼가할 것이며, 머리를 맞대고 앉아 잡담을 하지 말 것이며, 남의 신발을 잘못 신지 않도록 할 것이며, 앉고 눕는 차례를 어기는 일이 없어야 할 것이요, 손님과 이야기를 나눌 적에는 절 집안의 추함을 드러내지 말아야 할 것이며, 절 집안의 불사를 찬탄할지언정 고방에 나아가서 잡사를 견문하고 스스로 의혹을 내지 말라 이르셨사옵니다."

"참으로 공부를 잘 하셨네. 허면, 내 마지막으로 그대에게 무엇

을 당부했던고?"

"예. 부지런히 수행함에 힘이 점점 깊어지고, 연마함에 행하는 일이 더욱 깨끗해질 것이라, 오랫동안 만나기 어렵다는 생각을 일으키면 도 닦는 일이 늘 새롭고, 항상 다행스럽다는 마음을 지니면 끝내 물러나지 않을 것이니, 이렇게 하기를 오래 하면 자연히 선정과 지혜가 원만히 밝아져서 자기의 성품을 바로 보고, 자비와 지혜를 마음대로 써서, 돌이켜 중생을 제도하여 인간과 천상에 큰 복밭을 지으리니, 마땅히 간절히 힘쓸지니라…… 이렇게 이르셨사옵니다."

"그래, 그대는 마땅히 그대로 시행하겠는가?"

"예, 스님. 반드시 힘써 닦아 나가겠사옵니다."

지눌선사는 또 한 권의 책을 주시면서 말씀하셨다.

"이 책은 신라의 원효스님이 써 놓으신 〈발심수행장〉이니 열심히 보아 채찍으로 삼아야 할 것이야."

"예, 스님. 분부대로 하겠습니다."

이제 막 불문에 들어온 혜심으로서는 배워야 할 것도 수없이 많았고 읽어야 할 책도 수없이 많았다. 그리고 무엇보다도 궁금한 것은 과연 부처님은 어떤 분이셨으며 어떤 가르침을 베풀어 주셨기에 오늘날에도 수많은 사람들이 그분을 신봉하고 그분의 가르침을 따르는가 하는 것이었다. 당시에는 한문으로 된 책뿐이었으니, 글공부를 많이 한 사람만이 읽을 수가 있었는데 다행히 혜심은 속세에 있을 적에 글공부를 많이 해두었던 덕분에 부처님의 일대기를 기록한 불전부터 시작해서 많은 경전을 단숨에 읽어 나갔다.
 그러던 어느날 한 경전을 살펴보자니까 이런 대목이 나오는 것이었다.

 「"부처님이시여, 저는 세상에 살면서 별로 죄지은 일도 없사옵고, 잘못한 일도 없사온데, 일 년 열두 달 삼백 예순 다섯 날, 단 하루도 편한 날이 없이, 그저 자고 나면 근심 걱정, 속 상하는 일 뿐이오니, 대체 어인 까닭이옵니까?"
 "여인네는 잘 들으라. 일 년 열두 달 삼백 예순 다섯 날, 근심 걱정, 속 상하는 일만 일어나는 것은 비단 그대만이 아니니 이세상 모든 사람들이 모두 다 그러하니라."
 "하오면 대체 어인 까닭으로 그러하옵니까?"
 "거기에는 세가지 까닭이 있으니 잘 들으라. 어찌하여 병이 일어나는지 그 까닭을 알고, 그 까닭을 없애면 병이 나을 수 있듯이 근심 걱정 속 상하는 일이 일어나는 까닭을 알면 근심 걱정 속 상하는 일도 없앨 수 있을 것이니라."
 "바라옵건데 어서 그 까닭을 말씀해 주십시오."
 "사람마다 근심 걱정 속 상하는 일이 그치지 아니하는 것은 그 첫째가 욕심 때문이니라. 더 많은 재산, 더 큰 집, 더 넓은 땅, 더 높은 벼슬, 더 맛있는 음식, 더 좋은 의복을 끝없이 욕심내나니, 그 욕심이 채워지지 아니하면 속이 상하고, 근심걱정이 그치지 아니 할 것이요―"

"하오면 두번 째 까닭은 무엇이온지요?"
"근심 걱정 속 상하는 일이 자꾸 생겨나는 두번 째 까닭은 성냄에 있으니, 자기 뜻대로 되지 아니한다 하여 화를 내고 성질을 내고, 자기 말을 듣지 아니한다 하여 미워하고 원한을 품으니 이것이 모두 성냄으로 인한 근심 걱정 속 상하는 일이다."
"하오면, 세번 째는……?"
"그 다음 세번 째 까닭은 어리석음에 있으니, 사람이 겨우 백 년도 못 살거늘, 천년만년 살 것으로 착각하여 끝없는 욕심과 끝없는 성냄으로 제 명을 재촉하고 있으니, 이것이 모두 어리석음 때문이니라."
"하오면 대체 어찌해야 저희가 근심 걱정에서 벗어날 수 있겠사옵니까?"
"욕심 한 가지 버리면 근심 걱정은 반으로 줄어들 것이오, 성냄 한 가지를 버리면 나머지 근심 걱정이 또 반으로 줄어들 것이오, 어리석음에서 벗어나 지혜를 얻으면 나머지 근심 걱정 속 상하는 일은 씻은듯이 사라질 것이니라."
"하오면 욕심하고 성냄하고, 어리석음 이 세 가지만 버리면 세상에 근심 걱정 속 상할 일은 없어진다는 말씀이신지요?"
"바로 그러하니라. 허나 아직도 세상 중생들은 어리석음에 눈이 어두워 오늘도 열 가지 죄악을 일삼고 있으니 그래가지고서야 어찌 근심 걱정이 사라지기를 바랄 수 있겠는가!"」
불경을 읽어나가다가 이 구절을 본 혜심은 과연 부처님이 더없는 성인이시며 더없이 큰 가르침을 남기신 분이라는 것을 비로소 알게 되었다.
　혜심은 지눌선사를 찾았다.
　"그래, 경전을 보다가 나한테 왔다는 말이던가?"
　"예, 스님. 하오면 이 중생들은 어찌하여 욕심과 성냄과 어리석음에서 벗어나지 못하는 것이옵니까?"
　"그것은 이 어리석은 중생들이 허망하기 짝이 없는 이 육신을 자기 주인으로 착각하여 참 주인인 마음을 잃어버린 까닭일세."
　"참 주인이 마음이라고 하셨는지요?"
　"내 그래서 마음 찾는 공부를 하라고 이르지 아니하던가! 사람마다 제 주인인 참 마음을 바로 보고, 바로 찾으면 이 세상 모든 괴로움은 사라질 것이야."
　카필라 성의 왕자로 태어나서 가만히만 있어도 저절로 왕이 될 수 있었던 부처님이 그 화려한 부귀영화도 다 버리시고 홀연 출가하여 장장 6년에 걸친 고행 끝에 깨달음을 얻으시고 천 가지 만 가지 괴로움 속에서 신음하는 이 사바세계 수많은 중생들을 제도하시고자 자비로운 가르침을 설하시며, 길거리에서 주무시고 동냥밥을 얻어 자셨다는 부처님의 일대기, 그리고 장장 45년동안 동가식 서가숙 하시면서 베풀어주신 자상한 가르침을 자세히 기록해놓은 불교경전을 읽으면서 혜심은 참으로 기쁨에 넘쳤다.
　혜심은 다시 지눌선사를 찾았다.
　"스님, 소승 참으로 삭발 출가하기를 백 번 천 번 잘했다는 생각

이 드옵니다."
"허허, 이 사람 어찌 이리 서둘러대는고?"
"아니옵니다, 스님. 진심이옵니다. 그동안 소승이 세속에서 읽은 책이 한 짐도 더 될것이옵니다만 소승이 이 절에 와서 읽은 두세 권의 책이 훨씬 더 값지고 소중한 가르침을 주었습니다."
"이것 보시게."
"예, 스님."
"부처님의 한평생을 기록해 놓은 불전을 보셨는가?"
"예, 보았사옵니다."
"불전을 보았다면 그대도 알터! 부처님께서는 장장 45년 세월을 이 마을 저 마을 돌아다니시며 깨달으신 지혜의 말씀을 낱낱이 전하고 다니셨네."
"예, 스님."
"농사를 지을 적에는 어찌해야 잘 살게 되느냐, 장사를 하는 사람은 어떻게 해야 부자가 되느냐, 시어머니와 며느리 사이는 어찌해야 좋으냐, 착한 아내는 어떻게 해야 하며, 착한 남편은 어찌해야 하느냐, 이런 세세한 가정 살림까지도 부처님께서는 자비로운 가르침을 내려 주셨네."
"예, 스님. 소승도 이제야 그것을 알았사옵니다."
"뿐만 아니라 부처님께서는 나라를 과연 어떻게 다스려야 태평한 나라, 부강한 나라, 잘 사는 나라가 될 것인지도 가르쳐 주셨고, 이 세상 모든 중생들이 어떤 마음으로 어떻게 살아야 근심 걱정없이 추앙받으며 살 수 있는가도 세세히 일러 주셨네."
 "예, 스님. 그래서 소승 더욱 부지런히 경전을 읽고 부처님의 가르치심을 반드시 다 배우겠사옵니다."
 "내 일전에도 이미 말했거니와 경전은 부처님의 말씀이니 단 한 줄이라도 소홀히 해서는 아니 될것이야. 허나, 참선을 통해 선정을 닦는 것은 부처님의 마음을 닦아 얻는 것이니 참선도 결코 게을리 해서는 아니될 것이야!"
 "하오시면 스님께서는 선 교 양면을 똑같이 공부하라 그런 말씀이시지요?"
 "구만리 장천을 날아가는 봉황새도 한 쪽 날개만 가지고는 날아갈 수 없는 법, 어찌 부처님의 말씀을 배우지 아니하고 부처가 될 수 있을 것이며, 부처님의 마음을 모르고 또 어찌 부처가 될 수 있을 것인가!"
 "알겠사옵니다, 스님. 소승 반드시 스님의 분부대로 따르겠사옵니다."
 부처님이 과연 어떤 분이셨는지, 부처님의 가르침이 과연 어떤 것인지 배우면 배울수록 혜심은 더더욱 환희심이 일어나서 견딜 수가 없었다. 그래서 혜심은 낮에는 경전 공부를 하고, 밤이면 가부좌를 틀고 앉아 참선수행을 열심히 닦아 나가고 있었는데, 그러던 그해 여름이었다.
 공양간에서 일하는 노파가 혜심을 찾아왔다.
 "아이구, 저 스님. 공부중이시온지요?"

"아, 예. 어쩐 일이십니까, 보살님."

"아이구, 거 또 보살이라구 그러십니다요. 내 그렇지 않아도 그 보살 소리 듣는 게 하두 죄스럽구 송구스러워서 큰스님께 고했습니다요."

"아니, 무엇을 큰스님께 말씀드렸다는 말씀이십니까?"

"아이, 노비 신세에 보살님 보살님 불러대시니 이게 어디 가당키나 하신 말씀이냐고 여쭈었습지요."

"원 별걸 다 고해 바치셨습니다. 그래―그랬더니 뭐라고 말씀하시던가요? 큰스님께서……?"

"큰스님께서 경을 치실 줄 알았는데, 웃으시면서 이렇게 말씀하시지 뭐겠습니까요?"

"뭐라고……그러셨는데요?"

"보살 소리를 들을만큼 착한 짓을 하면 보살 소리 들어도 상관없다구 말씀입니다요."

"그것보십시오. 그러니 이젠 소승이 보살님 하고 불러도 싫어하지 마십시오."

"아이구, 그래두 그렇습지요. 아 그리구 무슨 착한 짓을 어떻게 해야 되는지 그게 또 걱정거리가 되었구먼요."

"그러시면 보살님, 소승이 그걸 자세히 일러 드릴테니 그대로만 하도록 하십시오."

"아이구 정말로 그래 주실려구요?"

"잘 들으시고 그대로만 지키시면 됩니다."

"아이구 그야 스님 분부이신데 감히 어찌 거역하겠습니까요, 예."
"자, 그러면 잘 들으십시오."
"예,예."
노파는 허리를 굽히고 머리를 조아리며 대답했다.
"몸으로 짓는 세가지 나쁜 짓은 첫째가 살생이니, 산 목숨을 죽이지 말것이며, 그 다음에는 도둑질을 하지 말것이며, 그 다음에는 삿된 음행을 하지 말 것이니―"
"아이구 망칙두 해라. 아, 이 늙은 것이 무슨 그런 짓을 할 수가 있겠습니까요, 예?"
"그 다음에는 말을 잘못해서 죄를 짓는 나쁜 것 네 가지가 있으니 첫째는 거짓말이요, 그 다음에는 이간질 하지 말고, 그 다음에는 악담을 하지 말것이며―"
"악담이라면 욕설에다 저주하는 말, 그러니까 '에라 이 호랑이나 물어갈 놈아―' 이런 소리 하지 말라, 그런 말씀이시지요?"
"그렇습니다. 그리고 마지막으로 아첨하는 거짓말을 해서는 아니되십니다."
"아, 예."
"그리고 욕심을 내지 말 것이며, 성내지 말것이요, 이몸이 천년만년 살것이다 그런 어리석은 생각을 해서는 아니 되십니다."
"욕심내지 말고, 성내지 말고, 천년만년 산다고 생각하지 말아라?"

"그렇습니다. 이렇게 열 가지 나쁜 짓만 아니하시면 자연히 열 가지 착한 일을 하시게 될 것이니, 그렇게 되시면 보살님 소리를 들어도 허물이 아니라는 말씀이지요."
"아이구, 알겠습니다요. 저 그런데 스님."
"말씀하십시오."
"기왕지사 신세를 지는 김에 한 가지만 여쭈어 봐도 괜찮을런지요?"
"예, 말씀하십시오."
"듣자하니 말씀입지요. 전생에 죄가 많아서 박복한 사람은 이생에서 보시공덕을 많이 쌓아야 내생에 복을 받는다고 그러던데 말씀이에요."
"아, 예. 그렇습지요."
"아니 그러면 이 박복한 늙은 종은 죽어서 내생에도 또 복을 못 받을 것이 아니겠습니까요?"
"무슨—말씀이십니까?"
"아, 나같은 노비 신세에 가진 재산이 있어야 보시공덕을 쌓습지요. 아 식은 밥 한 덩이도 남에게 나누어 줄 팔자가 못되니 어느 세월에 복을 지을 수 있겠습니까요?"
"그건 염려하지 마십시오."
"예에? 염려하지 말라니요?"
"보시공덕이란, 꼭 재물만 나누어 주는 것이 아니옵니다."
"아니 그러면 무엇을 나누어 주라는 말씀이십니까?"

"절에 찾아오시는 시주님네들에게 정성껏 떠서 올리는 물 한 그릇도 보시공덕이고, 무슨 말을 물어올 적에 따뜻하고 공손하게 대답해 올리는 것도 보시공덕이고, 먹다 남은 보리밥 한 덩이라도 짐승들 먹으라고 나누어 주면 그것도 다 보시공덕입니다."
"아니, 그러면 이 늙은 것도 보시공덕을 쌓을 수 있다는 말씀이십니까?"
"그야 물론 쌓을 수 있으시고 말고요. 다른 사람이 슬픈 일을 당해서 울고 있을 적에 따뜻한 말로 위로해 주신 것도 보시공덕이요, 다른 사람 몸이 아플 적에 대신 일을 해주는 것도 보시공덕이지요."
"아이구, 세상에! 아 그러구 보니 보시공덕 쌓을 일이 많고도 많네요. 예!"
노파는 환하게 웃으며 돌아갔다.

8
차라리 부지런한 바보가 되거라

　혜심스님은 송광산 수선사 지눌선사 밑에서 부처님의 말씀인 경전을 배우는 한편 참선을 통해 마음 닦는 공부를 하고 있었다. 헌데 스승이신 지눌선사께서는 불시에 제자들을 불러다 앉혀 놓고는 그동안 공부한 바를 점검하시는 것이었다. 하루는 지눌스님이 혜심스님과 변수좌를 불렀다.
　"부르셨사옵니까? 스님."
　"그래, 내가 그대들을 불렀느니라. 거기 앉도록 해라."
　"예."
　"내 먼저 변수좌에게 물을 것이야."
　"예, 스님."
　"그대는 오늘도 법당에서 절을 올리는 불자들을 보았으렷다?"
　"예, 스님."
　"허면 그 불자들이 동서남북 그리고 하늘과 땅을 향해 무수한

절을 올리는 것을 보았으렷다?"
"예, 스님. 보았사옵니다."
"그러면, 그렇게 동서남북 상하에 절을 올리는 것을 무엇이라 이르던고?"
"예, 육방예경이라 하옵니다."
"그래, 우리 불자들이 동서남북과 상하에 절을 올리는 것을 육방예경이라 한다. 허면 동쪽에 절하는 것은 과연 누구를 생각하고, 누구에게 감사드리며 절을 올리라고 하였던고?"
"예, 맨처음 동쪽에 절하는 것은 부처님께 올리는 인사인 줄로 아옵니다."
지눌선사는 죽비를 내리쳤다.
"틀렸다, 다시 일러라!"
"……용서하십시오 스님, 배운 지가 오래 되어서, 생각이 나지를 않사옵니다."
"딱!"
"참선 공부가 대장부 일대사를 요달하는 것이지마는 그렇다고 해서 예경 올리는 법도 모르고, 향 피우는 법도 모르고, 부처님 경전마저 소홀히 한다면 이것은 참된 수행자의 도리가 아니다."
"용서하여 주십시오, 스님."
"허면 이번에는 혜심수좌가 한번 일러 보아라."
"예."
"육방예경은 대체 어느 쪽에 누구에게 감사드리며 절을 올려야

하던고?"

"예, 동쪽에 올리는 절은 부모님의 은혜에 감사드리며 올리는 절이옵니다."

"그러면 남쪽에 올리는 절은?"

"예, 남쪽에 올리는 절은 스승의 은혜에 감사드리며 올리는 절이옵니다."

"서쪽은 그러면 누구를 위해 올리는 절이던고?"

"예, 서쪽에 올리는 절은 아내의 고생을 고맙게 여기며 올리는 절인 줄로 아옵니다."

"허면 부녀자가 서쪽에 절을 올릴 적에는 누구를 위한 절이겠느냐?"

"예, 만일 부녀자가 서쪽을 향해 절을 올릴 적에는 마땅히 지아비의 은덕을 고맙게 여기며 절해야 할 것이옵니다."

"그다음 북쪽은 무엇이며 위 아래는 또 무엇이던고?"

"예, 북쪽은 일가친척들의 도움에 감사드리는 마음으로 드리는 절이요, 위쪽은 덕 높으신 스님들께 감사드리는 절이오며, 아래쪽을 향해 절을 올리는 것은 부하나 노비, 아랫사람들의 수고로움을 고맙게 여기고 그들을 위해 올리는 절인 줄로 아옵니다."

"그래, 그대는 바로 일렀다. 우리 불가에서는 이렇듯, 절 한번 올리는데도 깊은 뜻이 담겨 있으니, 이것이 모두 부처님의 가르침이거늘 어찌 불가의 예의범절과 규범을 가벼이 여길 것인가!"

"예 스님, 명심하겠습니다."

"그대들은 잘 들으라."
"예."
"참선을 한다고 해서 다른 공부를 게을리 하거나 다른 공부를 하찮게 여겨서는 아니될 것이니, 모름지기 하나도 소홀히 해서는 아니될 것이다!"
"예, 스님. 명심하겠습니다."
 세상 사람들은 흔히 머리 깎고 승복만 입으면 식은 죽 먹듯이 스님이 되는 줄로 잘못 알고 있지만 세상에 어렵고도 또 어려운 일이 바로 스님되는 길. 목탁 치는 법, 염불하는 법, 제사 올리는 법은 말할 것도 없고, 세수하고 양치질하는 법, 밥 먹는 법, 앉는 법, 눕는 법, 말하는 법, 심지어는 화장실 가는 법까지 세세히 일러 놓은, 지켜야 할 덕목이 수천 가지에 이르고 있으니 그야말로 하지 말라는 것만 외우기도 보통 어려운 일이 아니었다. 게다가 스님은 우리들 사바세계 중생들에게 착하고 옳고 바르게 사는 길을 깨우쳐 주시고 인도해 주셔야 하니, 어지간히 공부를 해가지고는 어림도 없는 일이었다. 그래서 혜심스님도 밤낮을 구별하지 아니하고 일구월심, 공부와 수행에 진력하였다.
 그러던 어느날, 한 여인이 불공을 드리러 왔다가 혜심스님에게 물었다.
"스님, 저, 사실은 이 절에 불공을 드리면 영험이 있다고 그러기에 찾아왔습니다마는……."
"아, 예. 불공을 드리시려면 저기 저 법당으로 올라가셔서 불공

을 드리십시오."
 "아, 예. 허지만 무슨 불공을 어떻게 올려야 하는지 그걸 몰라서요……."
 "무슨 불공을 어떻게 올리는지 그걸 모르신다니요?"
 "아, 예. 사실은 우리 집안에 걱정이 좀 생겨서요……."
 "무슨 걱정이신지 말씀해 보시지요."
 "예, 저 사실은 우리 집안이 몇년 전에만 해도 아무 근심걱정없이 잘 살았습지요."
 "그러신데 요사이 무슨 걱정거리가 생기셨단 말씀이신가요?"
 "아 글쎄, 3년 전부터 가세가 기울기 시작해서 날이 가고 해가 갈수록 살림이 줄어드니, 이대로 가다가는 영락없이 집안이 망하겠다싶어, 그래서 이렇게 불공이라도 드려볼까 하고 찾아 왔습니다."
 "그러시다면 거기에는 필시 그만한 까닭이 있으실텐데요?"
 "아, 예. 그거야 집안 일이니 남에게 부끄러워 드릴 말씀이 아니구요……."
 "이거 소승이 드릴 말씀은 아닙니다만 혹시 바깥 어르신께서……."
 "바깥 어른께서는 5년 전에 이미 돌아가셨습지요."
 "아 예. 그러시면 아드님께서 혹시 술 마시고 투전판에 드나들고 계시지는 아니한지요?"
 "아니, 스님께서 그걸 어찌 알고 계시옵니까?"

"조금 전에 말씀드리지 않았습니까? 가세가 기우는데는 반드시 그만한 까닭이 있을 거라고 말씀입니다."

"아이구, 그러고보니 스님께서는 세상 일을 환히 다 내다 보시는 도인 스님이 아니십니까요? 예?"

"아닙니다. 소승 그런게 아니오라……."

"하오시면 우리집 아들 일을 어찌 그리 소상히 알고 계신단 말씀이신지요?"

"부처님께서 이르셨습니다."

"부처님께서요?"

"예. 가세가 기울어가는 집안에는 반드시 여섯 가지의 까닭이 있을 것이니, 이 여섯 까닭 가운데 단 한 가지만 있어도 그 집은 반드시 망하게 될것이다."

"예에? 아니, 하오면 집안을 망하게 한다는 그 여섯 가지 까닭이 대체 무엇무엇인지요?"

"식구 가운데 밤낮을 구별하지 아니하고 술을 마셔대는 사람이 있으면 그 집은 머지 아니해서 망하게 될것이며……."

"아이구, 그, 그리구요?"

"식구 가운데 도박에 미친 사람이 있으면 망하게 될것이요, 식구 가운데 방탕한 사람이 있으면 망하게 될 것이며 ……."

"아이구, 예. 그리구 또요?"

"식구 가운데 사시장철 풍류에 빠진 사람이 있으면 망할 것이며, 식구 가운데 좋은 벗은 멀리 하고 나쁜 친구만 사귀는 사람이 있

으면 그 집안은 차차 가세가 기울어 결국에는 망하게 될 것이라고 엄히 경계하셨습니다."
 "아이구 세상에! 아이구 세상에! 어쩌면 그렇게 우리집 꼬라지를 그대로 말씀하셨답니까요?"
 "아드님이 그러신다는 말씀이신지요?"
 "아이구, 예. 술에 투전에 호화방탕에 아이구 그러니 스님, 대체 이 일을 어찌하면 좋겠습니까요? 예? 우리 집안 좀 살려 주십시오! 예? 스님."
 혜심이 부처님의 말씀을 자세히 일러주자, 불공드리러 왔던 부인은 얼굴이 사색이 되어 혜심스님께 매달리는 것이었다.
 "아이구, 스님. 제발 덕분에 우리 집안 좀 살려주십시오. 대체 부처님께 어떤 불공을 어떻게 올리면 우리 집안을 살릴 수 있겠는지요? 예?"
 "보살님께서는 잘 들으십시오."
 "아이구, 예. 무엇이든 분부만 내리십시오. 어쩌든지 그저 우리 집안만 살려낼 수 있다면 무슨 일이든 다 하겠습니다요, 예."
 "우선 보살님께서는 기울어가는 집안을 바로 잡아 주십사 지극한 정성으로 부처님께 기도를 드리도록 하시고……."
 "아, 예. 그러구요?"
 "요 다음에 절에 오실 적에는 보살님 혼자 오실 것이 아니오라 아드님을 반드시 데리고 오시도록 하십시오."
 "예에? 우리집 그 망나니 아들 녀석을요?"

"그렇습니다. 반드시 함께 오시도록 하십시오."
"아이구, 그럼 저 혹시 아들녀석을 부처님 전에 세워놓고 무서운 벌이라도 내리시는 건 아니신지요?"
"벌을 내리고자 함께 오시라고 한 것은 아닙니다."
"하오시면 대체 어인 까닭으로 그 녀석을 데려오라 하시는지요?"
"이것 보십시오, 보살님."
"아, 예. 스님."
"아드님이 배고파 할 적에, 보살님이 아드님 대신 밥을 잡숴준다고 해서 아드님 배가 불러지겠습니까?"
"아이구 이 아둔한 여자, 무슨……말씀이신지 잘 못 알아듣겠습니다요, 스님."
"아드님 대신 어머니가 밥을 먹어도 아드님 배는 불러질 수가 없는 법이다 그런 말씀입지요."
"아, 예. 그야 지당하옵신 말씀입지요."
"또 비유를 들자면, 아드님이 목말라 할 적에 어머니가 대신 물을 마셔봐야 아드님의 갈증은 없어지지 아니한다, 이런 말씀입지요."
"그, 그러니까 불공을 드리더라도 아들 녀석이 직접 와서 불공을 드려야 한다, 그런 말씀이시지요?"
"불공을 드리건, 참회를 하건, 장본인이 와야만 해결될 일이니, 그리 아시고 반드시 아드님을 데려 오도록 하십시오."

"아이구 예 스님. 그리 하겠습니다요. 예, 스님."
 그 부인네가 지극정성으로 불공을 드리고 돌아간 뒤, 사흘 만에 과연 그 부인네는 혜심스님이 당부하신대로 아들을 데리고 다시 절에 찾아 왔다.
 "아이구 스님, 일전에 말씀드린 자식놈이옵니다요."
 "잘들 오셨습니다. 좀 앉으시지요."
 아들이라는 사람이 불만스런 목소리로 혜심스님에게 한 마디 했다.
 "처음 뵙겠소이다만, 도대체 무슨 일로 소인을 이 산중절간까지 오라가라 하셨는지요?"
 "아, 예. 소승 차차 말씀드리도록 할테니 우선 좀 편히 앉도록 하십시오."
 "아, 스님 말씀 안들리는 게야? 어서 앉으란 말여."
 부인네는 못마땅한 표정으로 서있는 아들의 옷소매를 잡아당겨 앉혔다.
 "으음―이제 앉았으니 어서 용건이나 말씀하시지요."
 혜심은 얼굴 가득 미소를 지으며 천천히 말을 꺼냈다.
 "이 산속까지 오시게 해서 단단히 화가 나셨소이다, 그려?"
 "아니, 그럼 신바람이 나서 달려 왔겠소이까? 어머님께서 하두 졸라대시는 바람에 효도 한번 하는 셈 치고 따라 왔지요."
 "아무튼 잘 오셨습니다."
 "잘 왔다니, 혹시 스님께서 투전판에서 돈을 딸 수 있는 묘수라도 가르쳐 주실 작정이십니까?"

"어이구 이런 망나니, 말버릇 좀 보게. 용서하십시오, 스님."

"아, 아니옵니다. 소승이 투전판에서 돈을 딸 수 있는 묘수를 가르쳐 드린다 해도 그건 아무 소용이 없을 것입니다."

"아니, 그건 또 무슨 말씀이시오? 돈을 딸 수 있는 묘수를 가르쳐 주어도 소용이 없다니?"

"본래 투전판에서는 잃으면 잃는대로 재산이 날아가고 따면 땄다고 해서 재산이 날아가는 법! 결코 가산이 늘어나지 않는 법입니다."

"그것 보아라, 이 녀석아! 투전판 기웃거리면 집안 망한단 말여!"

"아니 이것 보시오, 스님."

"예, 말씀하십시오."

"그러니까 투전은 잃어도 망하고 따도 망한다 그런 말씀입니까?"

"투전에서 돈을 따면 어찌들 하십니까? 오늘도 재수가 좋아 돈을 땄으니, 옛다 당신도 먹어라, 돈을 펑펑 쓰게 마련, 개평을 준다 술을 낸다, 호기있게 쓰지요."

"아니 그럼 스님도 왕년에 투전깨나 해보신 분 아닙니까, 이거? 투전꾼 속마음을 훤히 알고 계시니 말입니다."

"아니구 이런 망나니야, 입이나 다물고 있어."

아들의 버르장머리없는 말에 부인네는 어쩔줄 몰라하며 아들의

옆구리를 쿡쿡 찔러댔다.
　혜심은 가볍게 웃으며 말을 이었다.
　"소승이 투전을 해봐서가 아니라 우리 부처님께서 이미 다 일러 놓으신 말씀입니다."
　"부처님이요?"
　"그렇습니다."
　여인은 의외라는듯이 물었다.
　"부처님께서는 대체 뭐라고 이르셨는지요?"
　"말씀드리지요. 부처님께서 이르시기를, 투전을 하면 다음과 같은 허물이 있으니 투전에서 돈을 잃으면 재산이 줄고 돈을 따도 재산이 줄어들며 만일 투전에 이기게 되면 진 사람에게 원한을 사게 되어 언제 재앙을 만날지 모른다. 또한 투전에 빠지면 부모 형제 친구가 타일러도 듣지 아니하며, 종국에는 반드시 다 탕진하고, 그 지경에 이르면 도둑질과 살인할 마음까지 생기게 되나니, 투전은 곧 패가망신의 지름길이니라."
　"그것 봐라, 이녀석아! 그래두 글쎄 또 투전을 할 것이여? 응?"
　"아, 아니 이것 보시오. 스님."
　"말씀하시지요."
　"그, 그러니까 부처님께서는 투전해서 잃건 따건 양쪽 다 반드시 망한다 그러셨단 말입니까?"
　"이래도 재물이 줄어들고, 저래도 재물이 줄어드니 망하지 아니하고 어찌 견디겠습니까?"

"이래도 망하고 저래도 망한다?"

"부처님께서는 또 이렇게 이르셨습니다. 술 마시는 데도 여러 가지 허물이 생기나니 재물을 낭비하게 되는 허물이요, 몸에 병이 생기게 되고, 성질을 잘 내고 다투게 될 것이며, 나쁜 소문이 널리 퍼지고 지혜가 날로 줄어들어, 하는 일마다 실패할 것이니, 주야장창 술 마시는 것도 패가망신의 지름길이라."

"아이구, 저 그리고 또 못하게 한 것이 있다고 그러셨지요, 스님?"

"그렇습니다. 어떤 사람이든 호화방탕하고 나쁜 벗을 사귀며 풍류에 빠지고 게으름을 피우면 그 사람은 반드시 패가망신을 면치 못한다 하셨습니다."

"잘 들었느냐? 그런 짓 하면 저도 망하고 집안도 망하고 패가망신한단 말여! 응?"

"허허 나 원 참, 술도 마시지 마라, 투전도 하지 마라, 친구도 사귀지 마라, 풍류도 잡히지 마라, 게으름도 피우지 마라. 아니 그럼 무엇을 어찌하여 살아야 잘 된다는 것입니까? 예?"

혜심은 차근차근 부처님의 말씀을 설하였다.

"술 마시지 아니하고 투전하지 아니하며, 좋은 벗을 사귀어 착한 일, 옳은 일을 부지런히 하면 재물은 나날이 불어날 것이요, 고귀한 이름이 널리 알려져 모든 사람들이 존경하게 될 것이며, 반드시 부귀영화를 누릴 것이라 하셨습니다."

"하오면 우리는 대체 어찌하면 좋겠사옵니까?"

 "소승 이미 부처님의 말씀을 전해드렸사오니 술, 투전, 호화방탕, 풍류, 나쁜 벗, 그리고 게으름을 끊지 아니하면 종국에는 반드시 패가망신 할 것이니 이는 서산에 해가 지면 어두운 밤이 오는 것과 같을 것입니다."

 헌데 바로 그 다음날이었다. 혜심스님은 지눌선사의 부름을 받고 앞에 나아가 무릎을 꿇고 앉았다.

 "듣자하니 그대가 불공드리러 온 사람들에게 설법을 했다구?"

 "아, 아니옵니다. 설법을 해 드린 게 아니오라 부처님의 말씀을 전해 드렸을 뿐이옵니다."

 혜심의 말에 지눌선사는 탁상을 치셨다.

 "당장 짐을 꾸려 이 절을 떠나도록 하게!"

 "예에?"

 지눌선사께서 노기등등해서, 당장 짐을 꾸려 이 절을 떠나라는 불호령을 내리셨으니, 혜심스님은 참으로 그 영문을 알 수가 없었다.

 "지금 당장 짐을 꾸려 이 절을 떠나라는데 뭘 꾸물대고 있는 것인고?"

 "죄송하옵니다 스님, 소승 어인 영문으로 스님께서 이렇게 진노하시는지 모르겠사오니 자세히 꾸짖어 주십시오."

 "여러 말 할 것 없으니 어서 바랑을 짊어지고 이 절에서 나가도록 할 것이야."

 "예, 스님. 소승 감히 어찌 큰스님의 분부를 거역할 수 있겠사옵니까? 하오나 소승……"
 지눌선사는 다시 탁자를 치면서 큰소리로 말씀하셨다.
 "허허, 어찌 이리 잔말이 많은고?"
 "잘못되었사옵니다, 스님. 하오나 소승 두 번 다시 잘못을 저지르지 아니하도록 부디 큰스님께서 자비로움을 베푸시어, 자상하신 가르침을 내려 주십시오."
 "허면 내가 물을 것이야."
 "예, 스님."
 혜심스님은 얼른 자리에서 일어나 세 번 절하고 다시 공손히 꿇어 앉았다.
 "마을에 배 아픈 병자가 한 사람 생겼다. 그 환자가 어서 속히 좀 낫게 해달라고 애원을 하고 있으나, 그 곁에 있는 사람들은 모두가 농사꾼일 뿐 병을 고치는 의원은 아무도 없다. 이 지경을 당하면 그대는 과연 어찌해야 옳겠는고?"
 "예……병을 고치는 의원을 빨리 모셔오거나, 병자를 업고 의원에게 달려가야 할 것이옵니다."
 지눌선사는 혜심스님의 등을 죽비로 딱 쳤다.
 "다시 물을 것이야."
 "예, 스님."
 "배 아픈 사람이 아무리 다급하게 병을 낫게 해달라고한들, 병을 고치는 의술을 배우지도 아니한 자가 칼을 들고 병자의 배를 가르면 어찌되겠는고?"

"……예, 그 병자는 아마도 죽게 될 것이옵니다."
"그대는 분명히 그렇게 생각하는가?"
"예, 스님."
"그대는 의술을 배우지도 아니한 채 이미 칼을 들고 설쳤느니라!"
"……잘못되었습니다, 스님. 용서하여 주십시오."
"저기 저 높은 나무 위에 까치 둥우리가 있느니라. 그 둥우리 안에 까치 새끼들이 들어앉아 있느니라. 그 까치 새끼 가운데 날개 털도 돋아나기 전에 날아가겠노라고 둥우리에서 뛰어 내리면 어찌 될 것인고?"
"예, 몸이 부서지거나 죽을 것이옵니다."
"부처님께서 경에 이르셨느니라. 결박당한 가엾은 중생들을 구해 내려면 먼저 제 몸을 묶고있는 결박부터 풀어야 다른 중생들의 결박도 풀어줄 수가 있는 법, 감히 어찌 제 몸이 결박 당한 채 남의 결박을 풀겠다고 나서는고?"
"……참으로 잘못되었습니다 스님, 엄한 벌을 내려 주십시오."
"수행자의 병 가운데 가장 큰 병은 제대로 닦지도 아니한 채 깨달음을 얻었노라 허언하는 것이요, 제 마음도 제대로 모르면서 마음을 깨쳤다고 큰소리 치는 것이니 이는 곧 세 살 먹은 아이가 장수의 칼을 들고 나서는 것과 같다 할 것이야!"
"예, 스님. 명심하겠습니다."
"그대는 이제 이 수선사를 떠나 그대가 찾는 부처가 과연 무엇이며, 그 부처가 과연 어디에 있는가를 참구토록 해야 할 것이야!"
"예, 스님. 분부대로 거행하겠사옵니다."
혜심스님은 지눌선사의 분부를 받들어 송광산 수선사를 떠나기로 마음먹고 걸망을 챙기고 있었다.
멀리서 뻐꾸기 우는 소리가 처량한데, 한 여인의 목소리가 들렸다.
"저, 스님 계시옵니까?"
문을 열어보니 그 여인과 아들이 나란히 합장을 하고 서 있었다.
"아, 예. 헌데 오늘은 또 어인 일로 오셨는지요?"
아들이 허리를 굽혀 인사했다.
"소생, 스님께 다시 인사 올리옵니다."
"아무튼 다시 뵈오니 반갑습니다마는, 하온데?"
"아이구 예, 오늘은 이 아이가 먼저 절에 가자고 해서 오게 되었습니다요."
"아니, 아드님께서요?"
"소생, 스님의 말씀을 듣고 집에 돌아가서 한숨도 잠을 이루지 못했습니다."
"무슨……일로 말씀이신지요?"
"아이구, 어서 상세히 말씀 올리도록 해라."
"소생, 투전을 하면 이래도 망하고 저래도 망한다는 말씀에 그만 정신이 번쩍 들었습지요. 사실 그랬었거든요. 잃으면 잃을수록 울화가 치밀어서 더욱 빠져들어 재물을 축냈구요, 땄을 적에는 기분

좋다고 해서 재물을 마구 펑펑 써댔으니, 이래도 망하고 저래도 망한다는 말씀은 참으로 옳으신 말씀입지요."
"이제라도 그걸 아시게 되었다니 참으로 다행인줄 아옵니다."
"소생, 지난 일을 돌이켜보니 정말 부끄럽기 그지 없사옵니다. 그동안 어머님께 지은 불효도 막중할 뿐 아니라 집안의 장손으로 제 구실을 제대로 못했으니 아우들 보기도 민망하구요."
"잘 생각하셨습니다."
"아이구 그래서요 스님, 우리 모자가 오늘부터 삼칠일을 기약하고 부처님께 참회기도를 드리려고 다시 찾아 왔구먼요."
"참으로 장한 생각을 하셨습니다. 그럼 어서 지체하지 마시고 법당으로 올라 가도록 하십시오. 부처님께서도 기뻐하실 것이옵니다."
"소생, 스님께 부탁이 있사옵니다."
"말씀……하시지요."
"소생이 어머님 모시고 이 절에 머무는 동안 좋은 가르침을 많이 내리시와 죄많은 소생을 바른 길로 인도하여 주십시오."
"소승은 더이상 들려드릴 말씀이 없사옵니다. 그리고 소승은 오늘 이 절을 떠날까 합니다."
"아이구 아니, 스님께서 무슨 일로 이 절을 떠나신다고 그러십니까? 예?"
"아, 예. 한 절에만 오래 머물고 있으면 수행이 제대로 되지 않는 법이라, 더 깊은 산 속으로 들어갈까 하옵니다."

"아니, 그러시면 거처는 어디로 정하셨는지요?"
"수행하는 몸인데 거처가 어디 정해져 있겠습니까? 발길 닿는대로 그냥 가는 것이지요."
"아이구 아니 그러시면 스님을 언제 또 어디서 뵈올 수 있을런지요, 스님?"
"인연이 있으면 반드시 또 만나게 될 것입니다. 자, 그럼 어서 법당으로 올라들 가십시오."
혜심스님은 걸망을 챙겨 가지고 지눌선사님께 하직인사를 드리러 갔다.
"소승, 큰스님께 하직인사를 올리옵니다."
"그래…… 헌데 각오는 단단히 해두었으렷다?"
"예, 스님."
"수행을 제대로 해나가자면 세 가지를 단단히 조심해야 할 것이야."
"……예."
"첫째는 혼침이니, 졸음 오는 것을 단단히 물리쳐야 할 것이며—"
"……예, 스님."
"둘째는 망상이니, 이생각 저생각 잡생각을 단단히 물리쳐야 할 것이며—"
"……예, 스님."
"셋째는 게으름이니, 게을러가지고는 세속 농사일이라도 제대로

아니되는 법, 배고플적에는 배고프다는 핑계로 게으름을 피우고, 밥을 먹고나서는 노곤하다는 핑계로 게으름을 피우고, 날이 더우면 덥다는 핑계, 날이 추우면 춥다는 핑계, 때가 이르면 이르다는 핑계, 때가 늦으면 늦었다는 핑계를 대며 게으름을 피우는 그런 사람은 평생 도를 닦아봐야 아무것도 얻지 못할 것이야."
 "예, 스님. 명심하겠습니다."
 "일찍이 부처님께서 이렇게 이르셨다네."
 "예, 스님."
 "부지런한 바보는 부귀영화를 누릴 수도 있고 도를 깨칠 수도 있지만, 영리한 게으름뱅이는 거렁뱅이 신세를 면치 못하고 결코 도를 깨칠 수도 없느니라."
 "예, 스님. 명심하겠습니다."
 "차라리 부지런한 바보가 될지언정 결코 영리한 게으름뱅이는 되지 말도록 하게."
 "예, 스님. 소승 반드시 부지런히 부지런히 닦아 나가겠사옵니다."

9
쌍봉암에서의 이틀

 스승이신 지눌선사님께 하직인사를 올린 혜심스님은 걸망 하나 짊어지고 정처없이 송광산 수선사를 떠났다.
 동쪽으로 갈까, 서쪽으로 갈까, 남쪽으로 갈까, 북쪽으로 갈까, 혜심스님은 한참 산을 내려오다가 잠시 걸음을 멈추고 사방을 둘러보았다.
 그러나 오라는 곳이 정해진 것이 아니요, 꼭 가야할 곳도 정해진 바 없으니 발길 닿는대로 걸음을 옮겼다.
 혜심스님은 끼니도 거른채 온 종일 걸어가다가 하두 허기가 져서 흐르는 냇물로 배를 채우고 산기슭 나무 등걸에 등을 기댄채 잠시 쉬고 있었는데, 몸이 워낙 고단했던지라 그만 깜박 잠이 들고 말았다. 헌데 꿈에 지눌선사가 나타나시더니 다시 한번 단단히 이르시는 것이었다.
 "수행을 제대로 해나가자면 세 가지를 단단히 조심해야 할 것이

야. 첫째는 혼침이니 졸음 오는 것을 단단히 물리쳐야 할 것이며……."

혜심스님은 이렇게 꿈을 꾸고 있다가 누군가가 흔들어 깨우는 바람에 눈을 떴다.

정신을 차려보니, 웬 노파가 앞에서 걱정스러운듯이 쳐다보고 있었다.

"아이구 스님, 이제야 정신이 좀 드십니까요?"

"아니 이거, 소승이 그만 깜박 했었나 봅니다."

"아, 해는 져서 날은 어둑어둑해지는데, 아 여기서 주무시고 계시면 어쩌시려구요?"

"아이구 이거 부끄럽사옵니다. 온종일 걸어왔더니 그만 깜박 잠이 들었나 봅니다."

"스님께서는 대체 어디로 가시는 길이신데요?"

"정해진 곳이야 따로 없습니다마는, 이 근처 어디에 암자라도 있으면 쉬었다 가야지요."

"암자라면 저 산위에 쌍봉암이 있기는 합니다마는……."

"그것 마침 잘되었습니다. 어디쯤인지요?"

"헌데 그 암자에는 차라리 아니 가시는게 좋을 것입니다요."

"예에? 아니 왜요, 보살님?"

"아, 제가 바로 그 쌍봉암에 올라갔다 내려오는 길인데요, 아이구 나 원 참 별 희한한 스님을 다 보았다니까요."

"희한한 스님이라니요?"

"아, 글쎄 제가 그 쌍봉암에 불공을 드리러 새벽같이 올라가지 않았겠습니까요?"
"예, 그런데요?"
"내 생전에 원 그런 괴팍한 스님은 처음 봤습니다요."
"어떻게 괴팍하셨기에 그러시는지요?"
"아, 글쎄 이 늙은 것이 이십리도 넘는 산길에 공양미까지 머리에 이고 불공을 드리러 올라갔더니만 말씀입니다요, 아이구 내 참 기가 막혀서……."
"어떻게 하시더라는 말씀이신지요?"
"기왕지사 이야기를 꺼냈으니 소상히 말씀을 드리도록 하지요. 제가 그 암자에 올라갔더니 말입니다요."
노파는 두 손을 훼훼 내저으며 이야기를 시작했다.

"스님, 계시옵니까?"
"에헴! 그래 누구를 찾으시는고?"
"아이구, 스님 누구는요, 스님을 뵈러 왔습지요."
"나를 찾아왔다? 무슨 일루?"
"불공 좀 드릴려구요, 스님."
"불공이라?"
"예."
"대체 무슨 불공을 드리러 왔는고?"
"아이구, 불공에 무슨 불공이 따로 있겠습니까요? 그저 어쩌든지

자식놈들 잘되고, 손자놈들 잘되라고 불공 좀 드리러 왔습지요."
 "그렇다면 거 마침 잘 왔구먼."
 "예에?"
 "저기 있는 저 수건을 깨끗이 빨아다가 부처님 목욕부터 깨끗이 시켜드리도록 하시오."
 "예에, 아니 절더러 부처님 목욕을 시켜드리라니요?"
 "우리 법당 부처님께서 먼지를 뒤집어 쓰고 계시니, 목욕부터 시켜드리라, 이런 말이오."
 "부처님……목욕을 시켜드려도……괜찮답니까요, 스님?"
 "허허, 거 시키면 시킨대로나 할 것이지 무슨 토를 달고 그러시는고?"
 "아이구 예, 하오면 스님 분부대로 하겠습니다요."
 "지극정성으로 잘 시켜드리시오!"
 "아이구, 예. 잘 알았습니다요."
 그래서 이 보살님, 그야말로 지극정성을 기울여 부처님을 깨끗이 잘 닦아드리고 난 후 스님을 찾았다.
 "저 스님, 부처님을 다 닦아드렸으니 이제 불공을 좀 드려주시지요."
 "불공을 드려달라?"
 "예, 이젠 불공을 올려 주셔야지요."
 "허허, 이 보살 또 무슨 불공을 드려달라는 게야?"
 "스님, 아직 불공은 올리지도 아니했습니다요."

"허허, 거 지극정성으로 부처님을 잘 닦아드렸으면 그게 바로 불공이지 또 무슨 불공?"
"아이구, 그래도 그렇습지요. 스님, 아 염불도 좀 해주시고 그러셔야지요."
"날더러 염불을 해달라?"
"예, 스님."
"허허. 이 보살 도통 무엇을 모르는구먼."
"예에? 무슨 말씀이신지요?"
"내가 부처님께 염불을 올리면 그 복이 나한테 오지, 보살 집에는 아니 가는게야!"
"예에? 아니 그러면 불공은 대체 어떻게 들여야 한다는 말씀이신지요?"
"죄는 지은대로 가고, 공은 닦은대로 간다―그런 말 알지?"
"아니 그야 알고는 있습니다요마는……"
"염불을 올리고 싶거든 보살께서 직접 올리도록 하시오."
"예에? 아이구, 지가 염불을 무슨 수로 올립니까요? 아무것도 모르는데요."
"알고 모르고, 그냥 하면 되는게요."
"아이구, 그래도 그렇습지요. 원 세상에 지가 무슨 재주로 염불을 올립니까요?"
"내 시키는대로만 하시오. 부처님께 삼배를 올린 뒤에 합장하고 앉아서 〈석가모니불〉을 지극정성으로 외우도록 하시오."

"석가……모니불을 외우라구요?"
"따라하시오. 석가모니불, 석가모니불……"
"석가……모니불!"
"석가모니불—"
"석가모니불—"
"잘 하는구먼— 그렇게 자꾸자꾸 큰소리로 한나절만 외우면 그게 바로 염불인게요."

말을 마친 노파는 기가 막히다는듯 머리를 절레절레 흔들었다.
"아이구, 글쎄 그래서 꼼짝없이 한나절을 석가모니불만 외우다가 내려오는 길이라우— 세상에 원 목이 다 칼칼해졌어요. 글쎄."
"보살님께서는 복이 참 많으십니다."
"예에? 복이 많다니요?"
"그런 좋은 스님을 만나뵙고 불공을 제대로 잘 올렸으니 복이 많으신 거지요."
"아니 그러면 그게 정말로 불공을 잘 올린거란 말씀이십니까요?"
"저도 그런 좋은 스님을 만나뵙고 싶으니 길이나 좀 가르쳐 주시지요."
"예에, 아니 그 괴상한 스님을 일부러 찾아가시게요?"
"그 스님은 괴상한 스님이 아니십니다. 제대로 잘 가르쳐 주셨으니까요. 저쪽 골짜기로 올라가면 쌍봉암이 있는가요?"

"아이구, 날이 어두워졌는데 지금 올라가자면 고생이 많으실텐데요?"
"자 그럼, 좋은 스님을 소개해 주셔서 고맙습니다. 잘 살펴 가십시오."
"아이구, 스님 밤중에 늑대라도 만나면 어쩌시려구요? 예?"
혜심스님은 쌍봉암에 계신다는 스님이 예삿스님이 아닌듯 했고 한시바삐 그 스님을 만나뵙고 싶은 생각에 어두워진 산속을 헤치며 부지런히 발걸음을 옮겼다.
그러나 얼마 가지 않아서 산속은 캄캄해지기 시작했고, 산짐승 우는 소리마저 들려오는 것이었다.
혜심스님은 원효스님의 발심수행장을 외워대면서 발걸음을 재촉했다.

"부처님이 열반세계에 계시는 것은 오랜 세월 욕심 끊고 고행하신 덕분이요,
중생들이 불타는 집에 윤회하는 까닭은 끝없는 세상에서 탐욕을 못버린 탓.
막지 않은 천당길 가는 사람 적은 것은 삼독의 번뇌를 재물인양 여긴 탓이요,
유혹이 없는데도 나쁜 길로 드는 것은 사대색신 오욕락을 그릇되게 보물로 삼는 까닭이라.
그 누군들 산속에 들어가 도 닦을 생각 없으랴마는 저마다 그러

하지 못함은 애욕에 얽혀 매인 탓이라.

비록 산에 들어가 마음을 닦지는 못할지라도 자기의 분수에 따라 착한 일을 버리지 말라.

세상의 욕락을 버리면 성현처럼 공경받을 것이요, 어려운 일 참고 견디면 부처님처럼 존경받으리라.

재물을 아끼고 탐하는 것은 악마의 권속이요, 자비스런 마음으로 베푸는 것은 부처님의 제자니라.

높은 산 험한 바위는 지혜로운 이가 거처할 곳이요, 푸른 솔 깊은 골짜기는 수행자가 살아갈 곳이라.

배 고프면 나무 열매로 주린 창자 위로하고, 목마르면 흐르는 물로 갈증을 풀 것이니, 맛있는 음식을 먹어도 이 몸은 언젠가는 죽을 것이요,

비단 옷으로 감싸보아도 이 목숨 마침내 쓰러지고 말것이다.

메아리 울리는 바위굴을 염불당 삼고, 슬피 우는 기러기떼 마음의 벗을 삼으라.

예배하는 무릎이 얼음같이 시려도 불을 생각치 말고, 주린 창자 끊어질 듯 하여도 먹을 것을 생각치 말라.

백 년이 잠깐인데 어찌 배우지 아니하며 일생이 얼마기에 닦지 아니하고 놀기만 하겠느냐."

혜심스님이 발심수행장을 소리 높이 외우면서 산을 오르다 보니

참으로 신기하게도 독경소리가 들려오는 것이었다.
"아니, 이것은 독경 소리가 아닌가! 필시 쌍봉암 스님께서 나를 인도하심이구나."
혜심스님은 독경소리가 들리자 용기 백배하여 독경소리가 들려오는 곳을 향해 발걸음을 재촉했다.
그런데 막상 혜심스님이 쌍봉암 절 마당에 올라서고 보니, 불도 켜지지 않은 캄캄한 암자 안에서 낭낭한 독경 소리만 울려 나오고 있었다.
"객승, 문안드리옵니다. ……객승, 문안드리옵니다."
잠시후 독경소리가 멎으며, 문이 열렸다.
"거기 대체 누가 왔는고?"
"아, 예 스님. 객승이 문안드리옵니다."
"어디서 오는 객승이던고?"
"예, 소승 송광산 수선사에서 왔사옵니다."
"송광산 수선사라구?"
"예, 그렇사옵니다."
"허면, 지눌선사 문하에 있었다는 말이던가?"
"예, 소승 그렇사옵니다."
"지눌 문하에 있었다면 날도둑 놈은 아니겠구먼?"
"예에? 무슨…… 말씀이시온지요?"
"허허허허, 놀랠것은 없다. 세상이 하두 어수선하니, 머리를 깎고 승복만 걸친 도적떼들이 많은지라 내 그래서 해본 소리이니라."

"소승, 스님 슬하에서 하룻밤 지내고자 하오니 허락하여 주십시오."

"들어 오너라."

"예, 고맙습니다."

혜심스님은 쌍봉암 스님의 뒤를 따라 캄캄한 방안으로 들어갔다.

"소승, 인사 올리겠습니다. 스님."

"그만 두어라."

"예에?"

"나는 올빼미가 아니니라. 너한테 절을 받자고 부싯돌을 두드려 불을 밝히란 말이더냐?"

"아, 아니옵니다."

"듣자하니 귀에 삭둣물이 아직 덜 마른 아이같구나?"

"예, 그러하옵니다. 스님."

"허허허허, ……너 이놈!"

갑자기 쌍봉암 스님이 크게 소리지르셨다.

"예에?"

"어쩌자고 너는 이 깊은 밤에 이 깊은 산속까지 여섯 도적놈을 데리고 왔는고?"

"예에? 여섯 도적이라니요?"

"허허, 이놈이 누구 앞에서 헛소리를 늘어놓으려 하는고?"

"아니옵니다, 스님, 소승은 혼자 왔을뿐, 함께 온 사람은 아무도 없사옵니다."
 쌍봉암 스님은 방바닥을 철썩 때리며 다시 큰소리로 물으셨다.
 "여섯 도적을 데리고 오지 않았더란 말이냐?"
 "예, 스님. 소승 혼자 왔사옵니다요."
 "허허, 이런 멍청한 놈을 보았는가! 지금 여섯 도적이 너와 함께 있거늘 어찌 혼자 왔다고 우기는고?"
 혜심스님은 몸둘 바를 몰랐다.
 "용서하십시오 스님, 소승 참으로 무슨 말씀이시온지 모르겠사옵니다."
 "아니, 그러면 지눌 큰스님께서 여태 그것도 가르쳐 주시지 아니했다는 말이더냐?"
 "무슨…… 말씀이시온지요?"
 쌍봉암 스님은 죽비로 혜심의 머리를 탁 쳤다.
 "분명히 한 방망이 맞았으렷다?"
 "예, 스님."
 "네가 데려온 여섯 도적놈을 일러줄 것인즉 잘 듣거라."
 "…… 예, 스님."
 "첫째는 네 두 눈이 도적이니라."
 "예에? 소승의 눈이 도적이라구요, 스님?"
 "둘째는 네 귀가 도적이니라."
 "예에?"
 "코도 도적이요, 혀도 도적이요, 몸도 도적이요, 생각도 도적이니

라."

"용서하십시오, 스님. 소승 아직 아는 것이 없사오니 자상하신 가르침 베풀어 주십시오."

"눈은 늘 이렇게 졸라댄다. '이봐요, 나는 예쁘고 멋지고 아름다운 것만 보고 싶어요. 지저분하고 더러운 것은 꼴두 보기 싫어요. 그리고 저기 저 사람, 꼴보기 싫어서 콱 죽여버렸으면 좋겠어!' 귀는 귀대로, 코는 코대로, 제 욕심만 채우자고 조른다. 허면 혓바닥은 또 어떻던고?"

혜심스님은 조용히 쌍봉암 스님의 말씀을 듣고만 있었다.

"혓바닥은 이렇게 말한다. '난 말이지 맛있는 것만 먹고 싶어. 고소한 것도 먹고 싶고, 그렇지만 쓰디 쓴 것은 딱 질색이란 말여! 나를 위해서 제발 날이면 날마다 진수성찬을 가져오란 말여!' 네 몸뚱이는 또 무엇을 탐하는지 아는가? '이봐요, 나 저 나긋나긋한 육신 끌어안고 싶어. 보드라운 비단 옷만 걸치고 싶구—응 호호호호……' 생각은 또 얼마나 어리석게 날뛰는지 알고 있는가? '이것 봐, 기왕이면 더 큰 집을 가져야지. 그리구 기왕이면 더 많은 밭, 더 많은 논, 더 많은 재물을 내것으로 만들어야 한단 말야! 기왕이면 벼슬도 더 높은 것을 내가 차지해야 하구! 그러자면 거짓말을 하라구! 그러자면 모략도 하고 때로는 도둑질도 좀 해야 하는 거야. 내 말 알겠어? 헤헤헤헤……' 그래서 눈, 귀, 코, 혀, 몸, 생각—안이비설신의 이 여섯 가지를 모두 도적이라고 하는게다."

"예, 스님. 이제야 알겠사옵니다."

"이 여섯 도적놈들을 제대로 단속하지 아니하면 백 년 천 년을 수행해 봤자 아무 소용이 없다."
"예, 스님."
"세속에 사는 사람들도 이 여섯 가지 도적 때문에 나쁜 짓을 하고 죄를 짓는 게야."
"예, 스님. 잘 알겠습니다."
"삭발 출가하여 득도했으면 맨 먼저 이 여섯 도둑부터 소탕해야 할 것이다!"
"예, 스님. 명심하겠습니다."
다음날 새벽이었다. 예불을 마친뒤 쌍봉스님은 혜심을 불러 앉혔다.
"이것 보아라, 젊은 수좌."
"예, 스님."
"간밤에는 잠을 잘 잤더냐?"
"예, 소승 간밤에는 세상 모르고 잘 잤사옵니다."
"허면 대체 무엇이 잠을 잘 잤다는 말이던고?"
"무슨…… 말씀이시온지요?"
"네 두 눈이 잠을 잘 잤더냐?"
"……그……글쎄……올습니다요."
"아니면 네 얼굴이 잠을 잘 잤다는 말이더냐?"
"그, 그건 아니옵니다만……."
"그것두 아니라면 코가 잠을 잘 잤다는 말이더냐?"

"……그……것두……아니옵니다, 스님."
"허면, 귀가 잠을 잘 잤단 말이더냐, 두 발이 잠을 잘 잤단 말이더냐?"
" ……잘……모르겠사옵니다 스님, 용서하십시오."
"그놈을 찾아야 한다. 간밤에 잘잔 놈, 지금 내 앞에 앉아있는 놈, 그놈을 찾아야 여섯 도둑을 막을 수 있다."
혜심은 고개를 조아리며 쌍봉스님에게 매달렸다.
"스님, 부디 이 어리석은 중생을 위해서 자상하신 가르침을 베풀어 주십시오."
"배가 고파지면 밥을 먹자고 조르는 놈이 있느니라."
"예, 스님."
"목이 마르면 물을 마시라고 조르는 놈이 있느니라."
"예, 스님."
"먼 길을 걸어가노라면 고단하니 쉬었다 가지고 조르는 놈이 있느니라."
"예."
"일이 뜻대로 잘 되었노라고 싱글벙글 웃으라는 놈이 있느니라."
"예."
"자식이 속을 썩히니 화를 내라는 놈이 있느니라."
"예."
"그놈이 대체 어디에 있는 어떤 놈인지 그것을 알아내는것, 바로 그것이 그대의 공부이니라."

"예, 스님. 명심하겠사옵니다."
 혜심스님은 쌍봉암에서 하룻밤을 더 머물게 되었다. 두견새 우는 소리만 들려오는 캄캄한 방에 두 스님이 마주 앉았다.
 "이것 보아라."
 "예, 스님."
 "경책을 읽거나 옛스님들의 발자취를 들여다 보면, 주인공은 '마음'이라 일렀느니라."
 "……예."
 "허나, 눈으로 보고 귀로 들어서 '아, 나의 주인공은 마음이라는 구나.' 해 보아야 아무 소용이 없느니라."
 "하오면, 대체 어찌해야 하옵니까?"
 "무엇이 부처입니까 하고 수많은 사람들이 물었다. 그때 어떤 분은 심즉시불이라, 마음이 곧 부처니라 대답하셨고, 또 어떤 분은 뜰앞에 서 있는 잣나무니라, 또 어떤 분은 마 세근이니라, 이렇게도 대답했다."
 "예."
 "조주선사는 또 제자가 '개에게도 불성이 있습니까?' 하고 묻자 '무'라고 대답하셨다."
 "예, 스님."
 "어찌해서 그리 대답 하셨을꼬? 어찌해서 이분은 뜰앞에 서 있는 잣나무가 부처라 했고, 어찌해서 또 다른 분은 마 세근이라 했으며, 조주선사는 또 어찌해서 무라고 대답했던고? 바로 이것을

화두로 삼아 참구하고 참구하면 우리의 주인이라는 이 마음이 무엇인지 그것을 밝게 알게 될 것이다."

"예, 스님. 열심히 닦아 나가겠사옵니다."

"헌데, 옛날에 이런 일이 있었다. 한 홀어미가 살고 있었는데, 삼대독자 외아들 하나 키우는 것을 큰 낙으로 삼았다. 헌데 어느날 밤 자고 일어나보니, 하늘같이 믿고 살아온 그 아들이 그만 갑자기 죽어 있었구나. 그래서 이 홀어머니는 하늘이 무너지고 땅이 꺼진듯 슬퍼하면서 그만 미친듯 저자거리를 헤메고 다니면서 죽어버린 아들의 이름을 부르는 것이었다."

"예, 스님."

"이 불쌍한 홀어미의 이야기를 들은 한 스님이 하두 딱해서 이 여자를 구해주려고 만나게 되었는데……"

'이것보시오, 스님. 어찌하면 내 이 슬픔을 없앨 수가 있겠습니까?'

스님이 이르시길, '부인네여, 너무 그리 슬퍼할 일이 아니오!'

그 어미는 펄쩍 뛰며 '무엇이라구요? 삼대독자 내 외아들이 죽었는데 슬퍼할 일이 아니라니요?'

'그 아들은 원래 없던 것이 아니던가요?'

여인은 기가 막혀서 말했다. '없던 것이라니요? 분명히 내가 뱃속에서 열 달을 키워 출산을 했고, 젖을 먹이고 밥을 먹여 내 품에서 키웠는데 없었다는 말이 당키나 합니까?'

'그러면 부인네가 다섯 살, 열 살 먹었을 적에도 아들이 있었습니까?'
'내가 다섯 살, 열 살 먹었을 적에요? 그야 그때는 내가 어렸을 적이니 아들이 없었습지요.'
'그것 보십시오. 20년 전에는 아들이 이 세상에 없었고, 백 년 전에는 부인 또한 이 세상에 없었으니 우리는 모두 본래 없던 것, 이 세상 모든 생명있는 것은 한 번 생겨났다가 반드시 없어지게 마련이라, 부인 또한 머지않아 이 세상을 떠나게 될것이오.'
'그야 나도 늙고 병들면 이 세상을 떠나겠지요. 하오나, 그동안 이 아픈 마음을 대체 어떻게 하란 말씀이십니까?'
'마음이 아프시다고 그러셨습니까?'
'예, 스님. 마음이 찢어질듯 아프옵니다.'
스님은 손바닥을 쫙 펴시면서 말씀하셨다.
'허면 소승이 그 마음을 아프지 않도록 어루만져 드릴 것이니, 어서 그 아픈 마음을 내 손바닥위에 꺼내놓도록 하십시오.'
'예에? 아픈 마음을 스님 손바닥에 꺼내 놓으라구요?'
'어서 꺼내 놓으시래두요.'
'세상에! 세상에! 마음을 어떻게 꺼내 놓으란 마씀이십니까요? 예?'
'그것 보십시오. 알고보면 아픈 마음, 슬픈 마음, 기쁜 마음은 본래 없습니다. 맑기가 한량없고, 밝기가 한량 없으며, 작을 때는 겨자씨보다도 더 작고, 클 적에는 저 허공보다도 더 큰 이 마음에는

본래 기쁨도 없고, 슬픔도 없고, 예쁨도 없고, 미움도 없는 법! 다만 어리석은 중생이 번뇌망상으로 만들어서 기쁘다, 슬프다, 예쁘다, 밉다, 분변하여 괴로워하는 것입니다.'

'하오면 스님, 이 불쌍한 여자는 대체 어찌하란 말씀이십니까요?'

'본래 이 목숨은 풀잎 위에 이슬이요, 물위에 거품이거늘 이슬이요, 거품인줄 알면 그뿐, 무엇을 기뻐하고, 무엇을 슬퍼하리오!'

쌍봉스님은 이야기를 거기서 끊으신 다음 혜심스님에게 물었다.
"심즉시불이라 마음이 곧 부처라 했고, 일체유심조라 모든것은 마음이 만들어 낸다고는 했지만 허면 대체 그 마음은 어디에 있는 것이며, 어떻게 생겼겠느냐?"

"스님, 소승 이제 공부할 바를 바로 찾았으니 일구월심 닦고 닦아 반드시 그것을 밝게 알도록 하겠습니다."

"내 이제 자야겠으니, 그대는 짐을 꾸리도록 하라."

"예에? 아니 하오시면 소승더러 이 쌍봉암을 떠나라는 말씀이옵니까요?"

"어서 떠나도록 해."

"하룻밤만 더 머물도록 허락해 주십시오."

"이틀 밤도 너무 길었어! 내 이제 나눠줄 것이 없으니, 어서 떠나거라."

혜심스님은 얼른 일어나서, 쌍봉스님에게 큰절을 올렸다.

"알겠습니다. 스님. 이틀 밤 동안 내려주신 은혜 깊이깊이 간직할 것이옵니다."
혜심스님은 쌍봉암에서 이틀 밤을 묵고 떠나면서 시 한 수를 읊었다.

"스님의 이야기 하룻밤 듣고나니,
십 년동안 읽은 책보다 훨씬 나았네.
다행히 이틀 밤을 뫼시었으니,
그 즐거움 과연 어떠했겠는가!"

10
그 스승에 그 제자

쌍봉암을 떠난 혜심은 그후 오산과 지리산 금대암을 오가면서 장장 3년동안 피나는 수행을 닦았는데, 이때 혜심스님이 얼마나 철저히 독경하고 참선을 했던지 산 밑에 사는 사람들이 스님의 독경소리에 새벽잠을 깰 정도였다고 기록에 전해지고 있다.

"아니, 여보! 그만 좀 일어나시우, 아 어서 일어나래두요."
"아니, 아직 새벽닭도 울지 않았는데, 왜 또 깨우는거야?"
"아, 저 목탁소리 안들리시우? 스님은 벌써부터 독경을 시작하셨는데······."
"아이구 참, 새벽닭이나 울고나면 목탁을 치실 것이지 원, 저 스님은 맨날 새벽닭도 울기 전부터 목탁을 쳐대시니······."
"어이구, 그게 어디 하루 이틀 되었수? 저 스님 목탁을 한참 쳐 대신 후에야 새벽 닭이 울지요."

"그러나 저러나 저 스님은 대체 언제 주무시길래 저렇게 맨날 새벽잠을 설치게 하시나 그래. 아이구 졸려……."
 "아, 당신 벌써 저 스님 말씀 잊어 버렸수? 늦잠 자는 부자도 없고, 일찍 일어나는 가난뱅이도 없다고 그러셨어요."
 "알았어, 알았다구. 그러니까 저 스님이 우리를 부자되게 해주시려고 저렇게 꼭두새벽부터 목탁을 쳐가지고, 새벽잠을 깨워주시니 고맙게 생각해야 한다 그런 말이지?"
 "그걸 아시면 어서 호미들고 밭에나 나가시라구요."
 "알았어, 알았다구."
 이렇게 꼭두새벽이면 어김없이 울려대던 혜심스님의 독경소리가 이상하게도 어느날 새벽에는 들리지 아니했다.
 "아이구, 여보 큰일 났어요. 어서 좀 일어나 보세요."
 "아, 아이구 왜 또 새벽잠을 깨우고 이래 이거?"
 "아이구 글쎄 큰일났다니까요."
 "아니, 이 여편네가 큰일은 무슨 큰일이라고 이래?"
 "글쎄 오늘 새벽에는 이상하게도 스님의 독경소리가 들리지 않는 바람에 나도 그만 깜박 늦잠을 잤는데요……."
 "아이구, 그거야 잘 됐지 뭐. 농사일도 없는 겨울에 꼭두새벽부터 일어나서 뭘 할거냐구?"
 "그게 아니라구요, 글쎄……어젯밤에 이웃집에 호랑이가 내려와서 개를 물어갔대요."
 "뭐라구? 호랑이?"

"예에. 그러니 혹시 혼자 계시는 스님, 호랑이가 해친 건 아닌지 모르겠다구요."

"아이구 정말 그랬을지도 모르겠구먼. 춘하추동 사시사철, 밤이면 바위에 올라 앉아 수도를 하신다던데 오늘 새벽에 독경소리가 들리지 않았다면 분명히 무슨 변고를 당하신 게 틀림없어."

"여보, 우리 이러고 있을 것이 아니라 한 번 암자로 올라가 보십시다."

"호랑이한테 변을 당했거나 아니면 간밤에 또 바위에 앉아서 도를 닦으시다가 얼어 죽었는지도 모를 일이지. 정말 오늘 새벽엔 목탁소리가 안들렸어?"

"예에—세상에 원, 하루도 거른 날이 없었는데 오늘 새벽에는 안들렸다니까요, 글쎄."

"아무래도 이거 무슨 변고가 있는 모양이야. 내 몽둥이 들고 나올것이니, 어서 한 번 올라가 보자구—"

일년 열두 달 삼백 예순 다섯 날, 비가 오나 눈이 오나 바람이 부나 단 하루도 독경소리 거른 날이 없었는데, 이날 따라 스님의 독경소리가 끊겼으니 산 아래 사람들은 걱정이 되어 암자로 올라갔다.

"아이구, 여보—저기 좀 보세요. 저기……."

"어디 말야?"

"아, 저기 저 암자 앞에 바위말예요."

"아이구, 저런! 아니, 저 스님께서 바위에 앉은 그대로 얼어 죽은 것 아냐?"
 "아이구 그러게요. 돌부처럼 꼼짝도 않고 있는걸 보면……"
 "저, 저좀 보십시오. 스님."
 "스님, 스님—"
 그러나 혜심스님은 북풍한설 몰아치는 바위 위에 돌부처럼 등을 보이고 앉은 채 꼼짝을 안하는 것이었다.
 "아이구, 여보. 스님께서 아무래도 변을 당하신 모양이에요."
 "어서 가보자구. 원, 도 닦는 것도 좋지만 방안에서나 닦으실 것이지 원—"
 두 내외는 허둥지둥 바위 위로 올라가서 떨리는 손으로 스님의 어깨를 흔들어 보았다.
 "아이구, 스님, 스님—"
 "스님, 정신 차리십시오. 스님, 살아계십니까요, 스님?"
 잠시후, 혜심스님은 잠에서라도 깨어난 듯 두 눈을 번쩍 떴다.
 "허허, 아니 이거 아랫마을 분들이……"
 "아이구 스님, 살아계셨습니다요. 예? 스님—"
 "아이구 스님, 저희들은 스님께서 변고를 당하신 줄만 알았습니다요."
 "변고라니요, 소승 늘 이렇게 앉아서 수행을 하고 있습지요."
 "아이구, 그런데 오늘 새벽에는 스님, 독경을 하지 않으셨지 않습니까요?"
 "예에, 그래서 저희들은……"

"아니, 그러면 소승이 오늘 새벽에 독경을 아니했더란 말씀이십니까?"
"예에—"
"아, 그러니 얼마나 걱정이 되었겠습니까요. 생전 그런 일이 없다가 말씀예요."
"아이구 이거 소승이 그만 딴 세상에 다녀오느라고 실수를 했던 모양입니다. 심려를 끼쳐 미안합니다."
"아이구, 아니옵니다요. 그래두 스님께서 무사하시니 다행입지요."
"아 그러문요. 저희들은 이제 그만 마음놓고 내려가 보겠습니다요."
"이 하찮은 중, 그토록 염려해 주셨으니 참으로 고맙습니다."

지리산 금대암에서 처절한 수행을 통해 이미 부처님의 말씀을 속속들이 통달하고 부처님의 마음까지도 확연히 깨달은 혜심스님은 그해 여름에는 오봉산 전물암으로 자리를 옮겨 젊은 스님들과 함께 수행정진을 계속하고 있었다.
그러던 어느날, 한 젊은 스님이 혜심스님을 찾았다.
"아이구, 스님이 여기 계시는걸 모르고 한참 찾았소이다."
"나를 어쩐 일로 찾으셨단 말이시오?"
"우리와 함께 억보산 백운암에 가시지 않겠소이까?"
"억보산 백운암에는 무슨 일로 가자는 말이시오?"

"백운암에 큰스님께서 와 계신다 합니다."
"큰스님이시라면?"
"아, 이 근처에서 큰스님이시라면 송광산 수선사 사주 스님이신 지눌선사님이지 누구시겠습니까?"
"아니 그러면 큰스님께서 지금 억보산 백운암에 와 계신단 말이시오?"
"예, 그래서 우리 몇이서 그동안 깨달은 바를 큰스님께 말씀드리고 인가를 받을까 해서 가려고 하는데, 함께 가지 않으시려오?"
"큰스님께서 백운암에 와 계신다면 소승 마땅히 찾아 뵈어야지요."
"그동안 깨달은 바 있으면, 이번 기회에 큰스님의 인가를 받도록 하시지요."
"아, 아닙니다. 소승은 아둔한 자라, 아직 얻은 바가 아무것도 없으니 감히 인가 받을 처지는 못되옵니다만, 제자로서 스승을 찾아 뵙고 문안을 살피는 것은 도리인지라 그래서 찾아뵙고자 하는 것이지요."

송광산 수선사의 지눌선사가 누구시던가? 돌아가신 어머님의 영가를 위해 친히 제를 올려주시고, 게다가 혜심의 머리를 깎아 출가득도하게 해주신 은사스님이시니, 어찌 찾아뵙고 싶은 마음이 간절하지 않았을까 마는— 그러나, 만일 찾아뵙는다면······ '그래, 장장 3년동안 깊고깊은 산속에 들어가 갈고 닦은 공부가 고작해서 이것 뿐이더냐? 허송세월 했구나! 허송세월 했어!' 이렇게 한바탕

꾸짖을 것만 같았으니 두려운 마음이 앞섰다.

혜심스님은 참선수행을 하고있던 다른 스님들과 함께 지눌선사가 와 계신다는 억보산 백운암을 찾아가게 되었다. 억보산 백운암은 지금의 전라남도 광양군 옥룡면 동곡리 백운산에 있는 유서깊은 암자인데 옛날에는 이 산을 억보산이라 불렀다.

산을 넘고 내를 건너 구비구비 산자락을 돌고돌아 산등성이에 올라서니, 저 아래 호젓하게 자리잡은 백운암이 보였다.

"야, 거 정말 암자 한 번 명당에 자리 잡았네. 암자 저 위로는 백운이 오락가락, 그래서 암자 이름이 백운암이던가! 정말 진경이지요?"

"큰스님께서 수행처로 삼으신 까닭을 짐작하겠습니다."

"자, 그럼 내려들 가십시다."

혜심스님은 큰스님을 만나뵐 생각을 하니 감회가 새로웠다.

"먼저들 내려 가십시오. 소승은 여기서 잠시 쉬었다가 가겠습니다."

"아니, 왜 갑자기 큰스님 뵙기가 두렵기라도 하단 말이시오?"

"아, 아닙니다. 그저 잠시 쉬었다 갈까 해서요."

"자, 그럼 먼저 내려 갑니다."

혜심스님은 다른 스님들이 먼저 산길을 내려간 뒤 한참동안이나 그 자리에 앉아 백운암을 내려다 보고 있었다.

얼마나 그러고 그 자리에 앉아 있었을까, 혜심스님은 걸망에서 지필을 꺼내어 반듯한 바위 위에 펴놓고 대나무통을 열어 붓 끝에 먹물을 찍었다.

"아이 부르는 소리
소나무 안개 속에 울려 퍼지고,
차 달이는 내음
돌길을 스쳐 풍겨오네.
이제 마악 백운산 아래 접어든 순간,
이미 암자에 들어 스승 뵌듯 하여라."

혜심스님은 게송을 적은 종이를 조심스럽게 접어 가슴에 넣고 천천히 백운암으로 내려갔다.

먼저 내려간 젊은 스님들은 아직 지눌선사를 배알하지 못한채 절 마당에 서 있었다. 노보살이 이상한듯 마당으로 내려서며 물었다.

"아이구, 이 산중 암자에 웬 젊은 스님들이 이렇게 찾아오셨는지요?"

"아, 예. 큰스님을 좀 만나 뵈려고 왔사옵니다."

"아이구, 이를 어쩌나……."

"아니, 왜요? 큰스님께서 아니 계신다는 말씀이십니까?"

"아이구, 아니옵니다. 큰스님께서는 지금 참선중이시라……저쪽 저 나무 그늘로 가셔서 잠시 땀들 좀 식히고 계시지요."

"그렇게 하지요."
"아이구, 이거 귀한 스님들이 오셨는데……사실은 저두 객이랍니다요. 불공드리러 와서 엿새째가 되었습지요."
"아, 예. 저희들은 괜찮으니 보살님 일 보시도록 하십시오."
"저기 저 나무그늘에서 동자스님이 차를 달이고 계십니다만…… 아마도 차가 다 끓을때 쯤이면 큰스님께서 아시고 나오실겝니다요."
 젊은 스님들은 법당에 인사한 뒤 잠시 나무그늘에서 쉬고 있었다. 헌데 얼마나 지났을까? 드디어 지눌선사께서 참선을 마치시고 밖으로 나오시는 것이었다.
"으음— 누가 나를 찾아 오셨다고 그러셨던가……?"
 젊은스님들과 혜심스님은 허리를 굽히며 인사를 했다.
"소승 문안드리옵니다."
"허허, 이거 젊은 수행자들이 떼거리로 오셨구먼, 그래? 가만, 그대는 지선이고, 그대는 또 원저이고, 으음? 혜심이도 왔는가?"
"예, 스님."
"자, 그럼 안으로들 들어오시게."
"예, 스님."
 젊은 스님들이 지눌선사님께 절을 올렸다. 그런데 지눌선사께서는 첫번째 절이 끝나기도 전에 말씀하셨다.
"아아, 절은 그만들 두시게. 삼배는 부처님께나 올리는 법, 살아있는 중에게 절은 한 번이면 되는게야. 어서들 앉아."

"…… 예."
"그대들은 대체 어디서 오는 길이던고?"
"예, 오봉산 전물암에서 오는 길이옵니다."
"백운암 흰구름을 구경하러 왔다는 말이던가?"
"아니옵니다, 스님. 소승들은 스님께 한가지 여쭙고자 왔사옵니다."
"무슨 말이던고?"
"화엄경에 게송으로 말씀하시기를 〈모든 법이 나지도 아니하고 멸하지도 아니하는 법이니, 만약 능히 이와같음을 아는 이는 부처를 이루리라〉 하였습니다."
"그래서 바로 그대가, 모든 법이 나지도 아니하고 멸하지도 아니하는 것을 능히 아느냐?"
"예, 스님. 소승 이미 그 법을 알았습니다."
"그 법을 이미 알았다면 너는 이미 소승이 아니라 부처님이시니, 어서 법당에 올라가 부처님 자리에 서 있도록 해야 할 것이다!"
"예에?"
지눌선사는 금방 말을 마친 젊은 스님을 죽비로 딱 쳤다.
"이미 부처를 이루었거든 부처님 자리에 서란 말이다! 나무로 깎아모신 부처님이 아니라 살아있는 활불을 한 번 모셔보자."
"잘못되었사옵니다. 스님, 용서하여 주십시오."
"원저, 너도 나에게 물을 것이 있더냐?"
"아, 아니옵니다. 소, 소승 그저 스님께 문안을 올리려고 왔사옵

니다."
"허면 혜심, 그대는 나에게 무엇을 물을 것인고?"
"아, 아니옵니다 스님, 소승 스님께 여쭐 것은 아직 없사옵고, 이 게송을 올리고자 하옵니다."
"게송이라?"
혜심스님은 게송을 적은 종이를 꺼내어 지눌선사께 올렸다.
"방금 이 백운암에 당도하여 적은 게송이던가?"
"예, 스님. 그러하옵니다."
"허허허허— 그동안 살림이 제법 늘었구나."
"아니옵니다, 스님. 과찬의 말씀이시옵니다."
"여기 내 부채가 있다."
"예, 스님."
지눌선사는 부채를 활짝 펼쳐 보이시면서 말씀하셨다.
"이렇게 부채를 펴서 부치면 삼복더위에는 시원하니라."
"예, 스님."
"이 부채를 그대에게 주마."
"예에?"
"자, 내 이 부채를 그대에게 주나니, 이 부채를 받고 무엇이라 대하겠느냐?"
순식간의 일이었다. 스승이 제자에게 부채를 준다는 것은 단순히 부채라는 한 물건을 주는 것이 아니요, 이는 곧 스님의 법맥을 전하겠다는 깊은 뜻이 담겨있으니, 참으로 숨 막히는 순간이었다.

"내 부채는 이미 주었거늘 어찌하여 대답이 없는고?"
"…… 예. 소승 감히 답해 올리겠습니다."

"전에는 스승님 손 안에 있더니,
이제는 제자 손 안에 있네.
만일 뜨거운 번뇌 만나면
맑은 바람 일으킴을 막지 않으리."

"하하하하— 하하하하 —"
"부끄럽사옵니다, 스님. 꾸짖어 주십시오."
지눌선사는 흐뭇하게 미소지었다.
"이것보아라. 지선, 원저!"
"예, 스님."
"너희들도 분명히 잘 보고 들었으렷다!"
"예, 스님."
"나는 오늘 혜심에게 내 부채를 주었느니라."
"예, 스님."
"하하하하—하하하하— 동자야, 차 익었거든 차 가져오너라! 혜심이 농사를 잘 지어 풍년이 들었구나—응? 하하하하—"
 지눌선사는 흡족하고 대견한 마음에 혜심과 젊은 스님들을 쳐다보며 웃음을 멈추시질 못했다.

　옛부터 내려오는 말씀 가운데 '그 스승에 그 제자'라는 말이 있다. 훌륭한 스승 밑에서 훌륭한 제자가 나온다는 말이니 왕대밭에서 왕대가 난다는 말과도 같다고 하겠다. 아무튼, 당대 최고의 선지식 지눌선사께서 하고많은 법제자 가운데서 혜심에게 부채를 내려 주었다는 것은 참으로 뜻이 깊은 일이니, 이는 곧 부처님과 옛 조사님들이 출중한 제자에게 옷과 발우를 물려줌으로써 법맥을 잇게 한 것과 똑같은 뜻이 담겨있다 하겠다. 더더구나 부채는 맑은 바람을 일으키는 영물이니 지눌 큰스님이 부채를 내려주신 그 뜻을 단번에 꿰뚫고, 번뇌망상이 일어나면 부채의 청풍으로 날려버리겠다는 혜심의 화답이야말로 이미 깨달음의 경지를 나타낸 것이라고 하겠다.

　헌데, 바로 그 다음날 아침이었다.

　지눌선사의 방 문 앞에 노보살이 와서 머리를 조아리며 말했다.

　"스님께 아뢰옵니다."

　"예, 말씀하시오."

　"스님께서 혜심상좌를 불러오라 하셨사옵니다만, 혜심상좌는 객실에 없사옵니다."

　"아니, 객실에 없다면 대체 어디로 갔단 말씀이십니까?"

　"예, 다른 젊은 스님들은 객실에 그대로 계신데, 혜심상좌는 아마도 이 백운암을 떠난 듯 하옵니다."

　"아니, 허면 객실에 있는 아이들이 그렇게 말하더란 말이십니까?"

"아, 아니옵니다. 객실에 남아있는 젊은 스님들도 자고 일어나 보니, 혜심상좌가 없더라고 말씀하십니다."
"그러면 떠났다는 말씀은 어디서 들으셨소이까?"
"아, 벽에 걸려있던 걸망도 없어졌으니, 이는 필시 혜심상좌가 이 백운암을 떠났다는 증거가 아닐런지요."
"허허, 거 듣고보니 보살님 말씀이 옳으신가 하오. 보살님도 이젠 반 도통을 하셨소이다. 그려―응? 하하하하―"
"아이구, 세상에 원 무슨 그런 과찬의 말씀을 다 하십니까요. 스님, 하온데 그 혜심상좌는 대체 어쩐 까닭으로 온다간다 인사도 없이, 이 백운암을 떠났을까요?"
"혜심은 이제 가고 옴을, 능히 자재할 것이라 어느 누구도 감히 붙잡거나 막지는 못할 것이오."
지눌선사는 그후 다시 송광산 수선사로 돌아왔으나, 그때 백운암에서 혜심을 수선사로 데려오지 못한 것을 못내 아쉬워 하였다.
그러던 어느날, 지눌선사가 젊은 스님을 불렀다
"부르셨사옵니까, 스님?"
"그래, 내가 불렀느니라."
"분부, 내리십시오."
"혜심이의 족적은 아직도 아는 바가 없느냐?"
"예, 지리산 쪽에서 보았다는 사람도 있고, 오봉산 쪽에서 만났다는 사람도 있긴 하옵니다만, 거처는 아직 알아내지 못했사옵니다."

"이는 필시 혜심이가 몸을 숨긴 탓이니, 지리산 상무주암 쪽에 사람을 보내 보아라."

"지리산 상무주암이라면……?"

"그 근처에 바위굴이 여럿 있으니, 은신하여 수행하기 좋은 곳이라 내 짐작에는 아마도 혜심이가 그쪽에 있을 것 같다."

"아, 예. 알겠사옵니다. 하오면 곧 사람을 보내어 알아보도록 하겠사옵니다."

"그래, 속히 그리 하도록 하여라."

"하온데, 스님! 혜심상좌가 있는 곳을 알게되면 어찌하라 이르면 되겠습니까?"

"내가 급히 찾으니 속히 수선사로 오라고 그래야 할 것이야."

"예, 스님. 분부대로 거행하겠습니다."

"이것 보아라. 다른 아이 보낼것 없이 네가 직접 다녀오도록 해라."

"아, 예. 하오면 소승이 다녀오도록 하겠습니다."

지눌선사의 분부를 받들어 젊은 스님 한 분이 그길로 혜심스님을 찾아 지리산으로 향했다.

그리하여 젊은 스님이 송광산을 떠난 지 열흘째 되는 날, 마침내 지리산의 한 굴속에서 혜심스님을 만나게 되었다.

"이 굴속에 계신 분이 혜심스님 맞지요?"

"아니, 자네는 옥상좌가 아니던가?"

"예, 맞습니다요, 스님."

"대체 자네가 이 깊은 산속까지 어쩐 일인가?"
"아이구, 말씀도 마십시오. 송광산 떠난 지가 열흘이나 되었습니다. 큰스님께서 스님을 찾으십니다요. 어서 걸망이나 챙기십시오."
"큰스님께서 나를 찾으신다니? 대체 무슨 일로 말씀이신가? 혹시 큰스님께서 어디 편찮으시기라도 하신단 말씀이신가?"
"아, 아닙니다요. 소승이 뵙기에는 편찮으신것 같지는 않았습니다요. 아무튼 어서 걸망부터 챙기십시오."
"허, 이사람 참! 아무리 그래두 숨이라도 좀 돌리도록 하시게."
"아닙니다요. 큰스님께서 혜심스님을 찾아내거든 앉지도 말고 선걸음에 돌아오라고 그러셨습니다요. 어디 한두 번 당부를 하셨어야지요. 아니 그런데, 무슨 책이 이렇게 굴속에 가득 쌓여 있답니까요?"
"어, 그래. 이 절, 저 절에서 얻이 모은 경책인네, 시렁에 먼지만 뒤집어 쓰고 있기에 내가 달라고 그랬네. 아, 참 자네 걸망에 이 경책들 좀 조심해서 넣도록 하게."
"예에? 아니, 그럼 이 많은 경책들을 다 짊어지고 가자는 말씀이십니까요?"
"아니, 이 사람아. 그러면 이 귀중한 부처님 경전들을 이 산속 굴속에 버려두고 그냥 가잔 말이신가?"
이렇게 해서 혜심스님은 젊은 승려와 함께 가득가득 걸망에 한 짐씩 책을 짊어지고 죽을 고생을 해가면서 송광산 수선사에 당도하게 되었다.

"소승, 스님께 문안드리옵니다."
"그동안 어디서 무엇을 하고 있었던고?"
"예, 소승 이 산 저 산을 옮겨다니며 닦고 있었사옵니다."
"닦기는 무엇을 닦았단 말이던고?"
"거울을 닦았사옵니다."
"거울은 본래 맑은 것이거늘 어찌하여 거울을 닦았단 말이던가!"
"아무리 맑은 거울도 닦아내지 않으면, 먼지가 앉을 것이요, 거울에 먼지가 끼면 아무것도 제대로 비출 수가 없을 것이라, 소승 그래서 거울을 닦았사옵니다."
"정녕 제대로 잘 닦았는가?"
"소승 열심히 닦았사오니, 스님 한 번 보아 주십시오."
"내 그대를 부른 뜻이 거기에 있었다. 백운암을 떠난 후, 과연 살림이 얼마나 늘었는지 다시 한 번 점검을 할 것이야."
"예, 스님."
"자, 그럼 나를 따라 오너라!"
지눌선사께서는 제자 혜심의 도가 얼마나 익었는지 그 경지를 다시 한번 점검하기 위해 앞장을 서서 걸어가기 시작했다.
그런데 이상하게도 지눌선사는 수선사 경내를 빠져나와 무작정 산속으로 올라가는 것이었다.
"이것 보아라, 혜심아. 나는 지금 그대를 데리고 저기 저 암자까지 올라가려 한다. 헌데 말이다. 이제보니 네 짚신은 여기 있는데,

사람은 어디 있는고?"
 이것은 스승이 제자를 점검하는 무서운 질문이었다.
 제자 혜심은 두 손을 앞에 모으고 정중하게 대답해 올렸다.
 "스님, 사람이야 이미 그때 보시지 않았습니까?"
 "사람은 이미 그때 보지 않았느냐? 하하하하 하하하하— 그만 돌아가자. 더 이상 올라갈 것 없다. 응—하하하하—"
 두번 째의 점검을 통해서 제자 혜심의 깨달음을 다시 확인한 지눌선사는 매우 흡족히 여겼다.
 '사람은 이미 그때 보시지 않았습니까?' 혜심이 올린 이 대답은 처음 만나 뵈었을 때 스승께서 이미 이 제자를 이심전심으로 알아 보시지 않으셨습니까? 그때 이미 스승께서는 사람을 알아보셨거늘, 이제와서 새삼스럽게 그 사람을 왜 물으십니까 하는 뜻이었으니, 스승과 제자가 이날 주고받은 선문답은 거두절미하고 참으로 절묘하다 하겠다.
 그러나 두 번에 걸친 점검을 통해서 제자의 도가 익을대로 익었음을 확인하시고도 지눌선사는 그래도 마음이 놓이지 아니했던지 다시 세 번째 점검을 해보기로 하셨다. 그래서, 여러 스님들을 불러 앉혔다.
 "내 오늘은 여러 수행자들을 다 모아놓고 점검할 것이다."
 "예, 하온데 무엇을…… 점검하시겠다는 말씀이시온지요?"
 "이런 멍청한 녀석! 스승이 제자들을 점검하겠다면 공부 말고 또 무엇을 점검하겠는고?"

"잘못되었습니다, 스님. 용서하여 주십시오."

"그동안 참선을 해온 수행자들은 한 사람도 빠짐없이 다 제자리에 앉으라고 일러라."

"예, 스님. 분부대로 하겠습니다."

"잠깐! 네가 오늘은 말로 전할 것이 아니라, 쇠북을 쳐서 사중에 알려야 할 것이다."

"예, 스님 분부대로 거행하겠습니다."

쇠북소리가 온 산중에 울려퍼지자, 수행자들이 모두 긴장하여 선방으로 모여 앉았다. 이윽고 지눌선사께서 주장자를 높이 치켜들었다가 내리쳤다.

"그대들은 그동안 저마다 화두를 들고 대장부 일대사를 요달하려고 수행을 해왔다. 어떤 수행자들은 조주선사의 '무'자를 화두로 삼고, 또 어떤 수행자는 '이 무엇인고'를 화두로 삼아 밤낮을 가리지 아니하고 화두를 깨치려고 몸부림을 쳐왔을 것이다. 그러기를 1년, 2년, 3년, 5년, 10년!

어떤 자는 도를 깨달았다 하고, 또 어떤 자는 아직 이르지 못했다 하고 또 혹자는 내가 바로 부처다 한다! 허나 일찍이 운문 문언 스님께서는 삼종병을 경계하셨고, 대혜 종고스님께서는 십종병을 엄히 경계하셨으니 수행자가 반드시 경계해야 할 운문스님의 삼종병은 과연 무엇이던고! 아는 자는 어서 바로 이르라!"

그러나 지눌선사의 물음에 대답하는 사람은 아무도 없었다.

"정녕 아무도 없느냐?"

그래도 대답하는 사람이 없자 지눌선사는 대중들을 주욱 둘러보시다가 말씀하셨다.

"허면, 내가 지목할 것이다! 혜심은 어디 있는고?"

"……예, 소승 여기 있사옵니다."

"어서 앉거라! 운문스님이 경계한 삼종병은 과연 무엇이던고?"

혜심은 스님께 절을 올리고 다시 꿇어 앉아 대답하기 시작했다.

"운문 문언스님께서 경계하신 수행자의 삼종병은 그 첫째가 '미도주착'이니, 아직 깨달음에 이르지 못하여 상대분별에 머무는 것이요, 그 둘째는 '기도주착'이니, 이미 깨달음에 이르렀으되, 그 깨달음에 집착해서 자유롭지 못함이요, 그 셋째가 '투탈무의'이니 한 가지에도 의지할 필요가 없이 완전한 자유를 얻었다고 잘못 생각하는 것이라 이르셨사옵니다."

"허면 다시 물을 것이다."

"예, 스님."

"삼종병에 걸려있는 자는 대체 어느 곳을 향해 기운을 내던고?"

지눌선사가 다시 이렇게 묻자 혜심은 뚜벅뚜벅 걸어서 창문 앞으로 다가 가더니, 손을 한 번 내리쳐 창문을 부셨다.

"아니, 그대가 창문을 손으로 내리쳤는가!"

"예, 스님."

"하하하하—하하하하— 오늘 점검은 이미 마쳤느니라!"

지눌선사는 흡족한 듯 주장자로 쿵! 쿵! 쿵! 세 번을 치셨다.

　그런데 바로 그날 밤이었다. 노보살이 혜심스님의 방문을 열며 조용히 혜심스님을 불렀다. 오늘밤 삼경에 은밀히 큰스님의 방으로 오라는 큰스님의 전갈이 아닌가!
　그날밤 삼경이 되자 혜심은 스승의 분부대로 지눌선사를 찾아 뵈었다.
　지눌선사는 혜심을 자리에 앉힌 후 말씀하셨다.
　"이 수선사에는 백 명도 넘는 많은 대중이 수행을 하고 있다. 5년 수행한 사람, 10년 수행한 사람— 많기도 하지."
　"예, 스님."
　"이것 보시게, 혜심. 내 이제 그대를 만났으니, 오늘 죽어도 여한이 없네."
　"예에? 아니 스님, 무슨 말씀이시옵니까?"
　"그대는 이제 부처님 법을 일생의 본분사로 여겨야 할 것이야."
　"그야 어찌 다시 이르실 말씀이시겠습니까? 소승 평생토록 부처님 가르침을 받들것이옵니다."
　"다시 부탁이네, 그 마음 결코 바꾸지 마셔야 하네."
　"예, 스님. 소승 결코 부처님 법을 떠나는 일이 없을 것이옵니다."
　"틀림없겠는가?"
　"예, 스님. 소승 맹세코 평생토록 부처님 법을 받들겠사옵니다."
　"고맙네."
　"아니옵니다, 스님. 소승이 부처님 법을 만날 수 있도록 길을 열어주신 스님의 은덕, 소승 늘 감사드리고 있사옵니다."
 "이것 보시게. 나는 이제 늙었어. 내 부탁을 들어 주어야 할 것이야."
 "무슨…… 말씀이시온지요?"
 "그대가 이 수선사의 두번 째 사주를 맡아 주시게."
 "예에? 아니, 스님."
 "이 절 수선사를 혜심, 그대에게 맡기겠단 말일세."
 "아, 아니옵니다. 스님, 소승 아직 그럴만한 그릇이 못되옵니다."
 "스승이 시키면 제자는 따르는 법, 여러 말 말고 내려가 자게. 내일 아침 대중들에게 공표할 것이니까……"
 송광산 수선사의 두번 째 사주가 되어달라는 지눌선사의 말씀은 요즈음 같으면 두번 째 주지자리를 맡으라는 것이었으니, 혜심으로서는 참으로 감당하기 어려운 큰 영광인 셈이었다.
 "이것 보시게. 그만 내려가서 잠이나 자라는데 어찌하여 꼼짝 아니하고 앉아만 있는고?"
 "스님, 소승 엎드려 비옵니다. 수선사 사주를 맡으라는 말씀만은 부디 거두어 주십시오."
 "무슨 까닭으로 맡지 못하겠다는 말이던고?"
 "스님의 문하에는 소승 말고도 출중하신 사형님들이 기라성처럼 많사옵니다."
 "소용없는 소리! 옅은 개울인지, 제법 깊은 하천인지 강물인지, 그것은 내가 알아보는 것이야!"

"하오나, 스님. 소승은 삭발출가하여 득도한 지 이제 겨우 3년밖에 되지 아니하였사옵니다."
"3년이면 어떻고 1년이면 어떻다는 말이던가?"
"소승보다 5년 먼저, 아니 10년 먼저 득도하신 사형님들이 많이 계시옵니다. 부디 사형님들 가운데서 사주 맡길 분을 낙점하여 주십시오."
"허허, 이거 도대체 그대가 스승이던가, 내가 스승이던가?"
"용서하여 주십시오, 스님. 소승이 생각하기로는 변 사형께서 적임자이신가 하옵니다."
"그래, 그대 말대로 출가 득도일로 따지거나 나이로 따지자면 변 상좌가 수선사 사주를 맡는 것이 순서일 것이야."
"그렇사옵니다, 스님. 변 사형을 지목하여 주십시오."
지눌선사는 탁상을 치면서 말씀을 이으셨다.
"똑똑히 듣게! 변상좌 그 아이는 법은 익었으되, 아직 강물이지 바다가 아니야."
"아, 아니옵니다. 스님, 소승이 헤아리기로는 변 사형께서는 이미 대장부 일대사를 요달하신 형님이십니다."
지눌선사는 다시 한 번 탁자를 치면서 큰 소리로 말씀하셨다.
"그만 입 다물게! 바다는 넓고 깊어서 고기가 뛰노는 것을 가로막지 아니하고, 저 창공은 넓고 높아서 새가 나는 것을 방해하지 않는 법! 이 수선사 사주는 넓고 깊은 바다 같은 도를 지녔거나 넓고 높은 창공 같은 도를 지닌 사람이라야 맡을 수 있어."

"하오나 스님, 소승 이제 겨우 세속 나이 설흔 하나이옵니다. 굽어 살펴 주십시오."
"이것 보시게, 혜심. 나는 철없는 여덟 살에 삭발 출가를 했네."
"예, 스님."
"그리고, 나는 스물 네 살에 승과에 합격하여 중이 되었네."
"······ 예, 스님."
"나는 그동안 부처님 은덕으로 먹고 입고 잠을 자며, 하고 싶은 공부 마음껏 해왔어."
"······ 예, 스님."
"허나 산문에 들어온 지 어느덧 수십 년, 우리들 수행자들이 날마다 하는 소행을 돌이켜 보면 과연 어떠한가. 부처님 법을 빙자하여 나와 남을 구별하고, 이양의 길에서 허덕이며, 세상 일에 골몰하여 도는 닦지 아니하고, 옷과 밥만 허비했으니, 비록 출가했다 하나 무슨 덕이 있겠는가. 나는 이런 일을 깊이 탄식해 온 지 이미 오래 되었어."
"······ 예, 스님."
"그래서 나는 명리를 버리고 산속에 들어앉아 부처님의 선정과 지혜를 함께 닦아 한평생 수행하며 구속없이 살아서 진인달사의 길을 걷고자 정혜결사를 만든 것이야."
"예, 스님. 스님의 깊은 뜻은 소승도 잘 알고 있사옵니다."
"그래서 이제 이 수선사가 이만큼 자리를 잡게 되었고, 그대와 같은 눈 푸른 납자들이 내 뜻을 따라주어 오늘에 이르렀어."

"······ 예, 스님."

"그러니 이 수선사는 결코 이 정혜결사의 본뜻을 버려서도 아니 될 것이요, 또 본뜻을 그르쳐서도 아니될 것이야."

"······ 예, 스님. 소승 깊이 명심할 것이옵니다."

"그러니, 내가 어찌 함부로 이 수선사를 아무에게나 맡기겠는가!"

"하오나 스님, 소승이 앞서 감히 말씀 올린 바와 같이······."

지눌선사는 다시 한 번 탁자를 치셨다.

"아니될 소리! 이 수선사는 그대가 반드시 맡아야만 한다!"

"············."

"어찌해서 대답이 없는가?"

"······소승 차마 대답해 올릴 말이 없사옵니다, 스님."

"싫건 좋건 내 분부니라! 이제 그만 내려가서 자도록 해라."

"예, 스님. 하오면 소승 이만 물러가겠습니다. 편히 주무십시오."

다음날 아침, 예불을 마친 지눌선사는 주장자를 높이 치켜 들었다가 세 번을 내리 치셨다.

"여러 대중들은 들으라. 이 늙은 중은 이제 이미 나이가 들어 늙었는지라, 이 송광산 수선사를 두번 째 사주에게 맡길 것이니라."

여기저기서 두런거리는 소리가 들렸다.

지눌선사는 주장자로 쿵! 쿵! 쿵! 세 번을 치신 후 말씀을 이으셨다.

"혜심은 어서 이 앞으로 나오도록 하라!"

대중들이 다시 두런거리는 소리가 들렸다.
"어찌 이리 나오는 게 더디단 말이던고?"
그때 한 젊은 승려가 나서서 말했다.
"스님께 아뢰옵니다. 말씀 올리기 죄송하오나, 혜심상좌는 이 자리에 없는 줄로 아옵니다."
대중들이 다시 웅성거리기 시작했다.
"무엇이라고 그랬느냐? 혜심이 이 자리에 없다고?"
"예, 스님. 그러하옵니다."
"아직 자리에서 일어나지도 아니 했더란 말이냐?"
"아니옵니다, 스님. 노보살의 말을 빌리자면 혜심상좌는 수선사를 떠났다 하옵니다."
"무엇이라구? 아니, 그러면 떠나는 것을 노보살이 보았다는 말이더냐?"
"예, 스님. 그러하옵니다."
"노보살은 어디 계신고?"
"예, 쇤네 여기 있사옵니다."
"어서 이 앞으로 나오시오."
"예, 스님."
"노보살은 대체 혜심을 언제 보셨소?"
"예, 쇤네가 새벽 예불을 올리러 법당에 올라가자니, 그때 혜심상좌께서는 이미 예불을 마치고 나오시는 길이었사옵니다."
"그래서 어찌 되었소이까? 세세히 좀 일러 보시오."

 "예, 법당을 나온 혜심상좌께서 벗어 놓았던 걸망을 메시고 쇤네에게 합장을 하시더니만, 그길로 그만 저 산 아래쪽으로 내려 가셨습니다요."
 "분명히 보살이 보았단 말이시오?"
 "예, 쇤네가 바로 이 두 눈으로 똑똑히 보았사옵니다요. 틀림없는 혜심상좌였습니다요, 예."
 "허허, 이것 참 낭패로구나. 이것 보아라, 변상좌!"
 "예, 스님."
 "새벽에 산을 내려갔다면 벌써 오십 리도 더 갔을 것이다."
 "예, 아마도 그러하올 것이옵니다."
 "오늘 당장 아이들을 풀어서 혜심의 행방을 찾도록 해야 할 것이다."
 "예, 스님."
 "지리산 구석구석을 다 뒤져서라도 반드시 혜심을 찾아와야 할 것이니라."
 "예, 스님. 분부대로 하겠습니다."

11
자기 마음이 참부처이거늘

　송광산 수선사의 제 2대 주지자리를 마다하고 기어이 수선사를 떠나온 혜심스님은 송광산 자락을 벗어나면서 다시 한 번 송광산을 향해 합장 배례하며 스승의 은혜에 감사를 드렸다.
　"스님, 참으로 죄송스럽기 그지 없사옵니다. 하오나 소승 오늘 이렇게 송광산 수선사를 떠나 스님의 슬하를 벗어남은 결코 스님의 은혜를 몰라서가 아니옵니다. 세속의 명리를 버리고 평생토록 산속에 살며 오직 부처님의 마음과 부처님의 가르침을 함께 익혀 배우고자 예불과 독경과 참선과 운력을 다짐하신 스님의 뜻을 어찌 제자인 소승이 모르겠사옵니까? 하오나 소승, 아무리 맑은 거울도 그 거울에 때가 끼고 먼지가 앉으면 세상을 제대로 비출 수 없는 것을 알고 있는지라 오직 그 거울을 더욱더 맑고 밝게 닦고자 함이오니 용서하십시오. 오늘 이렇게 스님의 슬하를 떠나는 소승의 귓가에는 아직도 스님의 가르침이 쟁쟁 울리옵니다."

'슬프다! 요즘 사람들은 어리석어서 자기 마음이 참 부처인줄 알지 못하고, 자기 성품이 참 법인줄을 모르고 있구나. 법을 구하고자 하면서도 멀리 성인들에게 미루고, 부처를 찾고자 하면서도 자기 마음을 살피지 않는다!

만약, 마음 밖에 부처가 있고, 성품 밖에 법이 있다고 굳게 고집하여 불도를 구한다면, 이러한 사람은 비록 티끌처럼 많은 세월이 지나도록 몸을 불사르고 팔을 태우며 뼈를 부수어 골수를 내고, 피를 흘려 그 피로 경전을 쓰며, 항상 앉지도 눕지도 아니하고, 하루 한 끼만 먹으면서 팔만대장경을 줄줄 외우며 온갖 고행을 닦는다 할지라도 그것은 마치 모래로 밥을 지으려는 것과 같아서 아무 보람도 없이 헛수고만 할 것이다. 자기 마음만 알면 수많은 법문과 한량없는 진리를 구하지 아니해도 저절로 도를 얻게 될 것이다!'

"그렇습니다, 스님! 소승은 스님의 그 가르침을 받들어 더욱 더 마음을 밝히고 바로 그 마음의 거울을 맑게 닦고자 오늘 이렇게 불효를 저지르며, 감히 송광산을 떠나옵니다. 용서하십시오."

멀리 송광산 수선사를 바라보며, 하직 인사를 올린 혜심스님은 다시 지리산을 향해 휘적휘적 산길을 걸어가기 시작했다.

가다가 쉬다가 사흘을 걸어서 지리산 산자락에 당도하고 보니, 양식이 떨어지면 탁발하러 다니던 산골 마을이 정답게 맞아주었다.
"아이구, 스님, 스님임."
"아이구 이거 보살님들, 그동안 편히들 잘 지내셨는지요?"
"스님, 그동안 어디 가서 계시다가 이제야 오신답니까요, 그래?"
"아, 예. 송광산 수선사에 가 있었지요. 그래 거사님께서도 평안하신지요?"
"아, 예. 방금 저 개울에 발 씻고 집으로 들어갔구먼요. 잠시 저희집에서 쉬셨다가 가시지요."
"고맙습니다. 그럼 소승, 보살님 댁에서 냉수나 한 바가지 얻어 마시고 가도록 하겠습니다."
혜심스님은 한 아낙네의 집으로 들어섰다.
"스님, 물 여기 있습니다요."
"아이구 이거 고맙습니다."
그때 마침, 안에서 아낙네의 남편이 나오면서 혜심스님에게 인사를 했다.
"아이구, 스님 오셨습니까요? 아, 그동안 통 독경소리도 안 들려오지, 스님도 통 안 내려오시지, 그래서 우리는 스님이 아주 지리산하고 작별했는가 그랬습니다요."
"아, 이 지리산이 얼마나 명산인데, 지리산을 작별하겠습니까? 방금 보살님께도 말씀드렸습니다만 소승 그동안 송광산에 좀 다녀왔지요."
"아, 예. 그러셨구만요. 그런데 말씀입니다요, 거 옛말에 오뉴월

모닥불도 쪼이다 안쪼이면 서운하다고 그러더니만 허구헌날 새벽에 독경소리 듣고 살다가 그 소리 안들리니 정말로 허전하데요."

"허허허, 아니 그럼 보살님도 그러셨겠습니다요?"

"아이구, 그러믄요. 그런데요, 스님께서 자꾸 보살님 보살님 부르시니까 쑥스럽고 부끄럽고 그렇습니다요."

"아니 왜 쑥스러우시다고 그러시는지요?"

"솔직히 말씀드리자면 지나 나나 보살님이 무슨 말인지, 뜻도 모르니까 그렇습지요."

아내 대신 남편이 머리를 긁적이며 멋적게 대답했다.

"아, 예. 우리 불가에서는 세속에서 가정을 이루고 사시면서 부처님을 믿고 의지하고 따르는 분들을, 남자분은 거사님이라 부르고, 여자분은 보살님이라 부릅니다. 헌데 제대로 보살님, 거사님 소리를 듣자면 그만큼 행실이 뒤따라야 합지요."

"행실이 그만큼 뒤따라야 한다면?"

"예, 우선 마음씨가 착해야 할 것이며, 늘 자비로운 마음을 지녀야 합니다."

"자비로운 마음이시라면?"

"이를테면 걸인이 동냥을 왔을 적에 가엾다는 생각으로 먹을 것을 나누어 주고, 짐승이나 벌레나 개구리나 뱀을 보더라도 함부로 죽이지 아니하면 그것이 곧 자비로운 마음이지요."

"그리구 또요, 스님?"

"세상만사 내 좋을대로만 하려고 들고 내 욕심만 채우려 들고,

남을 헐뜯거나, 남의 물건을 훔치거나 빼앗거나 하면 이건 보살이나 거사가 할 짓이 아니지요."
"아, 그러니까 보살이나 거사는 좋은 일, 착한 일만 많이 해야한다 그런 말씀이시지요?"
"예, 바로 그렇습니다. '중선봉행 제악막작'이라, 착한 일을 많이 하고, 나쁜 짓은 하지 말라, 부처님이 그렇게 이르셨으니까요."
"그, 그러니까 그래야만 복을 많이 받는다 그런 말씀이시지요?"
"그렇습니다. 옛말에도 '적선지가에는 필유경사'라 했으니, 착한 일을 많이 한 집안에는 반드시 경사가 있을 것이다, 그런 말씀이지요."
"아이구 스님, 좋은 말씀 들려 주셔서 고맙습니다요."

혜심스님은 다시 지리산 굴속에 들어앉아 낮으로는 부처님 경전을 읽고, 해가 지면 가부좌를 틀고 앉아 참선삼매에 들어 열심히 수행을 계속 했다.
혜심스님은 수행 정진을 통해 느끼고 얻은 바를 게송으로 지어 읊곤 하셨다.

깊고 깊은 산 속에 홀로 들어앉아 죽 끓이고 차 달이며 유유히 보낸 세월이 얼마나 흘렀을까!
한밤중에 가부좌 틀고 앉았노라면 스승의 당부가 귓전을 때리는 것이었다.

'일찍이 규봉선사가 일렀느니라. 얼어붙은 연못이 모두가 물인 줄은 알지만, 햇볕을 받아야 녹고, 범부가 곧 부처임을 깨달았다 하더라도 법력을 빌어 닦아 익혀야 한다.

얼음이 녹으면 물이 흘러 논밭에 대기도 하고, 씻기도 하듯이 망상이 없어지면 마음이 영통해서 신통광명의 작용을 하게 될 것이다. 그러니 마음을 닦는 일 말고는 따로 수행하는 길이 없느니라!

마음을 닦지 아니한 채 명이 다할 적에는 불바람이 엄습하고 지수화풍 4대가 흩어져, 마음은 미친듯 번열증을 일으키며, 소견이 뒤바뀌고 어지러워 하늘에 올라갈 꾀도 없고, 땅속으로 들어갈 길도 없다!

당황하고 무서워도 의지할 곳이 없고, 몸이 쓸쓸하기는 매미가 허물을 벗어 놓은 것과 같아서, 막막하고 아득한 길을 혼자서 가야 한다. 제 아무리 보물과 재산이 많다 하여도 하나도 가져가지 못하고, 아무리 귀한 권속들이 있을지라도 단 한 사람도 따라와 도와줄 수 없다!

이른바 내가 지어서 내가 받는 것이라 대신할 사람은 아무도 없으니, 그때를 당하여 어떤 안목으로 저 험한 고해 바다를 건너갈 수 있겠는가!

내 그대에게 다시 이르노니
마음을 닦을지어다!
마음을 닦을지어다!

마음을 닦을지어다!'
 혜심은 다시 한번 각오를 새롭게 하였다.
 "스님, 소승 부지런히 마음을 닦아 반드시 저 험한 고해바다를 건너겠습니다."
 혜심스님이 이렇게 홀로 굴속에 앉아 수행을 계속하고 있던 다음 해 봄이었다.
 혜심스님을 부르는 소리가 굴밖에서 들려 나가보니, 거기에는 뜻밖에도 낯익은 얼굴이 기다리고 있었다.
 "아이구, 스님. 여기 계셨군요?"
 "아니, 자네가 어떻게 여길 찾아 왔단 말이던가?"
 "말씀마십시오. 스님을 찾으려고 몇 달 동안이나 이 지리산을 헤메고 다녔습니다요."
 혜심스님은 오랜만에 만나는 법형제 아우의 손을 붙잡았다.
 "미안하게 됐네. 공연히 나 때문에 고생들이 많으셨다니……"
 "사형께서 떠나신 후, 큰스님께서 사형을 기어이 찾아오라고 엄명을 내리셨으니 우리가 어쩌겠습니까요?"
 "미안하게 됐으이. 그래 큰스님께서는 여전하시던가?"
 "근력이 아무래도 그전만은 못하신 것 같습니다요. 어서 걸망이나 꾸리십시오."
 "날더러 송광산으로 가자는 말이신가?"
 "아, 글쎄 큰스님 성화가 보통이 아니시라니까요. 수선사를 스님한테 맡겨야 한다시면서 어서 속히 찾아오라고 불호령이십니다

요."
 "자네한테 내 부탁이 있네."
 "부탁이라니요?"
 "자네, 나를 못 본 것으로 해주시게."
 "예에? 아니 그럼 사형께서는 절더러 큰스님께 거짓말을 해 올리라는 말씀이십니까?"
 "난 여기서 좀 더 닦아야 하네."
 "아 글쎄, 그렇다고 소승이 어찌 감히 큰스님께 거짓말을 해올릴 수 있겠습니까?"
 "이사람, 좋은 수가 있으니 날 따라 오시게."
 혜심스님은 젊은 스님의 손목을 끌고 굴 밖으로 나오더니, 맑은 물이 철철 흐르는 개울가로 가는 것이었다.
 "아니, 이 개울에는 왜 절 데리고 오시는 것인지요?"
 "이 사람 내가 시키는대로 하시게나."
 "어떻게 말씀이십니까?"
 "자, 내가 이렇게 이 개울물로 눈도 씻고, 귀도 씻고, 입도 씻고, 손도 씻을 것이니 자네도 그대로 하시게."
 그러시더니만, 혜심스님은 흐르는 개울물에 얼굴도 씻고, 귀도 씻고, 입도 씻고, 손도 씻으시는 것이었다.
 "다 씻으셨는가?"
 "예. 저도 씻기는 씻었습니다만 대체 무슨…… 일이십니까요?"
 "이 사람아, 이젠 되었으니 자넨 그만 돌아가도록 하시게."

"예에? 돌아가라니요?"

"나를 본 눈, 내 말소리를 들은 귀, 나하고 말을 나눈 입, 내 손을 붙잡은 손을 흐르는 물에 다 씻어 보냈으니, 나를 만나지 않은 것으로 해 달란 말일세!"

"아이구, 사형님. 아니될 말씀이십니다요. 소승 죽으면 죽었지, 큰스님께 차마 거짓말을 해 올리지는 못하겠습니다."

"그러면, 이렇게 하세."

"어, 어떻게 말씀이십니까요?"

"자네, 송광산 수선사로 돌아가지 말고 여기서 나와 함께 도를 닦으면 어떻겠는가?"

"예에?"

어서 빨리 송광산 수선사로 돌아가자는 법형제 아우에게 혜심스님은 참으로 엉뚱하게도 여기서 함께 도를 닦자고 권유하는 것이었으니, 혜심스님을 데리러 왔던 그 젊은 스님은 정말 기가 막힐 노릇이었다.

"아니, 사형님. 소승더러 여기에 머물라는 말씀이십니까요?"

"자네가 혼자는 송광산으로 돌아가지 아니 하겠다니, 그래서 하는 말 아닌가?"

"사형님, 정말 너무 하십니다요."

"미안하네, 허나 출가 수행자의 본분은 마음을 닦는 데 있으니 어찌 하겠는가?"

"사형님께서는 송광산 수선사의 사정을 너무도 모르고 계십니

다."

"내 그 사정이야 어찌 짐작을 못하겠는가마는……."

"말씀도 마십시오. 큰스님께서는 반드시 사형님을 찾아내어 데려와야 한다고 매일처럼 채근하시니 이 산, 저 산, 이 암자, 저 암자에 사람을 보내고 있습니다. 제발 함께 돌아가셔야 합니다요, 예? 사형님."

"자넨 그러면 혼자서는 돌아가지 아니하겠단 말이신가?"

"생각을 해보십시오, 사형님. 천신만고 끝에 소승이 사형님을 만나 뵈었는데, 어찌 그냥 돌아갈 수가 있겠습니까?"

"허허, 이 사람 참 고집이 어지간 하구먼. 자네 뜻이 정 그러하다면 하는 수 없지. 오늘은 이미 늦었으니 내일 아침에 다시 생각해 보세."

그날 밤, 송광산 수선사에서 온 젊은 스님은 먼 산길을 걸어온 탓에 세상 모르고 깊은 잠에 빠졌다.

혜심스님은 캄캄한 토굴 속에 가부좌를 틀고 앉아 있었는데, 송광산 수선사로 돌아가는 날에는 꼼짝달싹 못하고 수선사 사주 자리를 떠맡게 되어 있으니, 답답한 노릇이었다.

그래서 혜심스님은 그만 그길로 걸망을 짊어지고 토굴을 빠져나와 자취를 숨기고 말았다.

때로는 탁발로 식은 밥을 얻어 먹고, 때로는 바위굴에 몸을 의지하여 이 산 저 산을 옮겨 다니며 수행하기 또 몇 달이 지났던가.

어느덧 해는 바뀌어 서기 1210년, 그러니까 고려 희종 6년 음력 4월 초하룻날이었다.
　이때 혜심스님은 천촌만락을 돌아다니시다가 광주 무등산 금봉암에 당도하게 되었다.
　"객승 문안드리옵니다— 객승 문안드리옵니다."
　잠시후 문이 열리며 여인네가 나왔다.
　"아이구, 누구…… 를 찾으시는지요?"
　"아, 예. 스님은 아니 계신지요?"
　"저, 스님들은 한 분도 아니 계시는데요."
　"어디 출타를 하셨다는 말씀이십니까요?"
　"아, 예. 송광산에들 가시구, 불공드리러 온 객들만 있습니다요."
　"송광산에 가셨다구요?"
　"예, 듣자하니 이 근방 스님네들은 모두 다 송광산에 모이신다구 그럽디다요."
　"예에? 아니 무슨 일로 송광산에 스님들이 모이신다고 그러시던가요?"
　"아니, 그럼 스님께서는 그 소식을 아직 못들으셨습니까요?"
　"무슨— 말씀이신지요?"
　"아, 그 송광산 수선사에 계시던 도인스님께서 며칠전에 돌아가셨답니다요."
　"예에?"
　그것은 참으로 청천벽력이었다.

　혜심스님은 잠시 고개를 들어 송광산 쪽을 바라보았다. 그리고는 발길을 돌려 송광산 수선사를 향해 걸음을 옮겼다.
　그토록 애타게 제자를 찾으시던 스승께서 이미 열반에 드셨는데, 제자는 그것도 모른채 천촌만락을 돌아다니고 있었으니, 제자 혜심의 마음은 천갈래 만갈래로 찢어지듯 아파왔다.
　혜심은 송광산 수선사에 당도하자 스승의 법구 앞에 향을 사르고 꿇어 앉았다.
　"스님. 참으로 소승, 불효가 막심하옵니다.
　스님. 참으로 소승, 불효가 막심하옵니다.
　스님. 참으로 소승, 불효가 막심하옵니다."
　혜심은 스승의 영가 앞에 정중히 인사 올리고 밖으로 나왔다.
　보살이 혜심스님을 보고 뛰어왔다.
　"아이구, 스님. 어쩌자고 그래 이제야 오셨습니까요?"
　"소승 참으로 드릴 말씀이 없사옵니다."
　"세상에! 노스님께서 혜심스님을 얼마나 얼마나 찾으셨는지 알기나 하십니까요?"
　"죄송합니다, 보살님."
　"노스님께서 지지난 2월에, 돌아가신 어머님을 천도해 드리려고 법회를 여셨지요. 그때 이미 당신께서 세상 뜨실 날을 아셨던 모양입니다요."
　"…… 그러셨군요."
　"법회가 끝나는 날, 노스님께선 대중들에게 이렇게 말씀하셨어요."
　'여러 대중들은 잘 들으라. 내가 이 세상에 살면서 설법할 날도 많이 남지 않았으니, 여러 대중들은 부디 각자 열심히 정진을 계속해야 할 것이다.'

"그러고 나신 뒤 지난 3월 스무날께 병을 얻어 편찮키 시작하시더니, 스무 이렛 날에는 대중들을 다 모아놓고 빙 둘러 보신 뒤,
　'혜심은 아직 보이지 않는구나.' 그렇게 말씀하시고는 한참동안 눈을 지그시 감고 계시다가 주장자를 높이 치켜드시더니,
　'이 눈은 조상의 눈이 아니오, 이 코는 조상의 코가 아니며, 이 입은 어머니가 낳은 입이 아니오, 이 혀도 어머니가 낳은 혀가 아니다!
　참선법의 영험은 불가사의한 것이니, 나는 오늘 그 속에 와서 대중을 위해 그것을 모두 말 하려한다. 그대들이 단번에 명쾌히 물으면, 이 늙은이도 단번에 명쾌히 대답할 것이다. 이제 이 산승의 목숨은 그대들의 손에 있다. 바로 끌거나, 거꾸로 끌거나 그대들에게 맡길 것이니, 근골이 있는 이는 나오너라!'
　그래 한 제자스님이 물으셨어요. 옛날에는 비야 정명이 병이 보이셨고, 오늘은 조계산 목우자께서 병이 보이시니 같습니까? 다릅니까? 노스님께서는 이 물음을 들으시자,
　'너는 같고 다름만을 배웠구나. 천 가지 만 가지가 다 이 속에 있느니라!'

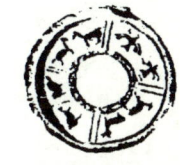

 이 말씀을 마치시고는 그냥 그대로 법상에 앉으신 채, 노스님께서는 꿈꾸시듯 열반에 드셨습니다."
 "마지막 유훈을 받들지 못했으니, 소승 참으로 면목이 없사옵니다."
 "닷새 전에만 오셨더라도 노스님 마지막 모습을 뵈올 수가 있었을텐데……."
 젊은 스님이 혜심스님에게로 가까이 와서 합장을 했다.
 "사형님, 예불 올릴 시간이오니 법당으로 가셔야지요."
 "자네에게도 면목이 없네."
 "그때 일은 그만 잊으십시오. 그대신 오늘 좋은 법문을 내려 주셔야 합니다."
 "법문이라니?"
 "우리 수선사 모든 대중이 오늘은 사형님을 법상에 모셔 법문을 듣기로 뜻을 모았습니다."
 "아, 아닐세. 감히 내가 어찌 법상에 오르겠는가?"
 "오늘은 오르셔야 합니다."
 "불효막심한 내가 무슨 얼굴로, 감히 무슨 말을 할 수 있겠는가?"
 "큰스님의 뜻도 그러셨고, 대중들의 뜻도 다 그러하니 더 이상 불효를 짓지 마십시오. 큰스님의 영가를 위해 법상에 오르셔야 합니다!"

12
수선사 사주가 되다

이날 혜심은 스승의 영가를 위해 게송을 지어 올리고, 법문을 하게 되었다.

봄은 깊고 절간은
청정 그대로인데
조각조각 지는 꽃
푸른 이끼에 떨어진다.
그 누가 소림소식
끊어졌다 하는가!
저녁바람 때때로
그윽한 향기를
보내오는데……

　게송을 마친 혜심은 주장자를 높이 치켜들었다가 한 번 치고 설법을 시작하였다.

깨끗해 분명하고
맑아 고요하다.
물도 빠뜨리지 못하고
불도 태우지 못한다.
이것은 무엇인고?
능히 만상의 주인이 되고
사철을 따라 변하지 아니한다!

　들으니 옛사람이 말하기를 옷속의 보배를 알면 무명의 취함이 저절로 깨인다.
뼈라는 모든 뼈는
모두 다 무너져 흩어지되
　그러나 한 물건은 참으로 신령하여 지금도 법을 설하고 지금도 법을 듣고 있으니, 분명하고 우뚝이 밝아 형용할 수 없는 것, 바로 이 한 물건이 아닌가!

　조계스님은 그것을 본래의 면목이라 불렀고, 임제스님은 무위의 진인이라 하였으며, 석두스님은 암자안의 죽지 않는 사람이라 하였으며, 동산스님은 집안의 늙지 않는 이라 하였으니 이것들은 다 그 한 물건의 다른 이름들이다.

 그 한 물건이란 구해도 얻지 못하고, 버려도 떠나지 아니하며, 생각을 움직이면 곧 어긋나고, 마음으로 헤아리면 곧 잃어버리는 것이다.

 물러서면 곧 상응하지만, 그것은 물러서려 하지 아니하고, 내려놓으면 곧 안락하지만, 내려놓으려 하지 않는다.

 그러므로 이르기를 〈취할 수도 없고 버릴 수도 없나니, 얻을 수 없는 데서 이렇게 얻었다〉고 말하는 것이다!

 보슬비가 어지럽게 날려
 천기가 이미 누설되었고
 맑은 바람은 화기롭고 화탕하며
 군사의 뜻이 이미 드러났다.
 다만 시절만 관찰할 것이요
 생각할 것은 아니라 할 것이니
 잘 계십시오.

 송광산 수선사 지눌선사의 문도들이 이레동안 향을 사루고 법등을 밝혀 스승의 법구를 다비 올리니, 유골마다 오색이요, 큰 사리 30과와 작은 사리 수십과라, 제자들이 정성을 모아 수선사 북쪽 기슭에 부도탑을 세우고 잘 봉안하였다.

 그후 지눌선사의 열반 소식을 전해들은 임금님은 지눌선사에게

〈불일보조국사〉라는 시호를 내리고 탑 이름을 감로탑이라 하셨다.

스승이신 지눌선사의 장례를 마친 혜심스님은 다시 한번 스승의 가르침을 마음속에 새기면서 스승을 그리워하였다.

사람의 몸과 목숨은
덧없는 것
나고 죽음이 참으로 허망하여
한 찰나도 보장하기 어렵다.
그것은 부싯돌의 불꽃이요,
바람 앞의 등불이며
흐르는 물이요, 기우는 해와 같으니,
세월은 급하고 빨라
조용히 늙음을 재촉하거늘
마음을 담지 아니하고
죽음의 문앞에 그대로 가려는가?
예전에 함께 지내던 이들
어진 이도 있었고,
어리석은 이도 있었지만
오늘 다시 헤아려 보아라
몇몇이나 남았는가?
살아있는 사람도 하루하루

이렇게 사라져 가나니
앞으로 남은 세월 얼마나 되겠는고?
그런데도 함부로 지내어
탐욕과 분노……
질투와 교만, 방종으로
명예와 이익을 탐하여
헛되이 세월을 보내면서
쓸데없는 말로 세상일에 참견한다.
계행의 덕도 없으면서
신도의 보시를 받아들이고
남의 공양을 받으면서
부끄러워 할 줄을 모르나니
이와같이 그 허물 끝이 없는데
어찌 덮어두고 슬퍼할 줄 모르는고!

그러므로 지혜있는 이는
모름지기 삼가고 조심하여
몸과 마음 채찍질 하고
자신의 허물을 반성하여
바르게 고치라.
밤낮으로 부지런히 수행하여
온갖 고통에서 어서어서 떠나라!

어서어서 떠나라!

혜심스님은 다시 걸망을 짊어지고 아무도 발길이 닿지 않는 깊은 산속으로 들어가고자 하였지만 그만 노보살에게 들키고 말았다.
"아이구, 스님. 무슨 일로 걸망을 짊어지고 나오시옵니까요?"
"다시 산속으로 들어갈까 합니다."
"아이구, 그 무슨 말씀이십니까요? 아, 이 송광산 수선사가 산중에 산속인데 이 산을 버리시고 어느 산으로 가신다는 말씀이신지요?"
"듣고보니 소승, 드릴 말씀이 없습니다만……"
"예에? 무슨 말씀이신지요?"
"그동안 큰스님 문하에서 법문을 많이 들으신 덕에 보살님도 이젠 아주 도가 익으셨습니다."
"아이구 그 무슨 당치 않은 말씀이십니까요? 그런데요, 스님."
"말씀하시지요."
"스님이 이 길로 이 송광산 수선사를 떠나시면 그야말로 큰 날벼락이 떨어질 것입니다요."
"큰 날벼락이 떨어질 것이라니요. 그건 또 무슨 말씀이십니까? 보살님."
"조금전에 개경에서 임금님의 높은 신하가 내려오셨는데요."
"예에? 임금님의 높은 신하라니요?"
"아무튼 조금만 기다리시면 곧 스님들이 모시러 올 것이구먼요.

아이구 벌써, 저기 오시네요, 예."
　혜심스님이 돌아다보니, 과연 변수좌가 이쪽으로 오고 있었다.
"아니 어딜 가시려고 걸망을 지고 계시는겐가?"
"예, 사형님, 소승 다시 산속으로 들어갈까 하옵니다."
"허허, 이 사람 참으로 큰일 낼 사람이로구먼!"
"예에?"
"그대는 바로 이 송광산 수선사의 제 2대 사주를 맡아야 할 사람이거늘 감히 어찌 이 수선사를 마음대로 떠난다는 말인가?"
"아니옵니다. 사형님, 이 수선사는 사형님께서 맡아 주셔야 하옵니다."
"아니될 소리! 큰스님의 뜻도 그러셨거니와, 내 뜻 또한 그러하고, 우리 수선사 모든 대중의 뜻이 그러하여, 우리 모든 대중들이 임금님께 상소하여 오늘 어명이 내려오셨네."
"예에? 어명이라니요?"
"그것 보십시오. 이 절을 떠나시면 날벼락이 떨어질 것이라고 그러지 않았습니까요?"
"보살님은 저 걸망이나 어서 받아서 안에 들여 놓으시오."
"아이구, 예. 스님, 이 걸망이나 어서 벗어주십시오."
"아니, 사형님. 상소니, 어명이니 대체 무슨 말씀이시옵니까?"
"수선사 제2대 사주는 혜심으로 하명해 주십사 우리 대중들이 상소를 올렸더니, 오늘 어명이 내려오셨단 말씀이네."
"아니, 하오면?"

"임금님께서 그대를 수선사의 제 2대 사주로 하명하셨으니, 어서 법복을 수하고 어명을 받들어야 할 것이야."
"아니옵니다, 사형님."
"절밥은 내가 더 먹었고, 세상 헛나이도 내가 더 먹었네만 법눈은 그대가 더 밝고 또한 그대가 더 높고 깊은지라 나도 그대를 사주로 모실것이니, 어서 법당으로 올라가 어명을 받들도록 하시게!"
"하오나, 사형님."
"여러말 하는 것은 어명을 거역하는 것! 감히 어느 누가 어명을 거역할 수 있단 말인가!"
송광산 수선사의 제 2대 사주에 혜심을 임명한다는 칙명이 이미 임금님으로부터 내려와 있었으니, 왕명은 감히 그 어느 누구도 거역할 수 없는 것. 혜심스님은 하는 수 없이 수선사 제2대 사주에 오르니, 이때 혜심스님의 세속 나이 서른 셋이었다.

혜심스님이 법당을 열어 감로설법을 펼치신다는 소문이 퍼지자 송광산 수선사에는 승려와 신도들 뿐만 아니라 서울의 귀족, 공경, 지방의 수령, 방백들은 물론 각 지방의 학자, 선비, 심지어는 자칭 도인들까지도 몰려들었으니, 수선사는 그야말로 발 붙이고 설 자리도 없을 지경이었다.
"사주스님께 아뢰옵니다."
"무슨 일이신지요? 노보살님."
"예, 또 웬 손님이 오셨는데, 한사코 사주스님을 만나뵙겠다 하옵니다."
 "나를 한사코 만나겠다구요? 그렇게 한사코 만나겠다고 할 적에는 필시 그만한 까닭이 있을 것이니, 어서 모시도록 하십시오."
 "아이구, 예. 하오면 쉰네, 분부대로 하겠사옵니다."
 이윽고, 웬 나이 지긋한 선비 차림의 남자가 혜심스님과 인사를 나누었다.
 "편히 앉으십시오."
 "아, 예. 그렇지 아니해도 소생 이미 편히 앉았습니다."
 "어쩐…… 연유로 소승을 만나자고 하셨는지요?"
 "아, 예. 소생은 한 30년 유학을 공부해온 선비입니다."
 "예, 그러시옵니까."
 "이거 뭐 가리고 자시고 할 것 없이, 아주 탁 털어놓고 말씀을 드리기로 하겠습니다."
 "아, 예. 그러시지요."
 "그러니까 소생은 한 30년, 책이라는 책은 다 들여다 보고나니 고금의 학문에는 이미 통달을 했다, 그런 평판을 받고 있습지요."
 "아, 예. 그러시겠지요."
 "헌데 마침, 내 이 근방을 지나다가 듣자하니 이 수선사 새 사주스님께서 도를 통하셨다는 그런 소문이 파다합디다요."
 "원 무슨 그런 말씀을요, 소승은 아직도 수행중에 있사옵니다."
 "에헴, 음음. 기실 소생 소문만 듣고서는 사주스님께서 나이도 아주 지긋하신 노인 스님이시겠거니 생각했었는데, 이제보니 아직

젊으십니다 그려?"

"예, 보시다시피 그러하옵니다."

"사실, 소생이 사주스님을 만나뵙자고 한 것은 사주스님의 도가 과연 얼마나 높고 깊은가, 그것을 한번 알아보자 그래서였는데……."

"하오시면 소승의 도가 얼마나 높고 깊은지를 어떻게 알아보시려는지요?"

"어떻게 알아보느냐?"

"저울로 달아보실 작정이신가요? 아니면 잣대로 재어 보실 셈이신가요?"

"하, 그거야 저울로 달아봐야 할 것이면 저울로 달아볼 것이요, 잣대로 재어봐야 할 것 같으면 잣대로 재어 봐야겠지요."

"소승, 아직 도에 이르지 못하여 수행중인 몸입니다마는 허면 소승이 한 가지 여쭈어도 되겠는지요?"

"허허, 이거 그러면, 사주스님께서 도리어 내 도를 시험하시겠다, 그런 말씀 같으신데 좋소이다. 어디 한 번 물어 보시오."

그러자 혜심스님은 갑자기 벼락이라도 치듯이 큰소리를 지르셨다.

"으악!"

"아이쿠, 깜짝이야! 아니, 세상에 어찌 그리 느닷없이 악소리를 지르신단 말이십니까?"

"소승이 방금 지른 소리를 분명히 들으셨사옵니까?"

"아, 듣다마다요. 하마터면 내 귀청이 터질뻔 했소이다."
"허면 소승이 여쭙겠습니다."
"말해 보시오."
"소승이 방금 지른 그 소리는 과연 몇 근이나 되는지 아시는지요?"
"뭐, 뭐라구요? 방금 지른 그 소리가 몇 근이나 되느냐?"
"한 번 더 소리를 질러드릴 것이니 다시 한 번 재어 보시렵니까?"
"아, 아니오. 그 소리야 몇 번을 들어도 잴 수가 없을 것이니, 제발 그만 두십시오."
"하오면 소승이 한 가지 더 여쭈어 보도록 하겠습니다."
"무엇을…… 또…… 물으신단 말씀이시오?"
혜심스님은 방문을 열었다.
"자, 문을 여니 저기 저 하늘이 보이시지요?"
"아, 그야 보, 보이지요."
"과연 저 하늘은 몇 천 평이나 되는지 몇 만 평이나 되는지 알고 계시는지요?"
"아, 아이구 이거 소생이 그만 스님을 잘못 알아뵙고 큰 실례를 저질렀습니다. 너그러이 용서하십시오."
"아닙니다. 선비님께서 잘못하신 것은 아무것도 없습지요. 허나 우리 어리석은 중생들은 자기가 가지고 있는 저울이나 잣대를 가지고 세상만사를 저울질하고 분별하는 망상에 사로잡혀 있으니—

많다, 적다, 길다, 짧다, 깊다, 얕다, 예쁘다, 밉다, 그리하여 근심 걱정이 떠날 날이 없습니다. 그래서 우리 스승께서는 이렇게 경계하셨습니다."

'어리석은 사람들은 분별 망상에 사로잡혀 스스로 노예가 되나니, 남의 집은 크게 보고, 자기 집은 작고 초라하게 여겨 마음에 불길이 타오르게 된다.
　또 어리석은 사람은 남의 벼슬만을 크고 좋게 여기고 지금 자기가 누리는 평안과 안락을 작게 여겨 시기와 질투의 불길에 휩싸이게 된다.
　또 어리석은 사람은 하찮은 일로 예쁨과 미움을 분별하여 예쁜 것을 잃으면 상심하여 잠을 이루지 못하고, 미움에는 증오의 불길을 태워 제몸을 상하나니, 이것이 모두 많다, 적다, 크다, 작다, 높다, 얕다, 길다, 짧다, 예쁘다, 밉다 하는 분별 망상에 사로 잡힌 까닭이니라.
　만일 그대들이 근심 걱정의 불길에서 벗어나고자 한다면 이와같은 분별 망상부터 버려야 할 것이니라.'

　"이렇게 늘 당부하셨습니다."
　"스님, 용서하십시오. 소생 참으로 잘못되었습니다."
　혜심스님을 시험하러 왔던 사내는 한참동안 고개를 들지 못했다.

13
수선사를 증축하다

　혜심스님의 덕화가 인근 전라도 지방에는 물론이요, 지리산 너머 경상도, 멀리는 서울인 개경에까지 널리 알려지게 되니, 그야말로 전국 방방곡곡에서 스님의 가르침을 받고자 문하에 모여드는 사람은 이루 헤아릴 수가 없었다.
　오늘날까지 전해오는 기록에 적혀있는 당시의 저명인사들만 해도 오늘날의 장관, 국장급에 해당하는 공경대부가 서른 셋이요, 3품 벼슬인 상서, 경,감급이 서른 한 명이며, 4품 벼슬인 참상이 마흔 한 명, 거사, 록사, 검교 벼슬이 아홉 명이며, 여자신도들은 궁주, 택주가 넷이요, 국대부인, 군대부인이 넷이며 그밖에 승적을 가진 제자는 이루 헤아릴 수가 없었다.
　이렇게 각계 각층, 각처에서 사람들이 구름처럼 모여 들었다.
　"사주스님께 아뢰옵니다."

"그래, 무슨 말씀이시던가?"
"예, 아무리 저희들이 궁리를 해보아도 방도가 없는지라 사주스님께 감히 말씀드리옵니다."
"무슨 일이기에 그러시는가?"
"예, 사주스님께서도 아시는 바와 같이 허구헌날 새로운 객승들이 몰려오고 있사온지라 이제 더이상 거처할 객실이 없사옵니다."
"오늘도 또 객승들이 오셨는가?"
"예, 어제는 일곱 분이 오셨는데 오늘은 자그만치 열 여섯 분이 새로 오셨습니다."
"허면 대체 어디로 모셨는가?"
"예. 어제 오신 객승들까지는 비좁은대로 객실에 모셨습니다만, 오늘 새로 오신 스님들은 아직 모시지 못했습니다."
"허허, 이거 예삿일이 아니로구먼."
"그러하옵니다. 사주스님께서 단안을 내려 주셔야 하올줄로 아옵니다."
"날더러 단안을 내리라면 대체 어찌하라는 말이시던가?"
"예. 더이상 객승들을 받지 아니하심이 어떠하올런지요?"
"더이상 객승을 받지 말자구?"
"예. 사중에 양식도 모자라거니와 선방에는 들어앉을 자리도 없사옵고, 이제는 객실마저 빈 자리가 없사오니 더이상 어찌 객승을 받을 수 있겠사옵니까?"
"허나 내 어찌, 수행하겠다고 찾아오는 눈 푸른 납자들을 돌려세울 수가 있다는 말이신가?"
"하오면 대체 어찌하면 좋겠습니까? 당장 비집고 들어앉을 방이 없사온데요."
"이것 보시게."
"예, 스님."
"우리 수선사 대중들은 내방으로 옮기도록 하시게."
"예에? 우리 수선사 대중들을 사주스님 방으로 옮기라니요?"
"모든 대중들을 다 옮길 수는 없겠지만, 방 서너개는 비울 수 있을 것이야."
"아니되옵니다. 사주스님 방에 다른 대중이 함께 드는 것은 우리 불가의 법도에 어긋나는 일이옵니다."
"그것은 나도 알고 있네만은 사정이 그러하니 별다른 방도가 없지 아니한가!"
"그래도 그렇지요. 감히 어찌 사주스님 방에 수많은 대중들이 한꺼번에 들 수가 있겠습니까?"
"허나 차라리 이 방에서 내가 대중들과 함께 있는 편이 객승들을 내쫓는 것보다는 나을 것이야."
"하오나, 스님—"
"하루 이틀에 절간을 새로 늘려 지을 수도 없는 일이니 당분간은 별 수 없는 일, 어서 그렇게 시행토록 하시게!"
그러나 송광산 수선사에 자고나면 밀려드는 것은 스님들 뿐만이 아니었으니, 불공을 드리러 오는 부녀자들이 부쩍 는 것이었다.

　참으로 딱한 노릇이 아닐 수 없었다. 구름처럼 몰려드는 젊은 스님들을 돌려세울 수도 없는 노릇이요, 지극정성으로 불공을 드리고 설법을 듣겠다고 불원천리 찾아온 부녀자들을 물리칠 수도 없는 일. 그러나 당시의 수선사 재정 형편상, 당장에 절간을 새로 늘려 지을 수도 없는 일이라 혜심스님은 이 일을 대체 어찌 풀어나갈 것인가 걱정을 하고 있었다.
　혜심스님이 생각을 돌이켜보니, 자그마한 길상사가 있던 이 송광산에 스승이신 지눌선사께서 크게 중창불사를 일으켜 이토록 우람한 수선사를 크게 세우실 적에 하신 말씀이 새삼 떠올랐다.

　'이 깊고 깊은 산중에 조그마한 암자 하나가 있으면 되었지, 무엇에 쓰려고 절을 크게 새로 짓느냐고 비웃는 사람들이 있을 것이다. 허나, 두고 보면 알게 될 것이니, 이 송광산은 이 나라 불교의 중흥처가 될 것이요, 머지 아니해서 지금 새로 짓는 이 절간도 비좁게 될 것이다!'

　"그러하옵니다 스님, 오늘 이 수선사는 이미 비좁게 되었으니 대체 이 일을 어찌하면 좋겠습니까?"
　스승이신 지눌선사께서 먼 앞일을 내다보시고 이미 생전에 수선사 중창불사를 이루어 놓으셨건만, 혜심스님이 두번 째 사주자리에 올라 법을 펴기 시작한 이후 승속간에 찾아오는 사람들이 그치지 아니 했으니 그 많은 승려와 신도들을 먹이고 재우는 일이 큰 걱정거리가 되었다.

　이 당시 수선사에 얼마나 많은 스님들과 신도들이 모여 들었으면 절간이 매우 비좁아 걱정이었다고 옛 문헌에까지 기록이 되었을까마는, 아무튼 절간이 비좁아 애를 먹고있던 바로 그 무렵이었다.

　"사주스님께 말씀 올리옵니다. 서울 개경 조정에서 사람을 보내시와 방금 우리 수선사 산문 앞에 당도 하셨사옵니다."
　"무엇이? 조정에서 우리 수선사에 사람을 보내셨다?"
　"그러하옵니다. 스님, 어서 납시어 그 분을 맞도록 하십시오."
　"날더러 산문 밖까지 나가 맞아들이란 말이신가?"
　"예, 그러셔야 하는 줄로 아옵니다."
　"이것 보시게! 무엇을 잘못 알아도 단단히 잘못 알고 있구먼."
　"무슨 말씀이시옵니까요, 스님?"
　"그대나 나나 우리 출가사문은 이미 세속을 버린 수행자들이거늘, 임금님께서 친히 납시신것도 아닌데, 어찌 그리 벌벌 떠시는가?"
　"하오나, 사주스님."
　"허허, 그대는 내가 이르는대로 하시게. 불가의 예법에 따라, 자네가 산문까지 나가 정중히 모실 것이되, 지나치게 굽실거리거나 아첨을 떨지 말것이며, 그렇다고 거드름을 피워서도 아니되네."
　"예, 스님."
　"그리고, 이 수선사 산문 안은 부처님을 모신 수행도량이니, 가

마에서 내려 걸어 들어오시도록 말씀드릴 것이며, 먼저 법당에 들러 부처님을 참배케 한 연후에 이곳으로 모시도록 하게! 내 말 아셨는가?"

"예, 스님. 잘 알았습니다."

조정에서 파견된 사람은 별 수 없이 가마에서 내려 먼저 법당을 참배한 다음 혜심스님과 인사를 나누게 되었다.

"존귀하신 사주스님의 법명은 진즉부터 듣고 있었습니다."

"험한 원로에 참으로 고생이 많으셨겠습니다."

"아, 아니옵니다. 산천경계를 구경하면서 아주 즐거이 왔습지요."

조정에서 내려온 사람 대접을 감히 어찌 이리 소홀히 할 수 있겠느냐 하며 거드름을 피울줄 알았는데, 이상하게도 태도가 아주 공손한 것이었으니 이건 좀 뜻밖이었다.

"하온데 어쩐일로 이렇게 험한 산중까지 행차를 하셨는지요?"

"예, 소관은 중사직을 맡고 있는 몸이온데 어명을 받자옵고 내려오게 되었습니다."

"어……명이라니요?"

"예, 주상전하의 어명이 계셨습니다. 주상전하께서 여러 공경귀척들로부터 이 송광산 수선사가 비좁아 어려움이 많다는 말을 들으시고 유사에게 명을 내리셨사옵니다."

"어떤 명을 내리셨다는 말씀이신지요?"

"예, 이 송광산 수선사를 크게 증축하여 어려움이 없도록 하라는 분부를 내리셨사옵니다."

"아니, 그러면 주상전하께서 친히 이 수선사 증축을 분부하셨다는 말씀이십니까?"

"그렇사옵니다. 해서 중사인 소관이 증축공사를 해드리기 위해서 여기 이렇게 내려오게 된 것입니다."

"참으로 성은이 망극하옵니다."

이렇게 해서 상상조차 못했던 수선사 중창불사가 강종 임금의 어명에 의해서 벌어지게 되었다.

강종임금의 어명을 받아 송광산 수선사를 중창하기 위해 수선사에 파견된 중사 벼슬의 장본인은 최부라는 사람이었는데, 이때 이 사람은 혜심스님의 법문을 듣고 불교에 심취, 지극정성으로 수선사 중창불사를 마치고 서울인 개경으로 올라가 강종 임금님께 혜심스님의 덕화를 자세히 말씀 올리니, 이에 크게 감복한 강종 임금은 다시 최부를 중사로 파견하여 수선사로 보냈다.

"아니, 귀공께서 어찌 또 행차시란 말씀이십니까?"

"예, 소인 어명을 받자옵고 다시 또 스님을 찾아뵙게 되었사옵니다."

"하오면 이번에는 또 어떤 어명이시란 말씀이시옵니까?"

"예. 주상전하께서 수선사 사주스님께 여기 이 보병 두 개와 침향 한 봉을 하사하셨습니다. 예를 갖추어 받도록 하십시오."

"참으로 성은이 망극하옵니다."

"또한, 주상전하께서 성지를 내리시기를, 주상전하께서 성지를 수선사에 입사하시고자 하니 수선사 사주는 그 뜻을 받들라 하셨

사옵니다."

"예에? 아니 주상전하께서 친히 이 수선사에 입사하신다구요?"

"그렇사옵니다."

강종임금께서 수선사에 입사하고자 한다는 것은 바로 수선사의 신도가 되겠다는 뜻이니 이것은 참으로 전례가 없던 일, 송광산 수선사로서는 크나큰 광영이 아닐 수 없었다.

"수선사 사주께서는 어서 이 성지를 받들도록 하십시오."

"참으로 성은이 망극하옵니다."

강종임금이 성지를 내려 수선사 입사의 뜻을 밝히고 수선사 사주 혜심스님이 예를 갖추어 그 성지를 받들었으니, 이는 곧 임금이 신도로서 혜심스님의 문하에 들어온 셈이었다.

혜심스님은 이날 강종임금께 서장을 써서 올렸으니, 그 내용이 〈진각국사어록〉에 그대로 실려 있다.

'강종대왕님께 올리옵니다.

소승이 오늘 중사 최부 편에 성지를 받자오니 말씀하심이 정성스러우시며, 또 보병 두 개와 침향 한 봉을 아울러 내리시고, 폐하께서 친히 높은 자리에서 낮은 데로 내려오시와 수선사에 입사하기를 원하시니 소승 참으로 황공하여 머리를 조아리옵니다.

소승이 듣자오니 옛날 우리 부처님께서는 세상을 떠나려 하실적에 부처님 법을 밖에서 보호하는 일은 국왕과 대신에게 분부하셨고, 인간과 천상의 복밭은 사문 제자들에게 위촉하셨습니다.

우러러 바라옵건데 폐하께서는 대보를 이어 받으셨사오니, 큰 계획을 삼가 지키고 앞길을 잘 생각하시어 조상의 업을 이어받아 일으키시고 부처님의 당부를 잊지 마시와 우리 종문을 빛내고 보호해 주십시오.
　지금 또 황촉의 빛을 밝히시어 이 깊숙한 산속까지 비추어 주시니 보잘것 없는 소승 만나뵌 일 조차 없는데, 윤음까지 내리시니 이는 실로 천하에 드문 일이오, 고금에 없던 일이옵니다.
　엎드려 생각하오면 빈도는 취할 만한 재능이 없고 칭찬받을 만한 덕도 없으면서 굳이 산문을 전해 받아 헛되이 부처님의 덕을 받들어 인연을 따라 마시고 먹으며 성질에 맡겨 소요할 뿐이온데, 어찌하여 이 보잘 것 없는 빈도의 이름이 궁궐 안에까지 알려져 융성한 은혜가 분수에 넘치게 적시는 것이옵니까? 빈도, 참으로 부끄러워 얼굴이 붉어질 뿐 아니오라 땀이 나고 놀라운 일이온데, 하물며 폐하께서 이 수선사에 참여하시겠다 하시니, 이는 참으로 과분한 은혜인줄 아옵니다.
　이제 폐하께서 이미 우리 수선사에 참여하셨사오니, 원컨데 마음을 밝히도록 하십시오. 이 마음은 앎이 없으나 모르는 것도 없고, 봄이 없으나 보지 못하는 것이 없으며, 이 마음은 얼음이 없으나 하지 못하는 것이 없습니다. 그리하여 그것은 보배를 내리면 충성하기가 여의주와 같고, 받침을 대면 분명하기가 거울과 같습니다.
　엎드려 바라옵건데 폐하께서는 궁전 위에서 단정히 앉으사 지극

한 이치의 근원을 궁구하시되, 고요히 돌아감이 있고 편안히 간단 없이 하시오면, 용과 귀신이 함께 칭찬하고 성인과 현인이 도와 복록은 날로 늘어날 것이오, 나라는 날로 흥성할 것이옵니다.'

혜심스님의 마음 법문에는, 사람을 살리기도 하고 사람을 죽이기도 하며 나누어 주기도 하고 빼앗기도 하는 것이 모두 마음에 달려 있으니, 그 마음을 맑고 바르게 닦아 청정한 마음의 이치대로 나라를 다스리면 복록이 늘어나고 나라가 흥성할 것이라는 뜻이 담겨 있었으니, 혜심스님의 이 서장은 참으로 귀중한 법문이었다.

그로부터 며칠후 혜심스님은 수선사에 불공을 드리러 온 신도들과 스님들을 법당 가득히 앉혀놓고 설법을 하시게 되었다.

"오늘 이 법당에 모인 대중들은 승속간에 모두 저마다 한 가지씩 소원들을 가지고 있을 것이야. 또 혹시 모르지. 여기 앉아있는 이 대중들 가운데서도 남달리 욕심이 많은 사람은 한가지 소원만이 아니라 두가지, 세가지, 다섯가지, 열가지 소원을 가지고 있을지도 모를 일이야. 오늘 여기 앉아있는 수행자들은 어찌하면 나도 깨달음을 얻어서 부처가 될 수 있을까 그것이 소원일 것인데— 어리석은 사람은 소등에 타고 앉아서 소를 찾고 있으니 어느 세월에 과연 소를 찾겠는고?

그리고 오늘 이 법당에 모인 여러 청신남, 청신녀들은 다급할 적에만 아쉬울 적에만 부처님, 관세음보살님 찾지 말고, 올 적마다, 인사드릴 적마다, 시주할 적마다, 내 욕심만 채우려고 부처님 관세음보살님께 애원하고 사정하지 말고, 평상시에 자기 스스로 부처님이 되고, 평상시에 자기 스스로 관세음보살님이 되어야 그래야 복을 받는다는 것을 명심해야 할 것이야.

허면 대체 어떻게 사는 것이 범부중생이며, 어떻게 사는 것이 부처님되는 길이요, 관세음보살님 되는 것이냐? 여러 대중들이 이 송광산 수선사를 찾아 올 적에 큰나무에서 떨어진 나뭇가지가 산간을 가로막고 있었을 것이야. 바로 이 한가지 일을 당하여, 그 나뭇가지를 이리저리 피하여 저 혼자만 다치지 아니하고 빠져나온 사람은 범부중생이요, 뒤에 오는 사람을 걱정하고 염려하여 그 나뭇가지를 치워놓고 오는 사람, 바로 그런 사람이 부처님이요, 관세음보살님이야. 또 냇물을 건널적에 '에구 이 냇물에는 다리도 없구나.' 투덜거리면서 옷가랑이를 걷어붙이고 저 혼자만 건너온 사람은 범부중생이요, 뒤에 올 사람을 염려하고 걱정하여 큰 돌을 줏어다가 듬성듬성 징검다리라도 만들어 주고 오는 사람, 바로 그런 사람이 부처님이요, 관세음보살님이다 이런 말인데— 어디 오늘 여기 모인 사람들 가운데 과연 부처님, 관세음보살님은 몇분이나 계신고?"

그러나 그 많은 대중들 가운데 감히 고개를 들고 있는 사람은 아무도 없었다.

"허허, 이 많은 청신남, 청신녀 가운데 부처님, 관세음보살님이 한 분도 아니 계시는가?
　이 수선사에 불공을 드리고, 이중에 설법을 듣겠다고 두 귀를 모으고 있는 이 많은 대중들 가운데 부처님, 관세음보살님이 한 분도 아니 계시는가! 오늘 이 산을 내려갈 적에는 모두가 부처님이 되시고, 모두가 관세음보살님이 되실지어다."

　혜심스님은 부처님께 복을 달라고 빌고, 관세음보살님께 소원성취를 빌기만 할 것이 아니라 부처님을 믿는 모든 불제자들이 부처님의 자비로움과 관세음보살님의 대자대비를 지녀 평상시에 늘 어디서나 시행하라 이르셨다.
　이렇게 혜심스님의 따뜻한 설법을 들은 사람들은 저도 모르게 편안한 마음이 되어 산을 내려가곤 하였다.

　혜심스님이 송광산 수선사 사주로 계시면서 자비로운 설법을 펼쳐 이땅의 고해중생들을 부처님 품으로 안아들이고 있던 서기 1213년 8월, 고려 제22대 왕이었던 강종이 폐위되고, 제23대 왕에 고종이 즉위하였다. 이는 당시 조정의 권력을 한손에 움켜쥐고 있던 무신 최충헌에 의해서였다.
　혜심스님은 수선사 식구들에게 산문 밖 출입을 금했다.
　"한 사람의 경거망동으로 한 가문이 멸문하는 재앙이 닥치는 법, 우리 수선사 대중들은 각별히 주의하도록 하시게나."

요즘 세상에도 정권이 바뀌면 세상이 온통 숨을 죽이고 긴장하게 마련인데 옛날 세상에 느닷없이 임금이 바뀌었으니 산천초목인들 떨지 않을 수가 있었겠는가! 더더구나 쫓겨난 강종 임금의 특별한 사랑을 받았던 곳이 바로 수선사였으니 불길한 생각이 드는 것은 당연한 일이었다.

혜심스님은 절 마당가에서 뒷짐을 지고 서신채 건너편 산자락을 무심히 바라보시며 권력의 무상함을 다시 한 번 절감하고 계셨다.

하늘과 땅 사이에 사람이 태어나
백 개의 뼈, 아홉 개의 구멍
모두가 다 똑같은데
빈부귀천 곱고 추함은
무슨 까닭인가?
일찍이 들었네
조물주는 사가 없다고
허나 이제야 알았네
그말이 모두 헛된 것임을……

나라가 온통 어수선했으나, 혜심스님은 추호도 흔들림이 없이 제자들을 위해 가르침을 펴는 데만 여념이 없으셨다.

14
선사로 제수되다

혜심스님은 이미 세속사에서 초탈하신 분이라, 바람은 바람대로 구름은 구름대로 냇물은 냇물대로 흐르는 것을 그저 무심히 바라보고만 계셨다.
"아이구 사주스님 큰일 났사옵니다."
"무슨 일인데 그리 숨이 턱에 찼는고?"
"아이구 예 스님. 나귀를 탄 관아 사람들이 지금 송광산을 올라오고 있다 하옵니다."
"관아 사람들이 올라오면 올라오는 것이지, 어찌 그리 호들갑을 떨고 그런단 말인가?"

이윽고 송광산 수선사에서는 조정에서 파견한 사자 일행이 당도하였으니, 대체 조정에서는 또 무슨 일로 사자를 보냈는지 대중들은 그야말로 숨도 제대로 쉬지 못하고 있었다.

"무엇이라구? 날더러 나귀에서 내리라고 하였는가?"
"죄송하옵니다만 여기는 부처님을 모신 자비도량이오니 나귀를 타시고는 아무도 경내에 들어가시지 못하옵니다."
"무엇이? 아무도 나귀를 타고는 들어가지 못한다?"
"그러하옵니다."
"대체 그런 명은 누가 내리셨단 말인가?"
"예. 저희 수선사 사주스님의 분부시옵니다."
"허면 본관이 주상전하의 어명을 받들고 왔는데도 아니된단 말인가?"
"말씀드리기 죄송하오나 작년에 어명을 받들고 오신 중사께서도 걸어서 들어가셨사옵니다."
"중사도 걸어서 들어갔다구?"
"예, 그러셨사옵니다. 사찰의 법도가 그러하오니 너그러히 용서하십시오."
"사찰의 법도가 그러하다면 하는 수 없지."
조정에서 내려온 사자는 하는 수 없이 나귀 등에서 내렸다.
"수선사 사주스님께서는 지금 절에 계시는가?"
"예."
"어서 가서 이르시게. 수선사 사주스님께서는 예를 갖추어 주상전하의 어명을 받들어야 할 것이라고 말일세."
"예, 소승 지체없이 그리 아뢰겠습니다."
혜심스님은 가사장삼을 다 갖추시고 사자가 전하는 어명을 받게

되었다.

"수선사 사주께서는 어명을 받으시오."

"예."

"짐은 송광산 수선사 사주 혜심스님을 선사에 제수하노라."

"예에?"

"주상전하께서 수선사 사주스님께 광영을 내리셨으니 어서 받드시오."

"예, 소승 참으로 성은이 망극하옵니다."

바로 전 임금이었던 강종의 특별한 은혜를 많이 받았던 수선사인지라, 새 임금으로부터 날벼락이라도 떨어지지 않을까 걱정이었는데, 혜심스님을 새임금 고종이 선사로 제수했으니 이는 실로 파격적인 예우라 하겠다.

이 당시 선사는 승려가운데 가장 높은 자리였으니 더더구나 혜심스님은 승과에 합격한 일이 없이 선사에 제수된 최초의 스님이 되었다고 기록은 전하고 있다.

"원로에 고생이 많으셨겠습니다만 절간에 오셨으니 차나 한 잔 들도록 하십시오."

"아이구 이거 선사님께서 손수 차를 따라 주시니 소관 참으로 광영이옵니다."

"소승 배운 것도 없고 하는 일도 별로 없이 부처님 은혜, 주상전하의 은덕만 입고 있으니 참으로 면목이 없소이다."

"아이구, 아니옵니다. 소관이 알기로는 진강후 충헌공께서 스님의 덕화를 흠모하신 나머지 주상전하께 진언하여 스님을 선사로 제수하셨다 하옵니다."

"허나 소승 아직 단 한 번도 진강후 충헌공을 만나뵌 일이 없사온데 과분한 배려를 하신 것 같습니다."

"아니 그러시오면 진강후 충헌공을 아직 한 번도 만나신 일이 없으시단 말씀이십니까?"

"그렇소이다."

그것은 참으로 알 수 없는 일이었다. 당시 권력을 한 손에 움켜쥔 채 임금마저 마음대로 바꿀 수 있었던 최충헌. 날아가는 새도 떨고 산천초목도 떤다는 그 최충헌이 단 한번도 만난 일 조차 없는 혜심스님을 흠모하고 있다니……. 그것은 참으로 수수께끼가 아닐 수 없었다.

임금님이 바뀌고 많은 관직이 바뀌는 변혁기에 수선사에 무슨 불길한 바람이 불어닥치지나 아니할까 전전긍긍하던 수선사 대중들에게 혜심스님을 선사로 제수한다는 고종의 칙서가 내려 온 것은 그야말로 반가운 소식!

뒤숭숭한 소문은 씻은듯이 사라지고 사찰 경내에는 다시 활기가 넘쳤다.

한편, 조정에서 어명을 받들고 내려온 사자는 혜심스님께 몇번이고 서울 개경으로 함께 올라가실 것을 간청하고 있었다.

"허허 이거 소관은 영락없이 벼슬자리를 내놓아야 하게 되었습

니다, 선사님."

"원 무슨 그런 말씀을! 자 이제 그 개경 이야기는 그만 하시고 차나 한 잔 더 드십시오."

"선사님, 이건 정말 농담의 말씀이 아니옵니다. 진강후께서 소인을 은밀히 부르시더니만 선사님을 개경으로 모시고 오면 흥복사에 정중히 뫼시겠다고 하셨습니다."

"자, 어서 차나 드시지요."

"아, 예."

"선사님께서는 대체 어인 영문으로 개경에 가시기를 저어 하시는지요?"

"자꾸 그렇게 선사 선사 하시니 듣기가 매우 부끄럽소이다."

"아이구, 원 무슨 그런 겸사의 말씀을 하십니까요? 선사님께서는 주상전하께서 친히 제수하신 선사님이 아니시옵니까?"

"어명이 지엄한지라 감히 사양치는 못했습니다만, 본디 우리 불가에서는 벼슬을 좋아해서는 아니 되는 일입니다."

"아니 그건 또 어째서요?"

"우리 부처님께서는 왕의 자리도 버리시고 출가하신 분이 아니십니까?"

"대체 무슨 까닭으로 왕의 자리를 버리셨답니까요?"

"세상 일에 집착하면 도를 이룰 수가 없고, 도를 이루지 못하면 평생토록 뿐만이 아니라 세세생생 근심 걱정과 번뇌망상에서 벗어나지 못하게 됩니다. 그래서 부처님께서는 무엇에도 집착하지 말라고 이르셨지요."

"하오면 선사님께서 개경에 가시지 않으시겠다는 까닭은 대체 어디에 있으신지요?"

"귀공께서도 잘 아시겠지만, 우리 출가 사문은 수행이 그 첫째 본분사요, 중생제도가 그 둘째 본분사입니다."

"예, 그야 그렇겠습지요."

"삭발출가하여 수행자가 된 사람들이 주상전하나 그 주변에 모여들어 닦아야 할 도는 닦지 아니하고 호의호식을 누리며 심지어는 정사에 개입하여 나라 일을 그르친다면 이것은 마치 호미를 만들어야 할 대장장이가 그 본분을 망각하고 호피가 탐난다 하여 호랑이를 잡겠다고 산속으로 들어가는 것과 같다고 할 것입니다."

혜심스님은 서울 개경으로 올라오라는 조정의 요청을 받았으나, 한평생을 산속에서만 살며 출가 수행자의 본분을 다 하라는 스승 지눌선사의 뜻을 받들어 오직 수행과 중생제도에만 진력하겠다는 초연한 자세를 끝내 굽히지 않았다.

혜심스님의 뜻을 알게된, 조정에서 내려온 사자는 하는 수 없이 혼자 개경으로 돌아가기로 마음을 고치게 되었다.

인사차 혜심스님의 방에 들른 사자는 혜심스님에게 한가지를 더 청했다.

"소관이 개경에 돌아가게 되면 진강후 최공을 뵙게 될 것이며, 또한 주상전하도 배알케 될 것인데, 만일 그때 선사님으로부터 어떤 가르침을 얻어 왔느냐고 하문하시면 드릴 말씀이 없사옵니다."

"허면 소승이 어찌하면 좋을런지요?"
"소관이 진강후 최공과 주상전하께 전해올릴 가르침을 좀 내려 주십시오."
"소승이 감히 어찌 그 어른들께 가르침을 내릴 수 있겠습니까?"
"하오시면 소관이 한 가지 여쭐 것이니 그 물음에 답을 해주시지요."
"소승 별로 아는 것이 없습니다만 말씀해 보십시오."
"예. 그동안 소관이 종종 스님들을 만나뵐 기회가 있었는데, 불가에서는 늘 인연을 소중히 하라, 좋은 인연을 맺어라 그렇게 말씀하시던데, 그 까닭은 대체 어디에 있는지요?"
"…… 예, 그건 세상만사가 다 인연에 의해서 이루어지는 까닭이지요."
"인연에 의해서 이루어진다 하시면 무슨…… 말씀이신지…… ?"
"저 소리를 듣고 계십니까?"
마침, 경내에서는 풍경소리가 간간히 들리고 있었다.
"저 풍경소리 말씀이신지요?"
"예. 저 풍경소리 하나를 보더라도, 만일 저 풍경이 지금 이 방바닥 위에 놓여 있으면 그래도 저 소리가 울리겠습니까?"
"아 그야 저 소리가 울려나오지를 아니하겠습지요."
"바로 말씀하셨습니다."
"저 풍경은 쇠붙이지만 맨처음 인연으로, 풍경을 만드는 장인의 손을 만나 저렇게 제대로 잘 만들어졌습니다. 첫인연을 잘 만난 것이지요."
 "아, 예. 그 말씀은 잘 알아듣겠습니다."
 "그 다음 저 풍경은 처마 끝에 매달리는 두번째 인연을 잘 만난 셈이지요. 마루에 놓이지 아니하고, 방바닥에 놓이지 아니하고 저 처마끝에 대롱대롱 제대로 매달렸으니 말이지요."
 "아, 예. 그 말씀도 잘 알아듣겠습니다."
 또 풍경소리가 들렸다.
 "그리고 저 풍경은 알맞게 불어주는 바람을 또 만나고 있으니, 좋은 인연을 만나 좋은 소리를 내고 있습니다."
 "여러 가지 좋은 인연을 차례로 만난 덕분에 지금 저렇게 좋은 소리를 내고 있다 그런 말씀이시군요?"
 "그렇습니다. 바람이 미동도 하지 아니하면 풍경은 저절로 소리를 낼 수가 없을 것이요, 또 바람이 미친듯 불어닥치면 그땐 저렇게 고운 소리대신 시끄러운 소리가 나게 될 것입니다."
 "잘 알겠습니다. 그러니까 세상만사 좋은 인연을 만나야 좋은 결과가 나온다 그런 말씀이시지요?"
 "바로 그렇습니다. 아무리 좋은 씨앗이라도 바위위에 떨어지면 싹이 나오지 아니하고 제 아무리 문전옥답이라도 가시 넝쿨 씨앗이 그곳에 떨어지면 그땅은 가시덤불 밭이 되고 마는 것이니, 세상만사 세상만물이 서로 좋은 인연을 만나야 좋은 과보를 얻게 됩니다."
 "아이구 예, 그 말씀도 이제 알아 듣겠습니다. 기왕에 가르침을

내려 주시는 김에 비유를 한가지 더 들려주시지요."
 "굳이 비유랄것까지는 없겠습니다만 자식을 도둑의 소굴에 의탁하여 기른다면 장차 그 자식은 무엇이 되겠습니까?"
 "그, 그야 도둑밖에 더 되겠습니까요?"
 "그래서 부처님께서 가르치시기를 좋은 인연을 지으라고 하신거지요."
 "하오면 집안이 잘되고 번성하려면 어찌해야 되겠습니까?"
 "집안이 잘되고 번성하려면 우선 그 자식이 착하고 정직하고 부지런한 품성을 지녀야 합니다. 그리고 자식이 착하고 정직하고 부지런한 품성을 지니게 하려면 먼저 그 부모가 착하고 정직하고 부지런해야 할것이며, 착하고 정직하고 부지런한 친구를 사귀도록 늘 좋은 인연을 맺어 주어야 합니다."
 "이거 참으로 좋은 가르침을 내려 주셔서 감사 드리옵니다, 선사님."
 개경에서 내려온 사자가 끝내 혜심스님을 모셔 가지 못하고 수선사를 떠나자 누구보다도 기뻐한 사람은 노보살이었다.
 "아이구, 사주스님 쇤네 참으로 감사의 인사를 올리옵니다."
 노보살은 땅바닥에 털썩 엎드리며 큰절을 올리는 것이었다.
 "허허, 아니 보살님께서 맨땅에 이러시면 되시옵니까?"
 "아이구, 아니옵니다요, 사주스님. 쇤네 맨땅이 아니라 진흙탕에 서라도 사주스님께라면 백 번이고 천 번이고 절을 올리겠습니다요."

"허허, 대체 오늘은 왜 이러십니까, 보살님께서?"
"아이구, 사주스님. 쇤네는 영락없이 사주스님께서 서울 개경으로 올라가시는 줄만 알았습니다요."
"산이 여기있고 절이 산에 있거늘, 중이 어찌 산을 버리고 개경으로 가겠습니까?"
"저희들은 지엄하신 임금님의 분부가 계셨다고 들었습지요. 그래서 우리스님, 사주스님께서 꼼짝없이 불쌍한 우리들을 버리시고 개경으로 가시는 줄만 알았지요."
"나는 이미 삭발출가하여 세속을 떠났거늘 이 좋은 절, 이 좋은 산을 어찌 또 떠나겠습니까?"

그러나 또 한편으로 혜심스님의 제자들은 걱정이 앞서는 것이었다.
"그래 또 무슨 일이던가?"
"사주스님께서는 참으로 진강후 최공의 상경요청을 거절하셨사옵니까?"
"거절한 것이 아니라 사양한 것이야."
"하오나 결국은 그것이 그것 아니온지요, 스님?"
"어찌되었거나 마음에 둘 일이 아니니 상관하지 말게."
"그럴 일이 아니옵니다, 스님. 진강후 최공은 그전에도 이미 홍기, 운미, 존도 스님을 축출한 바 있고 명종, 강종을 폐위시켰으며 반대세력을 무자비하게 처단한 사람입니다."

"그건 나도 이미 알고 있는 일."
"날아가는 새도 떨어뜨린다는 진강후 최공의 상경요청을 묵살했다 하여 진노하게 되면 그땐 대체 어찌 하시겠습니까, 스님?"
"이 사람 참 별 걱정을 다 하는구먼."
"선사직까지 제수하고 상경하라 하였는데도 그걸 거절했으니 화를 낼지도 모를 일이 아니옵니까?"
"아무 염려 말게! 만일 그런 일이 일어난다면 그땐 내가 죽으면 될 것이야!"
"예에?"

15
대선사도 난 싫네

　혜심스님은 다시 주장자를 치켜들고 젊은 수행자들을 일깨우는 일에만 여념이 없으셨으니 세상이 어찌 바뀌고 권력자가 어찌 생각하든 그런 것은 이미 안중에도 없었다.
　"구름을 잡고, 안개를 움켜잡는 참 용이 어찌 죽은 물에 잠기기를 바랄 것이며, 해를 쫓고 바람을 따르는 뛰어난 말이 어찌 마른 동백나무 밑에 엎드릴 것인가! 슬프다! 한갓 침묵만 지키는 어리석은 선정은 기왓장을 갈아 거울을 만들려는 격이다. 그것은 걸림 없는 참 기틀과 자재하고 묘한 작용을 모르는 것! 마치 종고리에 걸린 종을 크게 치면 크게 울리고, 작게 치면 작게 울며, 거울을 되놈이 들여다보면 되놈얼굴이 비치고, 도둑이 들여다보면 도둑얼굴이 비치는 법! 그대들은 아직도 그 이치를 모르는가!
　깊숙한 산속 암자의 주인은 결코 암자밖의 일을 관계하지 않는다!"

이렇게 법상에 올라 설법을 하셨다.

혜심스님이 선사로 제수된 지 2년 후인 고종 3년 7월, 조정의 상경요청을 거절한 채 오직 송광산 수선사에서 후학들을 제접하는 일에만 전념하고 있던 혜심스님에게 고종임금이 다시 사자를 파견하여 윤음을 내렸다.

"선사는 계행이 얼음처럼 맑고 금령이 옥처럼 맑아 일찍 번뇌의 속박을 벗어나 깨달음의 뜨락을 노닐었다. 영취산의 염화미소도 거치지 아니하고도 법 안장을 얻었으며, 소림사 혜가의 눈속의 고통을 빌리지 아니하고도 심등을 전하였다. 선사는 이미 명경의 빛을 닦아 때와 먼지도, 고여있는 연못의 물을 침노할 수 없으니, 번뇌는 일지 아니한다.

오로지 조인을 끌어와 묘문과 덕향에 있는 수풀을 보여주고 행함에 비구의 모범에 맞아떨어지며, 담백하기가 쏟아지는 물이 양양하여 귀에 가득함과 같음인저! 실로 삼겁의 홍원이라 할 수 있을 것이니 어찌 안세의 외형 뿐이겠는가!

진인은 이름이 없더라도 널리 아손의 향화가 있으니 유명은 반드시 높임이 있을 것이다. 짐은 이에 그대를 대선사에 제수하노라. 아, 그대를 높임은 나라를 위해 깨달음을 보임이니 권선으로 도를 사모함을 존행하노라. 짐은 예를 다해 사에게 명하노니, 부처님의 법을 널리 펴서 사람들을 크게 이롭게하라!"

고종임금이 이렇게 친히 윤음을 내려 혜심스님을 다시 대선사에 제수했으니 대선사는 당시 불교계의 최고의 승직이었다.

조정에서 내려온 사자가 혜심스님을 찾았다.
"스님께서 대선사에 제수되신 것을 진심으로 경하드립니다."
"소승 참으로 하는 일 없이 과분한 대접을 받으니 부끄럽기 그지 없습니다."
"스님께서 진강후 최공의 흠모를 받고계신 덕분인줄로 아옵니다."
"아니, 그러시면 이번에도 또 진강후 최공께서 주상전하께 진언을 드리셨단 말입니까?"
"진강후 최공께선 여러 관직들을 모아놓고 이렇게 말씀하셨습니다. '이 나라 수많은 승려 가운데 나를 만나지 못해 안달하는 사람이 수두룩하고, 내가 불러주기만을 학수고대하는 승려도 부지기수이며, 만일 내가 부르기만 하면 득달같이 달려와서 머리를 조아리는 승려가 수십, 수백에 이른다. 그런데 오직 한 사람, 저 남쪽 송광산 수선사 사주 혜심스님만은 내가 상경을 부탁했는데도 사양하고 응하지 아니 했으니, 오직 이 한 분만을 나는 흠모하고 존경하니, 혜심스님이야말로 스님 가운데 으뜸이시며 스승 가운데 뛰어나신 분,이런 분을 어찌 대선사로 모시지 아니하겠는가!'"
"소승은 진강후 최공을 단 한번도 만나 뵌 일이 없거늘 어찌 이리 과분한 은덕을 내리시는지 소승 그 까닭을 알 수가 없습니다."

 "아니옵니다. 평소 대선사님께서 펴고 계시는 덕화가 이미 개경에까지 잘 알려져 있으니 궁궐 안에서는 물론, 웬만한 사대부 집에서도 스님의 법명을 모르는 사람이 없을 정도입니다."
 그러나 승려 가운데 최고의 벼슬인 대선사에 제수 되었는데도 혜심스님께서는 조금도 기뻐하거나 자랑스러워 하지 않으셨다.

 하루는 노보살이 혜심스님을 찾았다.
 "대선사님께 쉰네가 문안인사 올리옵니다."
 "아니, 보살님, 어찌해서 이 중을 사주스님이라 부르지 아니하고 대선사라 하십니까?"
 "아이구, 예. 원주스님께서 이르시기를 우리 사주스님께서는 이제 임금님께서 대선사로 제수하신 지중하신 어른이시니 대선사님으로 모셔야 한다고 하셨사옵니다요, 예."
 "허허, 이 사람들이 이거 닦으라는 마음은 제대로 닦지 아니하고 공연한 짓만 하고 있구먼."
 "아이구, 아니옵니다요, 대선사님. 지금 우리 수선사 대중들은 참으로 경사가 났다고 해서 잔치 공양을 준비하고 있습니다요."
 "무엇이라구요? 경사가 났으니 잔치를 벌인다?"
 "아이구 예. 그러하옵니다, 대선사님."
 "이것보십시오, 보살님. 어서 가서 원주를 오라고 그래 주십시요."
 "아이구, 예. 그러겠습니다요."

이윽고 원주가 혜심스님 앞에 인사를 올렸다.
"부르셨사옵니까? 스님."
"그래. 듣자하니, 무슨 잔치를 준비한다구?"
"스님께옵서 대선사에 제수되셨으니 이는 곧 우리 수선사의 광영이 아니겠사옵니까?"
"광영이라고 그랬는가?"
"예, 스님."
"내 말을 똑똑히 들으시게!"
"예, 스님."
"우리 수선사에서는 두번 다시 나를 대선사로 부르는 일은 없어야 할 것이야!"
"예에? 아니, 스님?"
"비록 나라에서는 나를 대선사로 제수하였지만 나는 선사도 싫고, 대선사도 싫은 사람이야."
"하오나, 스님. 대선사는 나라에 한 두 분밖에 없는……."
"허허! 그래도 내 말을 못알아 들었는가! 더더구나 대선사로 제수된 것이 수선사의 광영이라니, 그 생각도 옳은 것이 아니야."
"아니옵니다요, 스님. 이 일이 어찌 광영된 일이 아니겠습니까요?"
"대체 잔치 준비는 어찌하고 있다는 말이던가?"
"예, 떡도 준비하고 과일도 채소도 준비하고 있사옵니다요."
"기왕에 준비한 음식은 모두 대중공양을 시키도록 하되, 잔치같

은 말은 입에도 담지 마시게! 출가수행자에게 벼슬이 무슨 소용이며, 잔치가 무슨 소린가!"

혜심스님은 고종임금의 어명에 의해 선사가 되고 대선사가 되었지만 당대 최고의 승직이나 벼슬에는 관심조차 없으셨으니 스님은 스스로 호를 무의자라 짓고 어느 모임, 어느 자리에서도 없을 무자, 옷의자 아들자자 옷 없는 사람이라는 무의자(無衣子)로 자처하셨다.

스승이셨던 지눌선사께서 스스로 호를 목우자, 소 키우는 사람으로 자처하시고 산속에서 제자들을 키우는 데만 진력하셨듯이 혜심스님 또한 똑같은 길을 걸으셨으니 이는 참으로 그 스승에 그 제자라고 하겠다.

혜심스님은 수행하는 제자들에게 지혜의 문을 열어주시고, 주야로 수행하시면서 틈틈이 그 경지를 시에 담아 남기셨는데, 그 주옥같은 수십 편의 시들이 무의자 시집에 실려 오늘까지 전해지고 있다.

"비 개인 봄 산은
화장을 한 듯
안개속 아침해
금빛 같아라.

성긴 발을 걷고 앉아
맑음에 취하니
예쁜새 날아와
고운 노래 부르네.

푸른 눈으로
푸른 산을 대하노니
티끌 하나 그 사이에
낄 수 없어라.
맑음이 저절로
뼈에 사무치거니
그 어찌 열반을
다시 찾으리."

무의자 시집에 실려있는 혜심스님의 시는 모두가 선의 경지를 시로 읊은 선시라고 하겠지만 자연의 아름다움과 그 오묘한 경지를 읊은 서정성 또한 그윽하기 그지없어 아마도 우리나라 서정시인의 효시는 바로 혜심스님이었다고 할 만큼 아름다운 서정시가 많이 포함되어 있다.

"연못가에 홀로 앉아 있다가
물 밑의 스님을 우연히 만나

말없는 웃음으로 서로 보면서
그를 알고 말해도 대답이 없네.
물가에 안개 싸인 산
푸르게 솟아있고
물가에 서리 맞은 귤은
향기 그윽한데
달에 취하고 구름을 즐겨
가슴 뿌듯하거니
스스로 만족인데
어찌 부질없는 영욕을
꿈이나 꾸랴.

속세인연 모든 얽매임
아주 벗어나
당당하고 우뚝하게
살아가노니
홀로 이 한 몸 자유스러워
가는대로 동서남북
걸림 없어라.

아득한 맑은 하늘
텅 비어 고요한데

망망한 물 안개
허공에 출렁이고
하늘, 물, 한데 어울려
한빛이 되었거니
그 끝이 어드메던가
가을달 갈대꽃이
함께 희구나."

혜심스님이 이렇듯 세상을 초탈한 경지에서 위로는 부처님의 말씀과 마음을 구하고 아래로는 고해중생의 괴로운 마음을 어루만지고 있던 서기 1221년 고종 8년 5월의 일이었다.
 읍내에 나갔던 원주가 급히 혜심스님을 찾았다.
 "아이구, 스님. 큰일 났사옵니다. 스니임—"
 혜심스님이 문을 열고 나오시면서 물었다.
 "대체 무슨 일인데 그리도 숨이 넘어가는가?"
 "아이구 예, 스님. 큰일 났사옵니다."
 "허허, 이 사람, 절밥을 근 십 년 먹었으면 행동거지에 신중을 기해야 마땅한 일이거늘—"
 "아, 예. 죄송합니다. 스님."
 "그래, 대체 무슨 일인지 차근차근 얘기를 해보게."
 "아, 예. 소승 오늘 아침에 찬거리를 장만하려고 읍내에 내려갔었습니다요."

"그래서 읍내에서 무슨 일이라도 당했다는 말이던가?"
"아, 아니옵니다. 무슨 일을 당한게 아니오라 읍내에서 듣자니 개경에서 또 무슨 일이 일어났다 하옵니다."
"무슨 일이 일어났다고 그러던고?"
원주스님은 읍내에서 들은 소문을 혜심스님에게 낱낱이 말씀드렸다.
자세한 내막은 알 수 없으나, 진강후 최공이 물러나고 그 아들 최우가 진양후에 봉해져 실권을 잡았다는 것이었다.
그 아들이 아버지의 자리를 물려받은 것인지, 아니면 아들이 아버지의 자리를 빼앗는 일대 정변을 일으킨 것인지는 알 수 없었다.
혜심스님은 수선사 대중들에게, 이미 삭발출가하여 세속을 떠난 몸들이니 산아래 세속사에 왈가왈부하여 쓸데없는 화근을 만들어선 안된다고 단단히 일렀다.
"출가수행자들은 모두가 부처님의 제자일 뿐, 어떤 임금, 어떤 실권자의 권속이 아니니, 세상이 바뀐다해서 동요하는 일은 결코 없어야 할 것이야!"
혜심스님은 그러나 만일의 경우를 염려하신 듯 시자를 시켜 공양주 보살을 부르셨다.
"쉰네, 사주스님의 부름을 받고 왔사오니 분부 내려 주십시오."
"보살님, 세상만사 늘 그대로 있는 것은 아무것도 없이 바뀌게 마련이라 어쩌면 또 세상일이 시끄럽게 될지도 모르겠습니다."

"무슨…… 말씀이시온지요, 사주스님?"
"보살님은 어디 한적한 마을에서 아들 며느리 손주들과 함께 텃밭이나 일구면서 조용히 사시는 게 소원이시겠지요?"
"아이구 무슨 말씀이십니까요? 올라가지 못할 나무는 쳐다보지도 말랬다구, 아 이 늙은 것이 그런 소원 어찌 감히 꿈이나 꿀 수가 있겠습니까요? 더더구나 반역죄인에 노비신세인 걸요."
혜심스님은 웬 누런 종이를 펼치시며 말씀하셨다.
"이게 바로 보살님의 노비문서입니다만—"
"아이구, 예—"
"내가 아직 이 수선사 사주로 있을 적에 이 문서를 찢어 없애겠습니다."
말을 마치신 혜심스님은 노비문서를 북북 찢어버렸다.
"아이구 사주스님, 이 노비문서를 찢어버리시면 어찌시려구요?"
"아무 염려 마십시오. 이젠 이 노비문서가 없어졌으니 보살님은 이 절에서 나가 살아도 괜찮을 것입니다."
"아이구, 아니옵니다요, 사주스님. 이 늙은 것이 어디 가서 어떻게 살 수가 있겠습니까?"
"나주 땅 노안이라는 마을에 가면 우리 수선사에 시주한 논이 대 여섯 마지기가 있으니, 우선 거기 가셔서 농사를 짓고 살도록 하십시오."
"예에? 쇤네더러 이 절에서 나가라구요?"
혜심스님이 노비문서를 찢어 없애고 공양주 보살을 노비 신세에

서 벗어나게 해주었지만, 공양주 보살은 기뻐하기는커녕 사색이 되는 것이었다.

"아이구 사주스님, 이 불쌍한 늙은 것을 살려 주십이오."

"자 보살님, 고정하시고 제 말을 잘 들으셔야 합니다."

"예, 스님. 사주스님 말씀은 무엇이든 다 따르겠사옵니다만—제발 이 늙은 것을 이 절에서 내쫓지는 말아주십시오. 예?"

"내쫓다니요? 소승은 보살님을 내쫓으려고 이러는게 아닙니다."

"아이구 스님, 사주스님의 자비로우신 속마음이야 어찌 쇤네가 모르겠사옵니까요? 하오나……"

"아니 그러면 보살님께서는 이 절에서 언제까지 이렇게 노비노릇만 하고 계실 작정이십니까?"

"쇤네는 이 절에서 사주스님 모시고 부처님 시중들며 사는 것을 큰 복으로 알고 있사옵니다."

"허나, 보살님—"

"아이구 아니옵니다요, 사주스님. 이 늙은 것이 사주스님 은혜로 노비신세를 벗어나 멀리 숨어 산다고 한들, 이 절에서 스님 뫼시고 부처님 뫼시고 사는 것에 감히 어찌 비할 수 있겠사옵니까, 제발 부탁이오니 이 불쌍한 늙은 것을 내쫓지만 말아주십시오."

"아니, 그러시면 노비신세 면하는 게 싫으시다는 말씀이십니까?"

"쇤네, 살아도 여기서 살고, 죽어도 여기서 죽겠사옵니다. 스님 뫼시고 살다가 이 절에서 죽으면 그보다 더 큰 복이 어디에 또 있겠습니까요?"

"하지만 보살님, 임금님이 바뀌시고 이번에는 또 실권자마저 바뀌어 세상이 어지러우니 과연 내가 이 수선사에 언제까지 있을 수 있을런지 그것도 모르는 일입니다. 그러니—"
"아이구, 아니옵니다. 사주스님, 쉰네는 사주스님이 여기 계시면 여기서 뫼실 것이요, 사주스님이 이 절을 떠나시면 따라가서라도 뫼시고 싶사옵니다."
"…… 알겠습니다……. 그러면 보살님의 일은 부처님께 맡기도록 하십시다."

조정의 실권자가 바뀐 지 두 달이 지난 그해 7월, 조정에서 혜심스님에게로 사람을 보내왔다. 사신은 법당에 참배한 후 혜심스님에게 예를 갖추어 공손히 절을 올렸다.
"새로 진양후에 오르신 최공께서는 대선사님의 덕화를 흠모하신다 전하라 하셨습니다."
"과분한 말씀이라 부끄럽소이다."
"뿐만 아니오라 최공께서는 대선사님께 전해 올리라고 향과 차와 약, 그리고 법복을 내려 주셨사옵니다."
"소승에게는 참으로 과분한 선물인가 하오."
"아이구 아니옵니다. 최공께서는 소인에게 당부하시기를 대선사님께 결례되는 일이 없도록 각별히 예를 갖추라 하셨사옵니다."
"헌데 소승 한가지 궁금한 것이 있으니—"
"예, 하문하십시오, 대선사님."

 "진양후 최공께서는 아버님의 뜻에 따라 그 자리에 오르시게 되셨겠지요?"
 "예. 그전부터 진강후 어르신을 곁에서 보필하고 있던차, 어르신의 뜻에 따라 진양후 자리에 오르시게 되었습니다."
 "하시면 아직 분망중이실 터인데 어찌하여 이 먼 산속에까지 귀공을 보내셨는지요?"
 "예, 소인을 여기 보내신 데는 그 첫째가 대선사님께 문안을 여쭈어 올리라는 것이요, 그 둘째는 진양후 최공께서 이제 정사를 맡으셨으니 대선사님을 곁에 가까이 모시고 가르침을 받고자 하니 상경하심을 간청드리라 하셨습니다."
 "소승더러 개경으로 가자는 말씀이십니까?"
 "간절한 부탁이오니 부디 물리치지 말아 주십사 하셨습니다."
 "소승이 감히 어찌 진양후 최공의 청을 물리칠 수 있겠습니까마는 소승은 이미 선대 어른의 말씀을 사양한 적이 있는터라……."
 "최공께서도 그 사실을 잘 알고 계셨습니다. 아버님께서도 부르셨는데도 끝내 사양하신 대선사님이시니 행여라도 강요하는 듯한 어투는 각별히 삼가라 이르셨지요."
 "귀공께서도 잘 아시겠습니다마는 본래 출가 수행자의 본분은 산속에서 부처님 모시고 도를 닦는 것이 그 첫째요, 그 다음에는 이세상 고해중생들을 널리 제도하여 나라가 두루 평안하도록 하는 것이 그 둘째라 할 것입니다."
 "하오시면 이번에도 또 상경만은 사양하실 의향이신지요?"

"소승은 다만 출가 수행자의 본분사를 제대로 지키고자 함이니 행여라도 오해는 없으시기를 바랄 뿐입니다."
"…… 알겠습니다. 사실은 최공께서도 대선사님께서 또 사양하실지 모르니 이번에도 또 끝까지 사양하시면……"
"소승을 어찌하라 이르시던가요?"
"대선사님의 가르침이라도 받아오라 당부하셨습니다."
"원 무슨 그런 말씀을…… 소승이 감히 어찌 가르침을 올리겠습니까?"
"아니옵니다. 최공께서는 진심으로 당부하셨습니다. 정사를 돌봄에 있어 기둥으로 삼을 가르침을 내려주십사 부탁하셨습지요."
"정사를 돌보시는 데 기둥으로 삼으시겠다구요?"
"그렇사옵니다. 부디 좋은 가르침을 내려 주십시오."
"원로에 고단하실 것이니 오늘은 이만 객사에 가셔서 쉬시도록 하십시오."

그날밤 혜심스님은 곰곰이 생각에 잠기셨다. 조정의 최고 권력자였던 최충헌이 상경하라고 사람을 보냈을 적에도 끝까지 사양했고, 이번에는 또 최충헌의 아들 최우의 간청까지 물리쳤으니, 정사를 돌보는 데 기둥으로 삼을 가르침이라도 내려 달라는 것까지 거절한다면 이것은 차마 도리가 아닌듯 했다. 혜심스님은 백성들을 위해 한 말씀 전하기로 마음을 먹었다.

혜심스님은 등불 심지를 돋우어 놓고 한 글자 한 글자 큰 가르침을 써내리기 시작하셨다.

"한 고을, 한 나라의 임금님과 관리들이 세상을 바로 관찰하는 마음을 가지시와 보시를 아끼지 아니하고, 가지고 있는 재물을 가난한 백성들에게 은혜로이 나누어 주며 가난하고 억울한 백성들을 가엾이 여기고 사랑하심을 몸소 보여주시면, 고을이나 나라안의 모든 백성들은 은혜 입음을 감사하고 그 덕을 사모하여 공경하고 우러러 마음으로 귀의하고 친하고 가까워져 임금님과 관리를 받들게 될 것입니다.

이리하여 백성들 사이에서는 인색한 마음이 점차 적어지고 모두가 넉넉한 마음이 되어 서로 보시하여 복을 닦고 서로 교화하여 은혜를 베풀고 덕을 펴게 될 것이니 바른 도가 거기 있으며, 모든 고을과 온나라 백성들은 기뻐하며 도를 지킬 것입니다.

아무쪼록 소승 간절히 바라오니 부디 자비로써 백성을 대하시고, 덕으로 정사를 보살피시와 만백성이 억울하지 아니하고, 굶주리지 아니하며 헐벗지 아니하도록 골고루 은덕을 베풀어 주십시오."

16
살아있는 부처님

　새로운 조정의 실권자 최우의 상경 요청마저 뿌리친 혜심스님은 오직 자비와 덕으로 백성들을 두루 평안케 해달라는 글을 써서 올려 보냈다.
　그런데 자기의 상경요청을 거절한 채 가르침만을 써올려 보낸 혜심스님에 대해서 당시의 실권자 최우는 화를 내기는 커녕 오히려 스님의 꿋꿋한 성품에 감복하여 수선사에 갖가지 명목으로 많은 전답을 내려주고 향과 약, 차와 법복을 때 맞추어 보내주었다.

　하루는 원주스님이 헐레벌떡 혜심스님에게로 달려왔다.
　"스님, 스님—개경 조정에서 또 사람을 보내오셨습니다."
　"허허, 이거 천 리도 훨씬 넘는 원로이거늘 어찌 그리 관인들의 행차가 빈번하단 말인고?"
　"글쎄올습니다요. 조정에서 다녀 가신 지 아직 달포도 되지 아니

했는데 또 오셨으니……."
 "법당 참배 끝나시거든 이리루 모시고 오시게."
 "예, 스님. 하온데 이번에는 무슨 좋은 일이라도 있는 모양이옵니다요."
 "그걸 그대가 어찌 미리 안단 말인고?"
 "예. 그전에 왔을적에는 아주 근엄한 얼굴이었습니다만, 오늘은 싱글벙글 웃는 얼굴입니다요."
 "에잉 이사람, 닦으라는 불도는 닦지 아니하고 관상보는 법을 배운게로구면?"
 "아이구 스님, 아니옵니다요."
 "알았네. 어서 가서 모시구 오게."
 이윽고 법당 참배를 마친 조정의 사신이 혜심스님 앞에 정중히 예를 갖추었다.
 "연거푸 원로에 고생이 많으시겠소이다."
 "아이구, 고생은요? 소인은 대선사님을 자주 찾아뵙게 된 것만 해도 큰 광영으로 알고 있사옵니다."
 "그래 진양후 최공께선 평안하신지요?"
 "아, 예. 하온데 진양후 최공께서는 이번에 참지정사에 오르셨사옵니다."
 "참지정사라면?"
 "대선사님께서는 관직에 대해서는 잘 모르시겠습니다만, 참지정사 벼슬은 그러니까 임금님 다음 가시는 벼슬입지요."

"아, 그렇던가요. 헌데 소승이 상경치 못함을 크게 노여워하시지는 아니 하셨는지?"

"아니옵니다. 대선사님께서 손수 써주신 글을 보시고는 과연 큰 스승이시다 하시며 크게 기뻐하셨습니다."

"노여워하지 않으셨다니 과연 최공께서는 큰 그릇이신가 합니다."

"그뿐만이 아니옵니다. 소인에게 이 문서들을 손수 내리시며 대선사님께 전해 올리라 하셨습니다. 자, 보십시오."

조정에서 내려온 사자는 서류를 꺼내어 펼친 후, 혜심스님께 보였다.

"이것은 임금님의 만수무강을 위해 불공을 드리라는 몫으로 내리신 땅문서이구요……."

"땅문서라?"

"그렇사옵니다. 바로 이 수선사에서 가까운 승평군 위장이촌, 철곡촌, 신곡촌에 있는 논 열 마지기에다가— 그리구 이건 국대부인 송씨의 제사비용 몫으로 내리신 땅인데 이 땅은 그러니까 승평군 가음부곡, 진례부곡, 적량부곡에 있는 마흔 여섯 마지기— 그리구 또 있습지요. 바로 이것은 참정지사 여동생의 제사비용 몫으로 논밭 여든 마지기를 바로 이 수선사에 내려 주셨습니다."

"허허, 이거 참으로 소승은 받기가 과분한 큰 재산입니다."

"대선사님께서는 조금도 심려하실 일이 아니십니다. 참정지사께서 대선사님 개인 앞으로 내리신 재산이 아니라, 이 수선사 절 재

산으로 내려주신 것이니까요."
"…… 나무관세음보살 …… 나무관세음보살 ……"
"아니, 왜 그러십니까요? 대선사님?"
"아, 아니올습니다. 나무관세음보살 …… 나무관세음보살 ……"
　이렇게 조정의 최고 실권자가 혜심스님을 흠모하여 전답을 시주하고 돌봐주기 시작하자 그 밑에 있던 상장군 노인수, 상장군 김중구, 검교군기감 서돈경 등 그야말로 기라성같은 벼슬아치들이 너도나도 앞을 다투어 수선사에 큰 시주를 하게 되었다.
　송광산 수선사에 큰 시주가 몰려들어, 새로 생긴 전답만 해도 2백 40여 마지기나 되었다.
　허나, 혜심스님은 기뻐하시기는 커녕 걱정부터 하시는 것이었으니 원주스님과 노보살은 그 까닭을 알 수가 없었다.
　혜심스님은 벼슬과 재물은 이미 초탈하신 분이라, 세상의 영욕과 부귀는 부질없는 것인줄 이미 깨달으셨으니 혜심스님에게 필요한 것은 더이상 아무것도 없었다.

"부귀도 그저 그런 것이고
가난도 또한 그런 것이지.
시냇가에 내 발을 씻고
산을 보노라면 내눈이 맑아지네.
부질없는 영욕을 꿈꾸지 않나니
이밖에 다시 또 무엇을 구하랴."

바라보면 푸르른 산, 쉬임없이 흐르는 물, 바람에 딩동거리는 무심한 풍경 소리. 스님은 참으로 자족하며 살고 계셨는데, 느닷없이 송광산 수선사에 최고권력자의 관심이 쏠리면서 그 밑의 벼슬아치들이 너도나도 앞을 다투어 전답을 시주해왔으니 공연한 근심 걱정만 늘어난 셈이었다.

하루는 혜심스님의 점심공양을 물리던 노보살이 살펴보니, 공양을 한 수저도 들지 않으신 것이 아닌가!
"사주스님, 쉰네 아뢰옵니다. 어디가 편찮으신지요?"
"아, 아니올습니다. 아픈 데 아직 없으니 아무 염려 마십시오."
"하오시면 찬이 마땅치 아니해서 그러시온지요?"
"원 무슨 그런 말씀을 다 하십니까? 이 중은 공양주들이 지극정성으로 마련해 주시는 찬들이라 평소에 아주 맛있게 잘 먹고 있습니다."
"하오신데, 오늘 점심공양은 어찌하여 거르셨는지 걱정이 되옵니다요."
"아, 예. 아침에 죽 먹은 것이 내려가질 아니해서 방금 소금 한 줌을 먹었으니, 이제 곧 괜찮아질 것입니다."
"저, 사주스님."
"예, 말씀하십시오."
"혹시 무슨 근심 걱정이 있으신 건 아니신지요?"
"아, 아니올시다! 산속에 사는 수행자가 달리 무슨 근심 걱정이

야 있겠습니까마는—"

"저 혹시 큰 시주가 몰려 들어오니, 그 때문에 …… 그러시는지요?"

"허허, 보살님께서도 불공은 아니 드리시고 관상 보는 법이라도 배우셨소이까?"

"아이구, 관상이라니요? 쇤네가 뵙기에 수심이 있으신 것 같아서 그냥 해본 소리지요. 하온데, 사주스님! 재물이 많이 생기면 그게 화근이 되는 수도 있습니까요?"

"또 법문을 해달라 그런 말씀이시지요?"

"아이구 저 꼭 그런것만은 아니옵구요."

"말씀드리지요. 원래 재물이라고 하는 것은 많아도 화근이요, 없어도 화근입니다."

"쇤네가 생각하기에는, 없으면 화근이지만 있는거야 어찌 나쁘겠습니까요?"

"일찍이 부처님께서 이렇게 이르셨습니다. '집안에 재물이 많으면 도둑이 들어올 것이니 그것이 화근이요, 집안에 재물이 아주 없으면 내 마음에 도둑이 생겨날 것이니 그것이 화근이니라.'"

"아니, 하오시면 도둑 때문에 근심 걱정을 하시옵니까?"

"아닙니다. 절에 시주로 들어온 것은 모두가 전답이요,염전이니 어느 도둑이 전답이나 염전을 훔쳐갈 수 있겠습니까?"

"그, 그렇습지요. 하온데 사주스님께서는 걱정을 하고 계시니……."

"지금 산 아래서는 농사 지을 땅 한 뼘도 없는 백성이 태반이라는데 그 많은 땅을 절이 차지하게 되었으니 백성들 만나기가 부끄러운 것이지요."

"아이구, 아니옵니다요. 사주스님."

"아니라니요?"

"아, 그일이 걱정이라면 좋은 방도가 있습니다요, 스님."

"무슨 방도가 있으시다는 말씀이십니까?"

"아이구 저 뭣이냐. 그, 그러니까 농사 지을 땅 한 뼘도 없는 백성들은 죽으나 사나 남의 땅을 부쳐먹고 사는 소작농 신세가 아니겠습니까?"

"그야 그렇겠습지요."

"아, 그리구 땅문서야 우리 절로 왔겠습니다마는 스님들이 농사를 지으실 것도 아니지 않습니까요?"

"그야 그렇습지요."

"아, 그러니 어차피 소작인들 시켜서 농사를 짓게 하시구, 그대신 소작료를 적게 받으시면 그것이 스님의 은덕이 아니구 무엇이겠습니까요?"

"허허허! 그것 참 좋으신 생각이십니다. 보살님은 과연 문수 보살님이십니다 그려— 응 허허허—"

그해 가을이었다. 땅문서가 이미 송광산 수선사로 넘어온 토지에서도 수확을 하게 되었으니 으레히 소작료를 받아다 양식을 마

련해야 했다.

마을로 내려가는 원주스님 일행을 혜심스님께서 부르셨다.

"마을에 내려가거든 각별히 조심을 해야 할 것이니, 첫째 농민들에게 억울함이 없도록 간평을 잘 해주어야 할 것이다."

"간평을 잘 해주라고 분부하시면 대체 어떻게 해주어야 할런지요?"

"논 한 마지기에 금년 소출이 얼마다 하고 정하는게 간평이 아니던가?"

"예. 그렇사옵니다, 스님."

"소작 농사 간평을 함에 있어서는 농민은 두 가마니로 하고 땅주인은 세 가마니다 하고 우기게 마련인데, 힘없고 가난한 농민이 늘 지게 마련이라, 소출의 반을 소작료로 받아와버리면 정작 뼈빠지게 농사를 지은 농민은 겨울을 날 양식도 남지 아니하는 걸 내 많이 보아왔소."

"하오시면, 저희들더러 어찌하라 이르시는지요?"

"그대들은 출가 수행자임을 잊어서는 아니될 것이니, 첫째로 자비심을 지닐 것이요, 둘째로는 억울한 농민이 없게 해야 할 것이니, 농민이 금년 소출은 한 마지기 당 두 가마니요 하면 두 가마니로, 한 가마니요 하면 한 가마니로 인정해 주도록 하게."

"알겠습니다, 스님. 그러니까 간평하면서 다투지 말고 우기지 말라는 말씀이시지요, 스님?"

"그래, 한 말이라도 더 받아올 생각을 하지말고, 농민들 주장대로 인정을 해주라는 말이야."

"예, 스님. 그러면 소출의 반을 소작인들로부터 받아오면 되는겁지요?"

"아닐세. 간평한 소출이 세 가마니다 할 경우에 한 가마 반을 받아오지 말고 나누는 비율을 삼칠로 하시게."

"삼칠로 나누라시면?"

"3할은 농민을 주고, 7할은 우리가 받아오라는 말씀이십니까요?"

"예이끼, 이런 몹쓸 사람같으니라구, 아 3할만 주고 오면 그 농민들 올겨울에 다 굶겨 죽일 생각인가? 3은 우리가 받을 몫이요, 7은 농민 몫이야, 이사람아!"

"아이구 그러면 스님, 우리 절 몫이 너무 적어집니다요."

"그만큼만 받아오면, 우리 대중 굶어죽진 않을 것이야."

"아이구 스님, 우리 절 대중이 140명두 넘습니다요. 왔다갔다 하시는 신도님까지 합치면 하루 밥 먹는 식구를 근 200명으로 잡아야 할 것이옵니다요, 스님."

혜심스님은 탁상을 손으로 치시면서 역정을 내셨다.

"허허, 대체 누가 스승이고 누가 제자던고?"

"…… 잘못되었습니다, 스님."

"옛날 부처님께서는 맨발에 옷 한 벌, 발우 하나로 하루에 열 집을 돌아다니시면서 공양을 얻어 잡수셨어. 잠두 나무 밑에서 주무셨구! 요즘 수행자들은 잘 입고 잘 먹고 편히 살려고만 드니, 이래가지구 감히 어찌 부처님 제자라고 할 수 있겠는가!"

"잘못되었습니다, 스님. 용서하여 주십시오."

"내 그동안 누누히 말해왔거니와, 욕심이 없어야 출가 수행자라 할 것이야! 큰 절을 차지하려는 욕심, 잘 입고 잘 먹고 편히 살려는 욕심, 아무 쓸데도 없는 벼슬이나 차지하려는 욕심, 이런 욕심을 버리지 아니하면 그런 사람은 부처님 제자가 아니라 마귀의 권속이야! 내 말 알아듣겠는가?"

"참회하옵니다, 스님. 용서하여 주십시오."

송광산 수선사가 시주받은 전답과 염전이 전라도 승평군, 나주군을 비롯해서 부유현, 광주, 능성, 화순, 철치, 보성, 장흥 등 곳곳에 산재해 있었는데, 그해 소작인들과 염부들에게 후한 몫을 나누어주니 인근 백성들이 얼마나 좋아들 했는지, 입 달린 사람마다 부처님 칭송이요, 송광산 수선사에 살아있는 부처님이 출현하셨다고 기뻐들 했다.

혜심스님의 덕화가 전라도 경상도에 두루 번지고 충청도 경기도를 거쳐 서울 개경에까지 널리 전해지니 당시의 최고 권력자 참지정사 최우는 그후에도 두 차례나 스님의 상경을 간청해 왔지만, 그럴때마다 혜심스님은 자비와 덕으로 백성들을 잘 다스려 줄것을 당부하는 간절한 서찰만 써보냈을 뿐 올라가지를 않으셨다.

"참지정사 최우공께 드립니다.

보내주신 서찰 받으오매 소승의 법어를 구하셨으므로 감히 명을 어길 수 없어 굳이 몇 자 적어, 청에 답합니다.

　귀공과 소승은 몸과 옷은 다르지만 득도의 시기는 둘이 아니요, 조정과 백성은 끊어져 있으나 이치가 맞으면 이웃이 됩니다. 그러므로, 항상 눈앞에서 상대하면서 천리처럼 멀다고 생각지 마십시오.

　공의 몸은 부귀와 접해 있으면서도 부귀에 뜻을 두지 아니하였고, 일찍 머리를 돌려 이 한 가지 큰 일의 인연이 있음을 아셨으니 진실로 나고 죽는 바다의 배가 되고 노가 되며, 다리가 될 수 있다고 할 것입니다.

　허다한 공무의 번거로움을 떨어버리고 도인과 납자들과 함께 참선을 닦으시되 조금도 염증을 내지 아니하신다니, 전생에 심은 심근이 아니면 어찌 그리 되겠습니까? 옛날 노선화상께서 이르시기를, '지금 사람들은 보드랍고 고우며 달고 포근한 말만 좋아하여 혀끝의 말에 취해 날마다 재미있는 말만 찾지만, 함향환이 달고 향기로우나 병을 고치지 못하고, 대황과 파두는 입에 쓰지만 병을 고치나니, 나는 그대들에게 말하노라. 입에 쓰다고 두려워하지 말라! 그것은 참으로 좋은 약이니라' 하였습니다. 또 경서에 이르기를, '나를 좋다고 하는 이는 내 도적이요, 나를 밉다고 하는 이는 내 스승이다.' 하였습니다. 소승이 요즘 들으니, 조정의 좌우상하가 보통때와 다르게 모든것을 고쳐 일을 위해 매우 애쓰며 정치의 교화는 날로 더욱 공평하고, 온갖 시설은 모두 화려함을 버리고 실질을 취하므로 시골의 무지한 여자와 아이들까지도 모두 칭송한다

합니다. 아아, 아름다울진저! 이것은 곧 귀공께서 부처님의 가르침을 잘 배우신 결과라 할 것입니다. 공은 더욱 힘쓰시기를 바라나이다."

 이때 혜심스님이 최우에게 보낸 장문의 이 서찰은 오늘날까지도 그 전문이 전해져 〈진각국사어록〉에 실려있다. 그러나 어떤 사람은 이 편지 내용의 일부만을 문제삼아 무신정권에 아부한 것이 아니냐 하는 지적도 한다. 허나 이 서찰의 내용을 처음부터 끝까지 자세히 다 읽어보면 당시 조정의 최고 권력자에게 자비로운 부처님의 가르침을 실천하도록 간곡하게 당부하신 혜심스님의 자상한 뜻을 알 수가 있다.
 아무튼 기록에 의할 것 같으면 최고 권력자 최우는 두번 세번 혜심스님의 상경을 간청하다가 아무리 권유해도 듣지 아니하시자, 나중에는 하는 수 없이 두 아들을 직접 수선사에 내려 보냈다.

 "스님, 원주가 말씀 올릴 일이 있사옵니다."
 "그래, 무슨 일이던고?"
 "예, 조정에 계시는 참지정사 최공께서 두 아드님을 친히 내려보내셨습니다."
 "무엇이라구? 아들을 둘이나 내려보냈다?"
 "예, 그렇사옵니다."
 "아니, 대체 무슨 일로 두 아들을 내려보냈다고 그러던가?"

"소승 아직 그 사연을 살피지 못했사옵니다."
"그럼 어서 이리 데려오시게."
이윽고, 최고 권력자 최우의 두 아들이 혜심스님 앞에 무릎을 꿇고 인사를 올렸다.
"그래, 그대들이 바로 참지정사 최공의 자제분들이신가?"
"예, 그러하옵니다."
"소인이 만종이옵고, 이 아이는 만전이라 하옵니다."
"허, 그래. 원로에 고생이 많으셨겠네."
"아, 아니옵니다."
"헌데 대체 어쩐 일로 이 멀고 먼 산속까지 오시게 되셨는고?"
"예, 아버님께서 이 서찰을 스님께 전해 올리라 하셨습니다."
최우가 보낸 서찰을 혜심스님이 받아보니 그 서찰에는 천만뜻밖에도 이렇게 쓰여 있었다.

"대선사님께 올립니다. 소인 오래 전부터 대선사님의 도와 덕을 흠모하여 늘 가까이 모시고 가르침을 받고자 하였으나 부덕한 소치로 뜻을 이루지 못하매 '소인의 불민한 두 자식을 대선사님께 보내오니 두 자식을 모두 삭발 출가시켜 대선사님의 가르침을 받을 수 있도록 스님의 문하에 거두어 주시기를 간절히 바라옵니다!"

당대 최고의 권력자 최우가 써보낸 서찰을 보고난 뒤 혜심스님은 한동안 말씀이 없으셨다. 두 아들 가운데 하나를 삭발 출가시

키는 것도 예사로운 일이 아니거늘 아들 둘을 한꺼번에 삭발 출가 시켜 스님 문하에 거두어 달라는 부탁은 참으로 보통 일이 아니었 던 것이다.

"이것들 보시게. 이 서찰을 읽어보니, 어르신께서는 그대들 둘을 모두 삭발시켜 승려가 되게 하라는 당부이시네."
"예, 소인 이미 아버님으로부터 그 말씀을 들었습니다."
"허면, 그대도 이미 알고 있었는가?"
"예. 소인도 아버님의 당부말씀을 듣고 왔사옵니다."
"그러면 그대들은 참으로 삭발 출가하여 승려가 될 각오로 이 수선사에 왔다는 말이신가?"
"예, 그렇사옵니다."
"허나, 다시 한번 잘 생각해 보시게. 비록 어르신께서는 그리 당 부하셨으나 삭발 출가하여 수행자가 된다는 것은 그리 간단치가 아니하네."
"그 점은 조금도 염려치 마십시오. 저희들은 이미 각오가 단단히 되어 있습니다."
"그렇습니다. 소인도 아버님께 약조를 하고 온 몸이니, 반드시 수행자가 될 것입니다."
"듣자하니 그대들의 뜻은 참으로 가상타 하겠으나, 한번 삭발 출 가하게 되면 평생토록 세속과의 인연을 끊어야 하는 법, 첫째는 부모 형제와의 인연을 버려야 할 것인데 그래도 괜찮겠는가?"

"예, 그것도 잘 알고 있습니다."
"소인도 이미 각오가 되어 있습니다."
"그것뿐이 아닐세. 한번 수행자가 되면 세속의 벼슬도 할 수가 없고, 부귀 영화도 누릴 수가 없네."
"소인은 그까짓 벼슬같은 거, 할 생각이 없으니 염려 마십시오."
"소인도 부귀영화는 이제 신물이 나니, 걱정 마십시오."
"호의호식도 할 수 없으니, 아침에는 죽이요, 낮에는 밥이지만 오후에는 불식일세."
"오후에는 불식이라니 무슨 말씀이신지요?"
"점심을 먹고난 후에는 아무것도 먹지 아니한다는 말이지."
"아니 그럼 저녁밥은 굶는다는 말씀이십니까요, 스님?"
"그렇다네."
"양식이 모자라서 그러신다면 제가 아버님께 말씀을 드리겠습니다, 스님."
"아니될 소리!"
"아니 어찌하여 아니된다 하십니까요?"
"양식이 있건 없건, 오후 불식은 우리 불가의 법도이니, 일단 수행자가 되면 누구든 이 법도는 지켜야 하는게야."
"아, 예. 정 그러시다면 지켜야지요 뭐."
"잠자는 시각, 일어나는 시각도 정해져 있으니 그 규칙을 제대로 다 지키겠는가?"
"예, 아버님께서 이르시기를 무엇이든 사주스님이 시키는 대로

따르라 하셨으니 별 수 없지요, 뭐."
 "만일 삭발 출가한 후에 불가의 법도를 어기는 일이 있으면 그 정도의 경중에 따라 절간에서 내쫓기는 수모를 당해야 할 것인데, 그것도 각오하겠는가?"
 "예, 무엇이든 사주스님 분부에 따르겠습니다."

 혜심스님은 최고 권력자 최우의 두 아들, 만종과 만전이 이렇게까지 다짐을 하니 하는 수 없이 두 사람의 머리를 깎아주신뒤, 법당에 올라가 설법을 하셨다.

 "출가하는 사람은 제 한몸만을 위해서 해탈을 구하려는 것이 아니요, 나와 남의 이익이 원만하여 마침내 생전에 남은 원한이 없어야 진실로 출가한 사람이라고 할 수 있는 것. 머리를 깎았다고 출가가 아니요, 승복을 입었다고 출가가 아닌 것이니, 크게 정진하는 마음을 내며, 일체 중생의 번뇌를 끊으며, 계율을 깨려는 이로 하여금 큰 열반에 들게 하여야 비로소 그것을 출가라고 할 것이다.
 그러니 오늘 출가한 만종, 만전 두 상좌는 이렇게 믿어 받들고 행해야 할 것이니, 그리하면 무거운 네 가지 은혜를 갚을 수 있을 것이다."
 이렇게 해서 혜심스님은 당대 최고 권력자 최우의 두 아들, 만종과 만전을 삭발시켜 상좌로 삼았다.

그러나 이일로 혜심스님은 두고 두고 근심과 우환을 겪으셔야 했으니, 지체높은 권세가의 자식으로 호의호식하며 살던 이들이라, 행자가 마땅히 해야 할 일에도 불만을 품고 얼토당토 않은 서찰을 써서 개경에 보냈다. 이 일은 최우가 혜심큰스님과 두 아들에게 보낸 사과와 엄한 꾸짖음을 담은 두 통의 서찰로 일단락되었지만, 그들은 그후 각각 단속사와 쌍봉암으로 보내져서도 주지육림에 빠져 유부녀를 겁탈하기까지 했다.

참다못한 혜심스님은 개경의 박훤공, 송국첨공에게 이들의 만행을 알리는 서찰을 보내기에 이르렀고 그들은 죽기를 각오하고 본 대로 들은대로 최우에게 간언하였다.

이에 최우는 온갖 망나니 짓을 일삼던 두 아들 만종과 만전을 개경으로 불러들이고 그들과 부화뇌동했던 잡배들을 잡아들여 엄벌로 다스렸으며 그동안 그들이 백성들에게 곡식을 꾸어주고 작성해놓은 고리대문서를 압수해서 불태워버리고 그 빚을 탕감해주었다.

일이 이렇게 마무리되자 백성들은 부처님과 혜심스님 덕에 이제 두 다리 쭉 뻗고 살게 되었다며 너도나도 공양미들을 머리에 이고 올라왔다.

17
이 늙은 중이 오늘 바쁘구나

어느 날 혜심스님은 제자 진훈을 불러 그동안 잘 모셔두었던 경책들을 꺼내오도록 분부를 내리셨다.
"스님, 이 경책들을 가지고 왔습니다."
"그래, 여기다 놓고 조심해서 묶음을 풀도록 해라."
"예, 스님."
혜심스님은 책 묶음에서 한 권을 들어 펼쳐 보셨다.
"이걸 좀 보아라."
"예?"
혜심스님은 책장을 넘기면서 말씀을 이으셨다.
"이 경책들이 옛 선사님들이 참선공부하신 내력이니라."
"아, 예. 하오시면 이 경책들을 스님께서 다시 보시려고 그러시는지요?"
"그래. 이 경책들은 보기도 해야 하려니와 다시 풀어 엮어서 새로운 경책을 엮어야 할 것이야."

"하오시면 스님께서 새로운 경책을 쓰시겠다는 말씀이신지요?"

"진훈이 너도 나를 도와야 할 것이니 이 경책이 새로 엮어지면 참선수행에는 길잡이가 될 것이다."

혜심스님의 제자 진훈스님은 책장을 넘기면서 혜심스님에게 물었다.

"참선공부하는 데도 경책이 소용된다는 말씀이신지요?"

"참선 수행은 본래가 불립문자요, 직지인심 견성성불인데 어찌 책을 본단 말이냐, 그런 뜻이렷다?"

"참선 수행하는 분들은 원래 책을 보지 않는 것으로 소승은 알고 있사옵니다만……."

"그래, 그동안 많은 참선 수행자들은 책 보는 것을 경시해 왔던 게 사실이야. 허나 흘러내린 물줄기를 따라 거슬러 올라가다 보면 그 흐르는 물의 근원을 알 수도 있는 법. 참선은 불립문자이니 책 같은 것은 소용이 없다해서, 옛 조사님들이 어떻게 참선수행을 하셨는지 그것도 알아보지 아니한채 무작정 가부좌만 틀고 앉았으면 헤메기가 십상이니라."

"아, 예. 하오시면 스님께서는 이 많은 책들을 다시 풀어 엮으시겠다는 말씀이신지요?"

"그래, 내가 앞으로 반드시 해 마쳐야 할 일은 바로 이 선문염송집을 풀어 엮어놓는 일이야. 그러니, 진훈이 너도 부지런히 나를 도와야 할 것이다."

"예, 스님. 소승 분부대로 따르겠습니다."
 혜심스님은 선문염송집을 풀어 엮으시면서 그 서문 가운데 이렇게 밝혀 놓으셨다.

 '내가 수행자들의 간곡한 청을 받고 선황들의 본뜻을 생각하여 나라에 복을 더하고, 부처님 법에 도움이 되게 하고자, 문인 진훈 등을 데리고 옛 참선 이야기 천 백 스물 다섯 대목과 여러 스님들의 염과 송 등 요긴한 말씀을 수록하여 설흔 권으로 엮어 전등록과 짝이 되게 하니, 바라는 바는 요풍과 선풍이 영원토록 나부끼고, 순일이 불일과 함께 밝아, 바다는 잔잔하고 강은 맑으며 시대는 화평하고 집집마다 모두 무위의 법을 즐기게 하려 함이니, 구구한 마음 이에 간절할 뿐이다.
 다만 한스러운 일은 여러 대가들의 어록을 다 보지 못했으므로 빠진 바가 있을까 염려함이니, 내가 다 하지 못한 부분은 후일 현명하신 분께서 채워주시기를 기대할 뿐이다.'

 이때 혜심스님이 다시 풀어 엮어놓으신 유명한 책이 바로 오늘까지 전해지고 있는 선문염송집인데, 이 책은 그야말로 참선수행의 나침반으로 높이 평가되고 있다. 그리고 이 유명한 선문염송집은 최근 동국역경원이 한글판 다섯 권으로 펴낸 바 있어서 오늘의 우리들도 이 선문염송집을 볼 수가 있게 되었다.
 혜심스님이 이 선문염송집을 처음으로 펴내신 것은 고종 13년,

서기로는 1226년의 일이었으니, 이 책을 펴내는데는 짧게는 5, 6년 길게는 10년 세월이 걸렸으리라는 게 학자들의 추정이다.

오늘에 보아도 참으로 방대한 책인 선문염송집을 펴낸 혜심스님은 모든 것을 훌훌 다 털어버리시고 바랑 하나 지팡이 하나로 송광산 수선사를 나섰다.
노보살이 뛰어와 혜심스님께 합장을 하며 물었다.
"아이구, 스님. 대체 어디를 다녀 오시려구 그러십니까요?"
"오봉산에도 가보고 싶고, 전물암에도 가보고 싶고, 은사스님께서 머무셨다는 보문사도 한번 가보고 싶으니, 내 한바퀴 삥 돌아오리다."
"하오시면 스님께선 대체 며칠을 기약하시고 다녀오실 작정이신지요?"
"아, 그거야 가다가 쉬다가, 쉬다가 가다가 해야할 것이니 몇 달이 걸릴지, 몇 년이 걸릴지는 알 수가 없습지요."
"아이구 그러시다가 스님, 객지에서 몸이라도 편찮으시면 어쩌시려구요?"
"아, 그래서 진훈이가 나를 따라나섰지 않습니까? 아무 염려 마시고 보살님이나 몸조심하십시오. 자, 그럼 내 다녀오리다. 어서 그만 내려가자."
"예, 스님. 그럼, 보살님, 원주스님, 평안히 계십시오."
"나는 자네만 믿네. 아무쪼록 스님을 편히 잘 모시게."

"저 진훈스님, 사주스님께서는 입맛이 없으실 적에는 누룽지를 푹 끓여드리면 잘 잡수시니 노고롬하게 해서 올리시우—예—"
"예, 잘 알겠습니다. 염려 마십시오."
"아, 앞장서지 아니하고 뭘하고 있는게냐?"
"예, 갑니다요. 스님—"
"편안히 다녀오십시오, 스님—"

혜심스님은 송광산 수선사를 떠나 경상도 땅으로 넘어가셨는데 젊은 시절 수행하던 오봉산 전물암에 당도하니, 참으로 감개가 무량하였다.
"여기 이 근처에 암자가 하나 …… 있었다고 하셨습니까요, 스님?"
"암자라고 하니 주춧돌 위에 기둥 세우고 지붕까지 얹은 가람을 찾는 모양이구나."
"예, 하오나 암자는 그 자취도 보이지 아니 합니다요, 스님."
"저기 저 바위굴이 보이지 아니한단 말이냐?"
"바위굴요? 아 저기 굴이 보입니다요."
"저 바위굴이 전물암이니라."
"아니 하오시면 스님께서는 옛적에 저 굴속에서 수행을 하셨다는 말씀이십니까요?"
"그래…… 토굴이란 본래 비를 피하고 서리만 피하면 되는것. 그래도 수행이 참 잘 되었느니라."

혜심스님은 옛 토굴 전물암 앞에 서서 건너편 산 아래를 내려다 보시며, 젊은 수행자 시절에 읊었던 시 몇 수를 제자에게 들려주셨다.

"오봉산 앞에 있는
옛 바위굴
그 안에 전물암이 있네.
나는 이 암자에서 살아가나니
그저 허허 웃을뿐
말하기 어렵네.

주둥이 이그러진 발우와
다리 부러진 솥하나
죽 끓이고 차 달이며
무료히 날을 보내네.
게을러 쓸지도 아니하고
풀도 뽑지 아니하니
뜨락의 풀은 구름같아
무릎이 빠지네.
늦게 일어나니
아침의 인시를 모르고
일찍 자버리니

황혼의 술시를 기다리지 않네.

머리도 깎지 아니하고
경도 보지 아니하며
계율도 지키지 아니하고
향도 사르지 아니하며
좌선도 하지 아니하고
조사나 부처께 예불도 아니하니
사람들이 와서 괴이해
대체 무슨 종파냐 묻네."

"하오시면 스님께서는 머리도 수염도 깎지 않으시고 수행만 하셨다는 말씀이십니까요?"
"그땐 그랬었구나……. 해가 뜨는지 달이 지는지도 모르고…… 아무것에도 걸리지 아니한 그런 나날이었으니……."
혜심스님은 참으로 오랜만에 산문을 나선 길이라 은사스님이신 지눌 보조국사가 머무셨던 백운암에 들러 스승의 옛 자취를 더듬고 스승의 가르침을 마음에 되새겼다.
그리고 혜심스님은 스승이 일찍이 수행처로 삼으셨던 팔공산 청량암도 참배했는데, 바로 이 팔공산 청량암은 스승 지눌 보조국사가 정혜결사운동을 발원하셨던 뜻깊은 곳이었다.
팔공산 청량암을 참배한 혜심스님은 이날 법당에 올라가 설법을 하셨다.

"여러 산의 으뜸이여
공산이로다!
청량의 굴이여,
공산 속에 있도다.
탁 트였으니
바라보아 막힘이 없고
깊숙하니, 거기 머물러 한가함을 얻도다.
바로 흐르고 곧게 쏟음이여,
푸른 물이 잔잔하고
놓고 가고, 두고 옴이여,
흰구름이 가고 옴이로다.
분명히 나타나 보임이여
이 어떤 얼굴인가?
헤아리고 생각함이여,
스스로 어리석음을 취하도다.
시비를 가져와 날더러 판단하라 하지 말라.
유유한 내 마음은 상관하지 않도다!"

혜심스님은 이때, 가고 아니 계시는 스승을 추모하여 제법무아, 제행무상을 새삼 절감하셨는지 스스로를 돌아보며 시를 읊으셨다.

"현인과 범인
수천 명을 농락하고
값진 물건 좀먹은 지 어언 50년.
나를 돌아보니
그 어느것 하나도
선사되기 부족한데
여러 사람들은 나를 대하되
부처같이 받드네.
한갓 헛되이 손가락 헤어보니
만분의 일도 은혜 갚을 길이 없는데
다만 한가지 그대들 위해
은혜 갚을 줄 아는 것
이것은 대체 무슨 물건인고.

우연히 밖에 나와
맑은 물 들여다 보니
머리 가득한 백발에 놀랐네.
세상 일도 내몸 일도
걱정한 일 없었거늘
대체 어느 누가
이 백발을 가꿨는고."

혜심스님이 스승의 족적을 따라 동서남북을 두루 참배하시고 다시 송광산 수선사로 돌아오신 것은 그해 초겨울이었다.

"세상에 허망한 것이 이 육신이니라. 돌멩이 하나만 맞아도 허물어지고, 물속에 잠시만 빠져도 숨이 끊어지고, 아침에 멀쩡하다가 해질녘에 부서지고, 초저녁에 살아있다가도 한밤중에 쓰러지고…… 그러니 너희들도 나이 아직 젊다고 덤벙대지 말고 부지런히 닦아서 대장부 일대사를 요달해야 한다."

제자들에게 이렇게 당부하시던 혜심스님은 기운이 예전같지 않고 시름시름 앓기 시작 하시더니 나중에는 공양도 제대로 들지 못하시게 되었다.
혜심스님은 제자 진훈, 마곡과 모여든 몇사람만을 데리고 월등사로 거처를 옮기시고 쉬고 계셨는데 고종 21년, 서기로는 1234년 음력 6월 스무 엿새날 아침이었다.
혜심스님이 제자 마곡을 불렀다.
"이것 보아라, 마곡아!"
"예, 스님 분부 내리십시오."
"…… 이 늙은 중이 오늘 몹시 바쁘게 되었구나."
"예에? 아니 스님 무슨 말씀이시옵니까요 예?"
"온갖 고통이 이르지 못하는 곳
따로이 한 건곤이 있으니

묻노라, 그곳이 어떤 곳인고
크게 고요한 열반문일세."
"아니, 스님. 하오시면 스님께서는…… 아이구 스님, 스님, 스니임—"

혜심스님은 이 세상과의 인연을 이렇게 마치시고 열반에 드셨으니, 참으로 안타까웁게도 스님의 세속 나이 쉰 일곱이요, 법랍은 32년.

다음날인 6월 스무 이렛날, 월등사 북쪽 봉우리에서 다비를 올리고 다음해 5월, 송광산 광원암(廣遠庵)에 부도를 세웠다. 개경의 최우와 고종이 매우 슬퍼하며 원소지탑이라 명명하고 국사로 봉하니, 우리의 혜심큰스님 진각국사의 법맥은 오늘에도 전라남도 승주군 송광면 신평리 조계산 송광사에 이어지고 있다.